Der Untersuchungsrichter Sonnenberg erforscht nicht nur Verbrechen, er untersucht vor allem die Wirklichkeit. Und je genauer er diese untersucht, desto mehr entgleitet sie ihm. Er findet heraus, daß die Fakten ein Symptom der Angst der Gesellschaft vor sich selbst bilden. Die Folge davon ist ein immer stärker werdender Wirklichkeitsverlust. Schließlich entdeckt der Erzähler, daß sein Schreiben ein halluziniertes Verbrechen ist. Dieser fünfte Teil des großen Roth-Zyklusses ›Die Archive des Schweigens‹ beschreibt die dunkle Höhle des Lebens, in der die Ängste hausen, denen sich der Erzähler radikal aussetzt. Er nimmt die Herausforderung in einem System der Systemlosigkeit an, daß es a priori keine Gerechtigkeit und keine Gesetzmäßigkeit im Leben gebe, als deren markanteste Scheinverfestigung er die Justiz ansieht. Sonnenberg erkennt, daß die Justiz die Welt, die sie braucht, erfindet, genauso wie die Gesellschaft die Justiz erfunden hat, die sie benötigt. Die ›Süddeutsche Zeitung‹ zählt den Autor Gerhard Roth »zu den großen Begabungen der gegenwärtigen österreichischen Literatur«.

Gerhard Roth wurde 1942 in Graz geboren. Nach einem Medizinstudium war er mehrere Jahre Organisationsleiter im Rechenzentrum Graz; er debütierte 1972 mit dem Roman ›die autobiographie des albert einstein‹; seither zahlreiche Romane, Erzählungen, Essays, Theaterstücke, Drehbücher für Film und Fernsehen; unter anderem wurde er mit dem Preis der Bestenliste des Südwestfunks und dem Alfred-Döblin-Preis ausgezeichnet. Gerhard Roth lebt abwechselnd in Wien und in der Steiermark.
Die Werke von Gerhard Roth sind bei S. Fischer und im Fischer Taschenbuch Verlag erschienen.

Gerhard Roth
Der Untersuchungsrichter
Die Geschichte eines Entwurfs

Fischer Taschenbuch Verlag

Die Archive des Schweigens
Band 5

5.–7. Tausend: Juli 1992

Veröffentlicht im Fischer Taschenbuch Verlag GmbH,
Frankfurt am Main, Juni 1992

Lizenzausgabe mit freundlicher Genehmigung
des S. Fischer Verlags GmbH, Frankfurt am Main

Umschlaggestaltung: Buchholz/Hinsch/Hensinger
Illustration: Peter Pongratz
Druck und Bindung: Clausen & Bosse, Leck
Printed in Germany
ISBN 3-596-11405-5

Gedruckt auf chlor- und säurefreiem Papier

Der Untersuchungsrichter

Vor Sonnenberg saß ein vierzehnjähriger Jugendlicher mit einem durch einen Schlag verschwollenen Gesicht. Dieser Vierzehnjährige hatte seinen Vater erschossen und seine Mutter schwer verletzt. Hierauf hatte er seine Eltern in die Schmutzwäschekiste gelegt. Wie er die beiden Körper hatte durch die Küche schleifen und in die Truhe heben können, war ein Rätsel. Sonnenberg hatte das Vernehmungsprotokoll der Polizei vor sich liegen, in dem der Hergang der Tat festgehalten war. Die Verhörzelle war durch Neonleuchten erhellt und mit Büromöbeln ausgestattet, die dem Untersuchungsrichter so vertraut waren, daß er ihre Häßlichkeit nicht mehr sah. Auf dem kleinen Schreibtisch seiner Sekretärin – die er entgegen seiner Gewohnheit nach Hause geschickt hatte – lag Sonnenbergs Brille.
Noch nie hatte er es mit einem so jungen Mörder zu tun gehabt.
Manchmal schien es ihm, als herrschte eine Epidemie, deren Symptom es war, daß die Befallenen unter Zwang Verbrechen begingen, dann wiederum glaubte er, einen unendlichen Strom von Gewalttaten hinaufzuwandern, auf der Suche nach der Quelle. Eines Tages würde sich ihm in aller Deutlichkeit das Geheimnis des Stromes offenbaren, seine chemische Zusammensetzung und die Geschichte seiner Entstehung. Plötzlich sah er sich mit den Augen des Jugendlichen. Seine Wangen waren aufgedunsen, die Augenlider entzündet, am meisten verwunderte ihn, daß sein Blick leblos war, stumpf und ohne Aufmerksamkeit, und daß dieser Ausdruck nicht ein Zeichen von Müdigkeit war. Seine Krawat-

te war offen, der Anzug zerknittert, nur seine Hände kamen ihm glatt vor, aber die Haut war teigig. (Kein Zweifel, er befand sich im Gehirn des Vierzehnjährigen, aber wie konnte er sich darin bewegen, ohne auf seine Funktion Einfluß zu nehmen?) – Ein Lichtspalt öffnete sich, und Sonnenberg saß in einem schmalen, hohen Zimmer einer Altbauwohnung. Im Fenster erblickte er das durchsichtige Spiegelbild seines blassen Gesichtes und das blonde Haar. Er stand auf und lauschte. Nachdem er sich überzeugt hatte, daß es still war, öffnete er seine Hose und stellte sich vor, seine Nachbarin verführte ihn... Als er fertig war, ging er in den Arbeitsraum seines Vaters, holte den Schlüssel zum Schreibtisch hinter einem Buch hervor und zog eine Lade heraus, in der ein Revolver mit einer Schachtel Patronen lag. Schon öfter hatte er den Revolver herausgenommen und sich mit ihm im Spiegel betrachtet. Auch hatte er ihn öfters geladen und an die Schläfe gesetzt. Hastig schob er das Magazin in den Lauf und entsicherte, dabei konnte er deutlich seinen Atem hören. Plötzlich wurde die Tür aufgerissen, und sein Vater stand vor ihm. Er war ein fleischiger, fünfzigjähriger Mann im weißen Hemd, mit einer Hinterkopfglatze und Schnurrbart. Er blieb erschrocken stehen, um gleich darauf mit zwei raschen Schritten bei ihm zu sein und ihm eine Ohrfeige zu versetzen, die Sonnenberg, weil er das Gesicht wegdrehte, mit voller Wucht auf die Nase traf. Ein scharfer Schmerz kroch in sein Gehirn. Gleichzeitig wurden seine Wangen empfindungslos. Er hob den Revolver und drückte ab. Sonnenberg konnte beobachten, wie der Mann schwerfällig zu Boden stürzte und eine Blutfontäne aus seinem Kehlkopf spritzte. Währenddessen hörte er ein häßliches Röcheln, das alles zu übertönen schien, den Straßenlärm und den Nachhall des Schusses in seinen Ohren. Mit aufgerissenen Augen lag der Vater auf dem Teppich und starrte ihn an. Sein Unterkiefer bewegte sich, als wollte er sprechen, dabei war in einem fort das entsetzliche Röcheln zu vernehmen, und mit Luftblasen durchsetztes Blut sprudelte aus dem Hals. Sonnenberg drehte sich um und entdeckte jetzt die Mutter, die das Zimmer betreten hatte und auf das Geschehen starrte. Ohne nachzudenken schoß er noch einmal. Sofort war die Zimmertür voller Blutflecken. Er ließ die Waffe fallen und fing an, den Vater über den Korridor zu schleifen. In seinen Ohren rauschte es. Er mußte alles verschwinden lassen. Der Körper des Vaters war schwer, mit abstoßender Aufdringlichkeit fiel ihm die Form der Poren in seiner Gesichtshaut auf. Er kam an der Schmutzwäschekiste vorbei. Wie selbstverständlich öffnete er sie und verstaute den Körper. Mit der Mutter, die keinen Laut von sich gab, verfuhr er ebenso. Erstaunt über die Geringfügigkeit seines Schreckens und seine Fähigkeit, kaltblütig zu handeln, legte er den Revolver in die Schreibtischlade zurück. Daraufhin wusch er sich die Hände und eilte auf die Straße ...

Sonnenberg spürte, daß Blut aus seiner Nase tropfte, und suchte nach einem Taschentuch. Langsam wandte er sich dem Vierzehnjährigen zu, der jedoch verschwunden war. Erschrocken taumelte er auf den Gang. Gerade sah er noch, wie man den Jugendlichen abführte. Sonnenberg setzte sich benommen hinter den Schreibtisch zurück. Was wirklich geschehen war, wußte er nicht, nirgends entdeckte er eine Gesprächsnotiz. Er hatte das Gefühl, als hätte sich die Zeit in eine andere Richtung verschoben, so daß es sich alles in allem nur um einen kurzen Moment gehandelt hatte. Er überlegte. Er durfte niemandem eine Frage stellen, aus der man argwöhnte, der Untersuchungsrichter habe den Verstand verloren. Er wartete, bis das Nasenbluten aufgehört hatte, und fand seine Brille vor sich auf der Tischplatte. Sodann blickte er auf die Uhr: Es war nach Mitternacht, und die Putzfrauen hatten längst die Arbeit verrichtet. Als er den Torposten erreichte, kehrte er um und suchte den Häftlingstrakt auf. Ohne zu zögern verlangte er den jugendlichen Mörder zu sehen. Der Polizist führte ihn zu einer Einzelzelle, in der Sonnenberg den Jugendlichen durch das Guckloch auf der Pritsche liegen sah, mit weitaufgerissenen Augen, versunken in ein stummes Selbstgespräch.

Ich verachte Sonnenberg. Ich habe keine Gesellschaft, und Sonnenberg ist mir lieber als dieser stille, langweilige Augusttag auf dem Land. Man kann über die Justiz nur rigoros schreiben. Ich habe erst einmal mit der Justiz zu tun gehabt, als ich einen Journalisten verspottete und das Gericht mich mit dem Urteil wirtschaftlich ruinieren wollte. Zu Beginn des Sommers sah ich die Todesanzeige des Richters in der Zeitung, er war mir gleichgültig geworden: Der sadistischen Maschinerie mangelt es nicht an Nachwuchs. Die Jugend drängt darauf, es den Vätern gleichzutun, sie zu übertreffen. Die Reinlichkeit, mit der die Gerichtsgewalt zu tun hat, zieht sie an, die Möglichkeit, ihr Leben mit Sensationen anzureichern, ihre Ereignislosigkeit mit dem Quälen anderer auszufüllen. Der Staat zeigt sein wahres Gesicht. Er verdeckt es aber hinter der ausgestreckten Hand. Die Justiz wiederum versteckt sich hinter Mauern. Sie ist selbst eingesperrt, selbst eine Gefangene. Jeder Richter, jeder Justizbeamte hat Lebenslänglich, das ist die Strafe, zu der er sich verurteilt hat. Im Augenblick bin ich Sonnenbergs Gesellschaft überdrüssig. Jedenfalls werde ich mich ihm nicht unterordnen. Man darf sich auch der Justiz nicht unterordnen, man kann ihr vernünftigerweise nur ausweichen. (Ich werde mich nicht in ein Romangefängnis, ein Stilgefängnis begeben, in ein Denkgefängnis. Man kann in einer festgelegten Sprache nur bis zu einem gewissen Grad herumkurven, und auch die Figuren lassen sich nur begrenzt variieren.)

Ganz egal, ob Gefängnis oder Todesstrafe, der Staat macht sich mit Hilfe der Justiz selbst zum »Verbrecher«. Zur Verantwortung gezogen wird in der Regel der Wehrlose. Selbstverständlich ist Justiz Klassenjustiz. Es geht nicht um »Gerechtigkeit«, was immer man darunter versteht, sondern um den Ritus, es geht nicht um Tatsachen, sondern um deren sprachliche Festlegung. Eine Gerichtsverhandlung als Schauplatz von Lügen. Der Angeklagte lügt, die Zeugen lügen, die Geschworenen lügen, die Richter lügen, genauso wie der Verteidiger und der Staatsanwalt. Zumeist wünschen alle Beteiligten, bis auf den Angeklagten, von vorneherein eine Verurteilung.

Selbst die Verteidiger arbeiten insgeheim oder offen auf eine Verurteilung hin, eine gute Verteidigung ist die Ausnahme. Ich habe zwei Mordprozesse im Wiener Landesgericht verfolgt, die Verhandlungen waren niederschmetternd. Die dümmsten Geschworenen, die eitelsten Richter, Verteidiger und Staatsanwälte. Die Gemeinheit, die mit dem gesamten Justizwesen verbunden ist, der bornierte Hochmut.

Die Welt ist kein Ort für Bekenntnisse, man liebt nur die Bekenntnisse, die der Lüge dienen. Die Geschäftigkeit, die uns beherrscht, hat die Irreführung zum Zweck. Der Mythos von Sisyphos, der rollende Stein ist das Wechselspiel von Erkenntnis und Irrtum, von Täuschung und dem Wunsch nach Wahrheit. Es herrscht eine wahnwitzige Geschäftigkeit, die Menschheit ist in ununterbrochener Bewegung, und sonntags tritt an ihre Stelle die Sonntagslähmung oder die Sonntagshektik, je nachdem; die Menschheit ruht, und langsam begreift sie, daß ihre Geschäftigkeit überflüssig ist (eine Betäubung), aber gleichzeitig dämmert es jedem einzelnen, daß er ohne diese Geschäftigkeit genauso überflüssig ist wie die anderen, genauso überflüssig wie die Geschäftigkeit selbst, und vor dieser Trostlosigkeit schließt er die Augen. Mein Vater stand jeden Tag um sechs Uhr auf und putzte seine Schuhe, um keine Depressionen zu haben, wie er sagte, auch ich wäre ohne Alkohol und Arbeit verloren. Ich ziehe mich zurück und kann mit der Einsamkeit nicht fertigwerden, aber kaum bin ich unter Menschen, will ich zurück in die Einsamkeit, obwohl ich mir dort wiederum Menschen wünsche, die meine Einsamkeit teilen. Ich bin der Überzeugung, daß die meisten Verbrechen nur das Ergebnis von Einsamkeit sind. Die Menschen flüchten in »das Leben«, ohne daß es ihnen für einen längeren Zeitraum gelingt, ihre Einsamkeit zu vergessen. Ein Verbrechen zerreißt für kurze Zeit die Einsamkeit. Der Gewaltakt, der das Verbotene mit einem Ruck in das Dasein läßt, ist der Protest gegen die aufgezwungene Alltäglichkeit, der Mord ist zugleich der Mord an der Welt, wie sie vorgeblich ist, ganz gleich, aus welchen Motiven er geschieht. Ich kann keiner Fliege ein Bein krümmen, ich bin ein Schreibtischtäter ohne Macht. Ich habe nie resigniert, selbst meine Verzweiflung ist Gegenwehr, es hat sich nur die Methode geändert. Natürlich weiß ich ebensowenig, was ich tue, wie die anderen, und natürlich verwickle ich mich andauernd in Widersprüche. Über meine Widersprüche gelange ich aber zur Erkenntnis, das widerspruchsfreie Denken ist ja eine Form der Justiz. Als Kind hatte ich eine gelbe Heuschrecke, ich bildete mir ein, sie konnte sprechen. Ich zog mich mit ihr zurück. Ich hielt sie in einem Wasserglas gefangen. Nach drei Tagen ließ ich sie frei. Ihre Klagen verfolgten mich bis in den Traum. Damals träumte ich noch, heute träume ich nicht mehr. Oft fällt mir die gelbe Heuschrecke ein, ich schule mein Denken an ihrer Sprunghaftigkeit. Ich träume tatsächlich nicht mehr. Die Psychoanalyse scheint mir lächerlich. Die Unzurechnungsfähigkeitsdebatte vor den Gerichten zeigt, wie hilflos die Psychiater sind, wenn ihre Erkenntnisse jeweils auf etwas anderem beruhten als Spekulation. Heute sind

Psychiatrie und Psychologie etwas für den Staat, sie sollen ihm die Befugnis erteilen einzusperren, und sie sollen ihn beraten, welche Anstalten in Frage kommen: Irrenhaus oder Kriminal. Mir ist es gleichgültig, wenn behauptet wird, ich träumte, auch wenn ich mich nicht an meine Träume erinnere. Was ich vergesse, wird seinen Grund haben, daß es verschwindet. Ich forsche nicht nach. Aber alles, was von selbst in meinem Kopf erscheint, stärkt mich. Ich wäre nichts ohne diese unabhängigen Gedanken und Bilder, sie nehmen meinem Leben die Öde. Oft bin ich der Überzeugung, daß sie mein eigentliches Leben sind, ich bin verzweifelt, wenn ich mich in mein Dasein gestürzt sehe und alles ist, wie es ist. Dabei bin ich kein Träumer. Schon das Wort Traum stört mich, Traum und Psychoanalyse und Träumerei und »wie im Traum«. Ich halte es mit einer magischen Klarsicht, Analyse und Vision.

Draußen Regenhimmel. Sonnenberg darf noch nicht in Erscheinung treten. Er ist genausowenig ich wie ich selbst. Er hat meine Ohren und meine Augen. Ich möchte das Schreiben durchbrechen und leuchtende Kopfbilder erzeugen. Ich kann mich nicht selbst erkennen, ich kann mich nur verraten, die Lust am Bloßstellen und Aufdecken von Geheimnissen treibt mich dazu. Letztlich geht es um diese paar Geheimnisse, die jeder mit sich herumschleppt, nur darum, jene Geheimnisse preiszugeben, die man am besten hütet. Niemals habe ich angenommen, daß man mir die volle Wahrheit sagt, es gibt keinen, der mich nicht immer wieder belogen hat, und es gibt niemanden,

den ich nicht immer wieder belogen hätte. Du ziehst an den Fäden, und deine Absichten kennst nur du, sofern sie überhaupt dir bekannt sind. Zumeist kennt man seine Absichten nicht, man folgt dem blinden Drang. Der Drang sitzt im Kopf, er läßt einen aufstehen, fortgehen, wiederkommen, Nähe suchen, er ist wie das Atmen, das von selbst geschieht. Es ist ersichtlich, daß die Menschen keine »festen Standpunkte« haben, es ist ein Kennzeichen des Menschen. Die Justiz gibt aus Berechnung vor, feste Standpunkte zu haben, sie vertritt aber nur Standpunkte, die nicht einmal fest sind. Ein Untersuchungsrichter kann mit einem Fall nie zu Ende kommen, weil ein Fall nie ein Fall für sich ist, er enthält immer die »Urzelle«. So enthält auch alles, was ich schreibe, mikroskopische Teilchen meines Gehirns, winzigste Atome von Gedankensubstanzen, die in mir entstanden sind, ich versuche sie zu reinigen vom »Schmutz« der fremden Gedanken, wie man Gold sucht, indem man ein Sieb schüttelt. Einem Urteil gleich liegt der Zwang, fremde Gedanken als die eigenen zu denken, über den Menschen. Der Basilisk geht in der Sage daran zugrunde, daß er in den Spiegel blickt und sein eigenes Gesicht sieht. Die eigenen Gedanken sind die verbotenen. Andere müssen sie für dich denken. Das ist das Wesen der Hölle, das ist der Ausdruck des Wahnsinns, daß du den fremden Gedanken mehr Glauben schenkst als den eigenen. Du hast nicht die Kraft, sie zu Ende zu denken, du willst nicht wissen, wohin sie dich führen. Als Kind rätselte ich immer darüber, was die Menschen zwingt, auf eine mir so unerklärliche Weise zu leben.

Heute weiß ich, daß ich mit meinen Zweifeln recht hatte. Wenn man beginnt, über sich nachzudenken, stellt sich Selbstekel ein. Jeder kennt das Gesetz, jeder weicht den Folgen aus. Die Kraft liegt in der Erkenntnis. Der dumme Satz, Wissen macht frei, er hat hier – wenn überhaupt – seine Berechtigung. Das Veilchen hat keine Moral, es muß leben, wo es ihm möglich ist. Es reckt sich der Sonnenenergie folgsam in die Höhe. Es kann nicht wandern. Mit dem Wandern fängt die Mimikry an, oder du gehst zugrunde, wo man dich hingepflanzt hat. Ich wollte mir nie Gedanken *machen*, die Gedanken *stellen* sich *ein*. Eines Tages wird die Menschheit verrückter sein als ich. Der freie Kopf erfrischt sich im Strom der Wiederholung, er schwimmt auf ihm, er geht in seiner Strömung nicht zugrunde. Sonnenberg muß frei sein von der Ausrede des Konjunktivs, er wird kein Gedankenspiel sein. Wer Blut spuckt, hört auf zu spekulieren. Die Fliege fliegt keine gerade Linie, der Gedanke folgt dem ewigen Zickzack.

Die blauen Tapetenblumen wußten nicht, daß sie blaue Tapetenblumen waren, aber sie wuchsen als Abbilder in den Köpfen der Kriminalbeamten, die zusahen, wie der Leichnam des Mannes untersucht wurde. Endlich hatte jemand das Wasser im Bad abgedreht. Man legte den Leichnam auf den Bauch und fand, wie erwartet, die Nägel in den Rücken eingeschlagen. Auch die Kriminalbeamten trugen Nägel in ihren Rücken. Man öffnete den Bauch des Toten und entfernte verschiedene Gewächse, Stauden vornehmlich, deren Blätter bluteten. Endlich erschien Sonnenberg. Man machte ihm respektvoll Platz, doch er schwieg. Das Blut des Mordopfers bildete auf dem Küchentisch eine Lache. Sonnenberg dachte wütend an die Vergänglichkeit. Nur manchmal spendete ihm der Gedanke an den Tod Trost, zumeist rief er Abscheu hervor. Sobald das Gehirn aufhört zu arbeiten, wer sollte dann für ihn denken? Und wenn er nicht mehr dachte, wer war er dann? Knacksend öffnete man den Brustkorb, darin lag das ganze Wunder. Man öffnete auch den Schädel – ein neues Wunder. Auf dem Gehirn saß ein großer Falter, klappte seine Flügel auf und schloß sie wieder. Die Kriminalbeamten warteten. Wurde einer von ihnen ungeduldig, hörte man seine Gummisohlen einen schmatzenden Schritt machen. Plötzlich regnete es leuchtende Tropfen. Sonnenberg griff nach einem Wasserglas, und da leuchtete auch er, und auch die Kriminalbeamten leuchteten, als sie einen Schluck Wasser getrunken hatten, und die Nägel auf ihren Rücken glühten. Langsam wandte sich der Untersuchungsrichter dem Eingang zu, durch den eine riesige Zündholzschachtel geschoben wurde. Darin hatten er und die Kriminalbeamten Platz zu nehmen. Niemand sagte ein Wort. Wenn sprechen gleich denken wäre, wäre die Welt einfacher zu verstehen. So aber ist nicht einmal das Denken aufrichtig. Sonnenberg kam mit seinen Überlegungen nicht weiter. Die Zündholzschachtel wurde zugeschoben und mit anderen verpackt. Dann steckte man sie in den Lieferwagen der Zündholzfabrik. Mit einem Ruck setzte sich das Fahrzeug in Bewegung.

Sonnenberg erwachte an diesem Morgen in aller Früh. Er hatte schlecht geschlafen. Zweimal war er in der Nacht aufgefahren und hatte erwachend nach Luft gerungen. Er hatte versucht weiterzuschlafen, aber kaum hatte er die Augen geschlossen, als er wieder erschrocken aufgefahren war, in der Meinung, sein Herz sei stehengeblieben. Er kannte diesen Zustand, wenngleich er nicht häufig auftrat. Sein erster Gedanke galt dem Vierzehnjährigen in der Gefängniszelle, er wußte nicht warum. Zumeist waren ihm die Strafgefangenen gleichgültig, wenn er das Graue Haus verließ. Er drehte ab. Er drehte auch alle Untersuchungshäftlinge ab, ihre Aussagen, ihre Beteuerungen, ihre falschen Angaben und Beschuldigungen. Er ließ sie hinter sich, ohne jedoch verhindern zu können, daß er auf der Straße daran denken mußte, was wohl hinter den Mauern und Fenstern vor sich ging. Er dachte, hinter den Mauern und Fenstern geht das *wirkliche* Leben vor sich. Der Wahnsinn durfte sich dort freien Lauf lassen. Die Unterdrückung lief ohne Beobachter ab, die Teilnehmer hatten sich längst auf ein Verhalten geeinigt. Im Grunde genommen stieß ihn diese Vorstellung ab, doch sie drängte sich ihm immer wieder auf. Manchmal, wenn er im Café Schach spielte, betrachtete er sein Gegenüber plötzlich mit dem Gedanken: Das bist gar nicht du! Wer bist du! Einmal hatte er es laut ausgesprochen, aber sein Gegner war so sehr in das Spiel vertieft gewesen, daß er es nicht gehört hatte. An diesem Abend war Sonnenberg erschrocken, als er sein Gesicht beim Hinausgehen aus dem Caféhaus in einem Spiegel gesehen hatte. Er schaute sich immer nur als geschlechtsloses Lebewesen an, diesmal aber hatte er gleichzeitig an sein Glied gedacht, wie es zwischen seinen Beinen hing. Er hatte sich umgedreht und die Gäste betrachtet und sich ihre mehr oder weniger häßlichen Geschlechtsteile vorgestellt und war dann eilig auf die Straße getreten. Sonnenberg stellte Wasser zu, holte ein Ei aus dem Kühlschrank, nahm eine Semmel von gestern, Butter und fing zu frühstücken an. Unterwegs in das Büro war er unruhig wie nie zuvor. Die letzten Schritte eilte er über den Gehsteig, obwohl er nicht zu spät dran war. Und ohne zuerst sein Büro aufzusuchen, verlangte er den Vierzehnjährigen zu sehen. Ein anderer Wachbeamte hatte Dienst. Er zuckte mit den Achseln und ging voraus. Er verachtete den Untersuchungsrichter auf die einfache Weise, wie der Mann von der Straße den Akademiker verachtet. Gelangweilt steckte er den Schlüssel in die Tür. Auf dem Fußboden lag der Vierzehnjährige, das Leintuch in den Mund gestopft, das aus seinem verfärbten Gesicht hing wie eine groteske Zunge.

Der erste regnerische Septembertag ist dazu angetan, Schwermut zu verbreiten. Nicht der Herbst erscheint, sondern der dahinter verborgene Winter. Die Angst vor dem Älterwerden. Die Insekten verstummen mit der Zeit, die Vögel sind schon still. Bald werden die Krähen kommen. Ich habe nicht viel Geduld mit Sonnenberg. Wenn wirklich alles geschehen kann, warum nicht jetzt? Augenblicklich wünsche ich das Haus sprechen zu hören. Die Küche erzählt, was in ihren vier Wänden geschehen ist... die

Möbelstücke machen Zwischenrufe... das ist eine autobiographische Skizze meiner Kindheit... ich war fest davon überzeugt, daß die Blechtöpfe es auf mich abgesehen hatten... von weitem sah ich zu, wie sie dampften. Jeder hält sich für den Mittelpunkt. Weshalb nimmt die Welt dann keine Notiz von ihm? Jeder Friseur, jeder Fleischhauer glaubt, tief in die Geheimnisse des Daseins eingeweiht zu sein. Selbst die Hunde sind den Welträtseln auf der Spur. (Es ist ein alter Hut, daß jedermann der Überzeugung ist, er werde niemals sterben.)
Ich wirke nicht anziehend auf Menschen, ich kann sie schwer für mich gewinnen. Ich weiß alles besser, ich übertreibe, ich lasse niemanden zu Wort kommen, zugegeben, das sind keine beneidenswerten Eigenschaften. Zudem bin ich manchmal ganz und gar stumpfsinnig. Nichts fällt mir ein, nichts regt sich in meinem Kopf, kein einziger Gedanke. Es gibt Menschen, die behaupten, sie haßten das Denken. Wirklich? Wie oft habe ich in Gesellschaft angestrengt nachgedacht, ohne daß auch nur das Fünkchen eines Einfalles aufglomm. Dann wiederum explodiert mein Kopf. Ich sprühe. Ich schere mich nicht das geringste um meine Zuhörer.

Der Hase liegt im Waschbecken und taut auf, die Bellini-Oper perlt aus dem Radio, am Tageshimmel steht der bleiche Mond. Ich beneide die Fliegen, die senkrecht das Fensterglas hinuntergehen. In der Natur hat alles nebeneinander Platz, das Blatt neben dem Wassertropfen, der Wassertropfen auf dem Stein, der Vogel im Blumengarten. Sonnenberg hat schon mit den Dingen Schwierigkeiten. Man schaut die Dinge nicht richtig an. Man benutzt sie, man streift sie mit dem Blick. Ihr Vorhandensein genügt. Ihre Schönheit wird eines Tages gegenstandslos. (Die gegenstandslose Existenz eines Gegenstandes tritt auf, sobald man seines Hutes überdrüssig geworden ist.) Dieser Bleistift ist gelb und stumpf und hat einen kleinen Radiergummi in einer runden Metallfassung und eine goldene Aufschrift. Mehr ist über ihn nicht zu sagen. Und doch fließen die Buchstaben aus ihm heraus. Er tut, was ich will. Manchmal tue ich, was er will, es kommt darauf an. Von einer Sekunde auf die andere ändern sich meine Wünsche. (Übrigens gibt es magische Gegenstände. Ich habe jedoch noch nie etwas angestarrt, bis ich sozusagen loslegen konnte.) Das ist das Verräterische am sogenannten tiefsinnigen Menschen, daß er gleichzeitig seine Eitelkeit entlarvt. Also: Wenn alles geschehen kann, warum nicht jetzt? Die witzigste Weise zu denken ist die des Kindes, der direkte Zugriff, die Ideenflucht. Kein Zögern! Mit Haut und Haar hinein ins Denken, ohne Zaudern auf den nächsten Gedanken aufgesprungen! Imagination als Gegenteil von Anstrengung. Du bist mächtig, du durchschaust alles, man kann dir nichts vormachen! Du bist in den Briefschlitz der Eingebung gefallen, die Irrfahrt beginnt. Wer Prinzipien hat, ist ein Gefangener des Stumpfsinns, verpaß dem Inquisitor in deinem Kopf einen Tritt! Das hat mit Psychologie nichts zu tun. Es gibt kaum eine psychologische Erkenntnis, die mich nicht gelangweilt hätte. Die Menschen sind offenbar zu schwach, um Geheimnisse für sich zu behalten, aber sie sind auch zu schwach, um Geheimnisse beim Namen zu nennen, statt dessen das psychologische Geschwafel, das Herumreden, der Dilettantismus in Menschenforschung. Ich kann mit Schienensträngen und Fahrplänen nichts anfangen, ich bin kein Bahnhofsvorstand. Sobald du die Augen öffnest, siehst du den Schmutz, sobald du die Nase gebrauchst, riechst du Scheiße. Man hat den Eindruck, als wolle jedermann von Natur aus besitzen, von Natur aus vereinnahmen, du kannst alles in sie hineinstopfen, es ist noch immer zu wenig, sofort wird der Mund wieder aufgesperrt. Was einmal durch einen Menschen hindurchgegangen ist, kommt nur durch den Enddarm wieder heraus, ausgespuckt zu werden, ist auch nicht besser. Ich bin kein Menschenverächter, ich habe nie Menschenverachtung empfunden, obwohl ich genügend Menschen verachtet habe. Ich kann nur verachten oder lieben, aber vorzugeben, die gesamte Menschheit zu verachten, ist eine Anmaßung, genauso wie die Behauptung, sie zu lieben. Oft genug hasse ich mich. Was ich getan habe, rächt sich an mir. Manchmal bilde ich mir auf das Zerstören sogar etwas ein. Es ist ein Genuß zu sehen, wie etwas verschwindet, wie es zugekleistert, in der Luft zerrissen, ausgelöscht wird. Der Juckreiz, diesen Vorgang zu beschleunigen. Was zu hoch hängt, wird heruntergerissen, übrigens eine andere Form der Inbesitznahme, verdaut und ausgeschieden. Selbstverständlich empfinde ich nur kurz ein Gefühl der Befriedigung. Möglicherweise denke ich schon am Abend anders. Gerade diese Eigenschaft befähigt mich jedoch, die Welt ohne Hinterlist zu betrügen. Sie ermöglicht mir zu überleben. Der Blick in mein eigenes Herz ist der Blick in die Zerrissenheit.

Die gelben Blätter, die durch die Luft wirbelten, waren Schnipsel einer riesigen, vergessenen Zeitung. (Ich springe mit den Jahreszeiten um, wie es mir paßt.) Dr. Kremser hatte Sonnenberg durch dicke Augengläser angeschaut. Er schielte entsetzlich. »Sie sind doch nicht krank?« hatte er gefragt. Warum Sonnenberg ihm vertraute, wußte er nicht. Wahrscheinlich vertraute er ihm gar nicht, es war eher eine Gewohnheit, die ihn die schmutzige, verkommene Ordination aufsuchen ließ. Als es noch verboten war, hatte Dr. Kremser Abtreibungen vorgenommen. Vielleicht war es der Umstand, daß Sonnenberg durch sein Wissen ein Gefühl der Überlegenheit verspürte. Er haßte es, wenn ihm jemand überlegen war, und wenn er sich krank fühlte, was selten vorkam, hatte er automatisch ein Gefühl der Minderwertigkeit (ganz im Gegenteil zu mir, der ich gerade, wenn ich krank bin, ein Gefühl der Überlegenheit habe). Der Hund des Doktors bellte im Nebenzimmer. Die Hände Kremsers waren kräftig, die Nägel kurz geschnitten.
»Nein«, antwortete Sonnenberg.
Dr. Kremser seufzte und schloß die Augen kurz, wie immer, wenn er sich zu einem Handgriff entschloß.
»Was ist?« rief er den Hund, während er Sonnenberg krank schrieb. Noch nie hatte Sonnenberg seinen Hausarzt mit einer Frau gesehen. Er fragte sich, wel-

che Frau sich wohl mit ihm einlassen würde. Wahrscheinlich ging er ins Bordell. Sonnenberg hatte einen Riecher dafür. Vermutlich trank er heimlich. Er wollte nicht weiter über ihn nachdenken. Es war Sonnenberg egal, ob ihn jemand auf der Straße sehen würde. Die Krähen stoben auseinander. In seiner Buchhandlung stöberte der Untersuchungsrichter in Reisebüchern. Das meiste wird durch Zufall entdeckt, dachte er. Hinter die meisten Verbrechen kommt man nur durch Zufall. Vitus Bering durchfuhr die Wasserstraße, die seinen Namen trägt, achtzig Jahre hinter Iwanowitsch Deschnew, weil dessen Expeditionsbericht unbeachtet im Archiv von Jakutsk schlummerte, bis er acht Jahre nach Berings entscheidender Forschungsreise durch Zufall entdeckt wurde. Er steckte ein Buch über Paul Belloni Du Chaillu ein, der die Quellen des Ogowe entdeckt hatte und die Heimat der Gorillas, die er fälschlicherweise als »die stärksten, wildesten und hinterlistigsten Ungeheuer des Schwarzen Erdteils« beschrieben hatte. Zum Beweis dafür hatte er zwei Jungtiere eingefangen, die jedoch eingegangen waren, weshalb man seine Entdeckung für einen ausgemachten Schwindel hielt. Das bestehende Weltbild darf nicht in Frage gestellt werden. Aber die Weltbilder wirbeln durch die Luft wie die gelben Blätter im Park. Ohne zu bezahlen, ging Sonnenberg auf die Straße. Einmal hatte er ein paar Schuhe in einem Geschäft gestohlen. Es war gerade Ausverkauf und kinderleicht gewesen. Er dachte an die vielen Beschuldigten, Gauner, Verbrecher, die vor ihm in der Verhörzelle gesessen waren. Es bestätigte seinen Verdacht, daß er sich sein Untersuchungsrichteramt nur angemaßt hatte. Über zwanzig Jahre war er Untersuchungsrichter gewesen, weil er es abgelehnt hatte, sich um ein Richteramt zu bewerben. Er mochte keinen Prozeß führen. In Wirklichkeit fällte aber er die Schuldsprüche. Er war sich dessen bewußt. Es mußte Schuldige geben. Er wollte, daß die Menschen dafür einstanden, was sie taten. Manchmal fühlte er sich beobachtet. Er wußte längst, daß es mehr Verbrechen gab, als ans Tageslicht kamen. Die meisten Verbrechen bleiben unentdeckt. Er stieg in eine der roten, halbleeren Straßenbahnen. Früher waren es Holzkästen gewesen, die geschwankt und geächzt hatten, mit Fenstern, durch die man auf die Straße blickte. Alles hatte geknirscht und gedröhnt, und von der Holzdecke waren die Lederschlaufen gehangen. Er steckte einen Fahrschein in einen Automaten. An der nächsten Station stieg ein Kontrollor zu. In Kürze war ein Streit im Gange. Eine fette Frau mit einem Einkaufsnetz hatte keinen Fahrschein gelöst und gab vor, ihn verloren zu haben. Schließlich wurde es dem Kontrollor zu bunt, und er trat ihr in den Bauch, daß sie vom Sitz kollerte. Die Fahrgäste blickten zur Seite, während der Kontrollor mit seinen Schuhen ihr Gesicht bearbeitete, bis Blut aus dem Mund quoll.

Sobald die Straßenbahn wieder hielt, stieg Sonnenberg aus und ging den Rest des Weges zu Fuß. Er kaufte sich ein geschlachtetes Huhn und nahm es zu Hause aus. Es ekelte ihn, aber er wollte es sich nicht eingestehen. Er hatte Hunderten Obduktionen beigewohnt. Zuerst öffnete der Gerichtsmediziner den

Schädel, dann kamen die Eingeweide an die Reihe. Wirklich schlimm war es nur bei Kindern gewesen, aber auch bei den übrigen Fällen hatte es ihn immer wieder geekelt. Die Kleidung und die Gegenstände des Toten lagen in Leinenbeuteln. Sonnenberg wusch das Huhn aus. Er verabscheute jetzt den Geruch und legte es in den Kühlschrank. Statt dessen aß er eine Dose Sardinen. Er mochte die Quecksilberfarbe der kleinen Fische. »Man kann mir nichts beweisen«, sagte er plötzlich; erstaunt hob er den Kopf. Diesen Satz hatte er tausendmal gehört, nun sagte er ihn selber. Er wußte nicht weshalb. Möglicherweise weil er nicht ins Büro ging. Es gibt kaum zwingende Schlüsse, dachte er, man kann ebenso zwingend fast immer das Gegenteil behaupten. Für die Dummköpfe gibt es Beweise in jeder Menge, ohne Beweise bräche das ganze Leben zusammen. Das Denken ist nun einmal auf Beweise ausgerichtet, die Vermutungen müssen sich verdichten, oder man erträgt es nicht. Er schlüpfte in das schwarze Sakko und den Staubmantel. Unwillkürlich schlug er den Weg zum Gericht ein. Seine Dienstzeit war schon zu Ende. Er sperrte sein Büro auf und räumte den Schreibtisch zusammen, dann trat er ans Fenster. Die Blätter trieben bis in den dritten Stock hinauf und bildeten in der Luft Wolken. Er dachte, es seien Gedanken, die durch einen unsichtbaren Kopf wirbelten, Denkansätze, Vergessenes, Verworfenes ... man konnte sehen, wie der unsichtbare Kopf dachte ... wie alles in Bewegung geriet, aufgewirbelt wurde und sich wieder setzte ... was dachte dieser unsichtbare Kopf? Führte er etwas im Schilde? Befahl er ihm etwas? Durch die Wand schritt der Gerichtspräsident mit einem riesigen Schnuller um den Hals. Sein Glied war entblößt und steckte in einer gelben Plastikente. Die Ente quakte. Hinter dem Präsidenten erschien der Justizminister, nackt, von Schuppenflechte befallen, er stammelte und lallte, Rotz rann aus seiner Nase, unter dem Arm riesige Mengen von Ordnern und Akten, die er mit sich herumschleppte. »Quak-Quak«, tönte die Ente. Sie öffneten die Tür und verschwanden auf den Gang. Sonnenberg lief hinaus. Langsam begann es dunkel zu werden. Die Blätter huschten wie gelbe Papiermäuse über den Asphalt. Er litt an etwas wie Entzugserscheinungen. Was dachte der unsichtbare Kopf? Was befahl er ihm? Natürlich herrschte er über ihn, hatte er eine geheime Macht über sein Gehirn. Sonnenberg wußte nur noch nicht, auf welche Weise. Es war ein riesiger, unsichtbarer Kopf, der ihn mit seinen Gedanken in Form von Blättern berührte. Der Kopf wollte mit ihm sprechen. Sonnenberg schaute in die Luft. Die Blätter bildeten Bäume über den Dächern, seesternartige Gebilde, Schlangen. Nein, er war nicht verrückt. Er fühlte, daß er lebte. Er wollte, daß das Leben mit ihm umsprang, daß es ihn verwirrte, ihm eine Ohrfeige versetzte, ihn in die Luft schleuderte, ihn in den Mund steckte, den Schädel abbiß, daß es ihn zerkaute, ins Ohr stopfte, zu Futzeln zerrieb und von der Hand blies wie Samen von Löwenzahn. Das Leben sollte ihn in die Mangel nehmen, durch den Kakao ziehen, herumschleudern, einfach alles mit ihm machen. Er wollte nicht in das Café gehen, das er immer aufsuchte. Er wollte nicht, daß ihn jemand erkannte. Er wollte anonym sein.

Der Gedanke erzeugte in ihm ein Lustgefühl – er wollte Menschen sehen. Er nahm im Speisesaal Platz. Vertreter saßen herum, aßen Eierspeise und tranken Bier. Es war ein schäbiges Hotel. Der Kellner war unfreundlich, man behandelte einander, als ob man nicht vorhanden wäre. Sonnenberg wartete nicht, bis der Kellner sein Bier brachte, sondern verdrückte sich. Entronnen, dachte er, als er sich in die Straßenbahn setzte. In der Straßenbahn aber ging es weiter. Ein Autobus raste von rechts heran und krachte in den Waggon, Eisenteile schwirrten durch die Gegend, Funken sprühten, verstümmelte Menschen kugelten über den Asphalt. Aber es kam kein Autobus. Die Straßenbahn schaukelte dahin. Es kam auch keine Riesenhand, die die Straßenbahn ergriff und in die anbrechende Nacht schleuderte, wie eine Wolke Blätter.

Heute habe ich in der Zeitung gelesen, daß sich ein Bekannter umgebracht hat. Wir waren nicht befreundet. Ich schätzte seine Arbeit – er war Bildhauer – nicht sehr. Kaum hatte ich von seinem Tod gelesen, schien mir seine Arbeit aber interessant. Der Selbstmord flößte mir Respekt ein. Ich betrachtete das Foto, ich hatte ihn anders in Erinnerung. Niemals hätte ich ihm zugetraut, daß er Hand an sich legte, nicht einmal einen ernstzunehmenden Selbstmordversuch. Vermutlich hätte ich ihn verspottet, wenn er mit mir darüber hätte reden wollen, zumindest insgeheim. Ich gehe auf das Pissoir, pisse, betrachte den gelben Strahl, der in den Kampferkugeln versickert. In meiner Jugend war ich davon überzeugt, daß ich früh sterben würde, ich konnte mir nicht vorstellen, älter zu werden. Es ist ein warmer Spätsommertag. Vor einem Monat brauchte ich noch einen Sonnenschirm, jetzt muß ich achtgeben, daß ich mich nicht verkühle. Es ist falsch, wenn ich sage, ich dächte an den Tod. Etwas in mir denkt – ich kann es nicht beeinflussen. Ich sitze in der Eisenbahn, ich lese Zeitung, ich wasche mein Gesicht, und mein Tod fällt mir ein. Ich habe mich daran gewöhnt. Nicht, daß es mich nicht berühren würde, aber ich sehe ein, daß ich es nicht ändern kann. Weder kann ich mich zwingen, nicht daran zu denken, noch kann ich verhindern, daß ich sterbe. Diese Gedanken niederzuschreiben, bereitet mir sogar Freude. Ich habe Genuß empfunden, als ich Ascher im *Landläufigen Tod* mit einer Schrotflinte Selbstmord begehen ließ. Ich gebe zu, daß ich diese Geschichte erst zum Schluß geschrieben habe, aus Furcht, das Buch nicht weiterschreiben zu können, sobald Ascher seinem Leben ein Ende setzte. Aber als ich mir ausmalte, wie er im Bett lag und Lindner das Zimmer betrat, einen Bienenhut auf dem Kopf, und durch den Schleier den Toten in seinem Blut sah, bereitete mir diese Vorstellung einen Genuß. Auf der anderen Seite hasse ich Gewalt. Ich habe allerdings bei der Schlachtung eines Schweines Freude empfunden, Minuten später habe ich sogar den »Blut-Tommerl« gegessen. Ich fand die Schlachtung jedoch abstoßend und roh. Ich verachtete die Menschen, die Tiere schlachteten (und sie schlachten ließen), im stillen. Ich versuchte, sie zu verstehen, es war nicht schwer. Trotzdem blieb ein Unbehagen zurück. Es hatte etwas mit Mord zu tun, darüber bestand für mich kein Zweifel. Es war Unrecht, ich verabscheute es, und trotzdem saß ich mit ihnen zusammen, trank Wein und aß. Ich war sogar der Unaufrichtigste. Ich übertraf vermutlich alle übrigen mit meiner Unaufrichtigkeit, weil ich sie spürte und erkannte. Ich bin mir nicht einmal sicher, daß die anderen sie auch nur empfanden, geschweige denn erkannten. Merkwürdigerweise dachte ich dabei nicht an meinen eigenen Tod. Mein Tod fällt mir immer bei den nebensächlichsten Verrichtungen ein. Es gibt selten eine längere Periode, in der ich ihn vollständig vergesse. Zumeist ist er da, und ich nehme ihn zur Kenntnis, worauf er für gewöhnlich verschwindet. Ich brauche keine langen Spekulationen über ihn anzustellen, es genügt, wenn ich ihm für den Bruchteil einer Sekunde meine Aufmerksamkeit schenke. Natürlich dachte ich schon an Selbstmord. Es ist nichts Besonderes an dieser Überlegung. Aber ich habe Furcht vor dem Schmerz und der Schwelle des Todes. Auch der Gedanke an Panik, die mich befallen könnte, wenn es schon zu spät ist, hält mich zurück. Und natürlich lebe ich gerne. Es ist ein herrlicher Spätsommertag, der siebente September, ein Samstag. Die Bienen summen in der Luft über den Magazinen, die der Bienenzüchter hinter dem aufgelassenen Schweinestall aufgestellt hat. In einer Woche fahre ich in die Stadt. Man sieht schon deutlich die Äste an den Bäumen, das Laub lichtet sich, aber noch ist es grün. Es bereitet mir keine Schwierigkeiten, mich wohl zu fühlen und über den Tod zu schreiben (auch wenn ich nicht bereit bin zu sterben). Ich gebe mich der Illusion hin, er sei weit weg.

Mein größter Wunsch war es lange Zeit, unterzutauchen, vom Erdboden zu verschwinden. Ich setze mich in den nächstbesten Zug, mein Koffer ist immer reisefertig. Ich verabschiede mich ganz einfach von meinem Lebenslauf. Dabei hege ich keine Pläne, was weiter mit mir geschehen soll. Im Wegfahren fühle ich mich schon geborgen. Niemand kennt dich, du bist allen gleichgültig. Du suchst ein Hotelzimmer und wartest. Du nimmst einen falschen Namen an. Natürlich bevorzuge ich die Großstadt. Das Land ist nur erträglich, wenn man arbeitet. Im Dorf ist man lebendig begraben, ein fortgesetztes Objekt der Neugier. Kein Schritt bleibt den Nachbarn verborgen, kein Huster ungehört, jahrein, jahraus dieselbe Heuchelei, ohne die ein Zusammenleben auf engstem Raum nicht möglich wäre. Das Dorf ist für jemanden, der verschwinden will, der untauglichste Ort. Am besten kann man sich in der Großstadt in Luft auflösen. Oder in einem anderen Land. Ich sitze in einer fremden Stadt, in einer fremden Wohnung und beginne zu schreiben. Niemand hat eine Ahnung, was ich tue, was ich beabsichtige – ich weiß es selbst nicht. Ich weigere mich, Leute, die ich wiederholt zu Gesicht bekomme, zu grüßen, ich schließe keine Freundschaften. Ich könnte ein Verbrechen planen. Ich gehe in kein Kino, in keine Oper, keinen Konzertsaal, kein Schwimmbad, ich weiche allen Menschenansammlungen aus. Es ist wahr, diese Vorstellung befriedigt mich, auch wenn mir dabei etwas fehlt, vermutlich Liebe.

Sonnenberg stand am Kanal und betrachtete den angeschwemmten Koffer. Er war mit einem Ledergürtel zugeschnallt, ein Stoffstück hing heraus. Sollte er ihn öffnen? Er wußte, daß man in einem solchen Fall die Polizei zu verständigen hatte und nichts berühren durfte. Während er das dachte, öffnete er auch schon die Lederschlaufe. Er fand ein Paar alter Tennisschuhe, Toilettensachen, ein Handtuch, ein Hemd. Das war alles. Der Untersuchungsrichter blickte sich um, dann kletterte er die Böschung hinauf. Unten am Kanal lag der Koffer. Ein merkwürdiger Zufall. Insgeheim bestritt er, daß es Zufälle gab, aber er dachte »Zufall« und zweifelte in diesem Augenblick nicht daran, daß der Begriff stimmte. Natürlich gibt es Zufälle, schoß es ihm durch den Kopf. Der Koffer lag geöffnet da, mit den Turnschuhen und Toilettensachen. Ein Hund trottete schnüffelnd das Ufer entlang, wedelnd und eifrig, aber doch hatte er sofort Zeit, wenn irgend etwas sein Interesse hervorrief. Er sah einer davonfliegenden Amsel nach, er scharrte hinter einem Baum, er »schlug sein Wasser ab«. Schließlich hielt er vor dem Koffer, schnüffelte, hob seinen Kopf. Gleichzeitig entdeckte er Sonnenberg. Sie standen einander gegenüber, Sonnenberg oben, der Hund unten.

»Was ist mit dem Koffer?« fragte der Hund. Er wich jetzt seinem Blick aus.

»Ich habe ihn gefunden.«

»Zufällig?«

»Ja, zufällig ... wieso, was ist mit ihm?«

»Nichts ... er riecht nach Blut.«

Ein Arm stürzte durch die gelbe Baumkrone vor den

Hund, der erschrocken zur Seite sprang. Sonnenberg traute seinen Augen nicht, der Hund verharrte in sprungbereiter Stellung. Da flog auch schon ein anderer Arm aus dem gelben Baum und klatschte auf den Boden, als nächstes folgte der Kopf. Auf diese Weise setzte sich ein nackter Mensch zusammen, der die Kleider aus dem Koffer nahm, sich ankleidete und langsam den Uferweg davonspazierte, den Koffer in der Hand. Sonnenberg lief in die Stadt, um sich zu vergewissern, daß er nicht gestorben war. Zum Beweis setzte er sich in sein Büro und verlangte, daß man ihm einen Mordverdächtigen vorführte. Es waren die letzten Akten, die er studiert hatte, und alle Einzelheiten waren ihm geläufig. Er setzte dem Mordverdächtigen zu. Er nahm ihn auseinander. Der Mordverdächtige begann zu weinen und legte schließlich ein Geständnis ab. Sonnenberg ließ ihn abführen. Erschöpft lehnte er sich zurück.

Kürzlich besuchte mich ein Bekannter, den ich zehn Jahre nicht gesehen hatte. Er sprach von gemeinsamen Erinnerungen. Er erinnerte mich an alles mögliche, was ich zu dem und dem gesagt hatte, alles aus dem Zusammenhang gerissen, alles falsch interpretiert. Schließlich warf ich ihn hinaus. Oder hatte gestimmt, was er mir erzählt hatte? Irgend etwas Wahres war daran gewesen, er hatte mich auch an Dinge erinnert, an die ich lieber nicht erinnert sein wollte. Möglicherweise sah er meine Person richtig, und ich machte mir nachträglich ein falsches Bild. Hatte ich überhaupt etwas mit dem Menschen zu tun, der ich vor zehn Jahren war? Ich war mir fremd geworden.

Ich hatte meine Meinung geändert. Ich habe mich zurückgezogen, um mein Gedächtnis zu erforschen, ohne darüber nachzudenken, wer ich gewesen war. Mich hatte, wie es heißt, die Vergangenheit eingeholt. Gut, es ist nicht gerade schmeichelhaft, einen Rückzieher machen zu müssen: er könnte recht gehabt haben. Ich habe ein schlechtes Gedächtnis. Mein Gedächtnis wird von Monat zu Monat schwächer, vermutlich sind es die Folgen des Alkoholkonsums. Ich vergesse Termine, Namen, Ereignisse. Die vergessenen Namen quälen mich oft stundenlang, bleiben mir immer auf der Zunge liegen, bis sie mir plötzlich wieder einfallen. Ich versuche, meine Gedächtnisschwäche zu verstecken, aber man glaubt sich von mir hintergangen und ist wütend auf mich.

Nein, ich habe nicht die Absicht, gegen den Alkohol anzukämpfen. Ich bin auch kein Säufer, zumeist werde ich lebhafter, wenn ich trinke. Ich verwandle das Leben in meinem Kopf. Ich nehme ihm seine Roheit. Die Welt wird plötzlich herrlich. Niemand kann mich an Begeisterung übertreffen, ich fürchte mich vor keinerlei Folgen – das heißt, es gibt keine Folgen, was geschieht, ist gleichzeitig wieder verschwunden – eine Geste, nicht mehr. Menschen, die mich durch ihre Niedertracht und Einfältigkeit aus dem Zimmer treiben, sind plötzlich die anziehendsten Gesprächspartner. Ich bin zu jeder Erniedrigung bereit, um den Beweis zu erzwingen, daß die Welt herrlich ist. Es liegt an mir, es zu beweisen, nur an mir. Ich kann die Luft zum Leuchten bringen, ich sehe die Feuerzunge des Heiligen Geistes über den Köpfen.

Nichts Öderes als zu spüren, »wie die Zeit vergeht«, nichts Öderes, als etwas zu tun, »damit die Zeit vergeht«. Eigentlich kümmert mich das nicht wirklich. Ich hake es ab und fertig.

Heute habe ich einen toten Iltis auf der Straße gefunden. Ich wagte es nicht, ihn zu berühren, aus Angst vor der Tollwut. Außerdem war ich mir bis zuletzt nicht sicher, ob er nicht lebte, obwohl er zweifelsfrei tot war. Es war ein schönes Tier, ein Geheimnis, das ans Tageslicht gezerrt worden ist. Nur das Lebendige strahlt einen Zauber aus, das Tote flößt höchstens Respekt ein, zumeist löst es Abscheu aus. Es ekelt uns vor dem toten Tier, solange es nicht in Fleisch verwandelt ist. Während ich schreibe, schaue ich mir zu, wie ich denke. Das Gehirn denkt, wie manche Nesseltiere existieren: in Flimmerbewegungen. langsam erschlaffen die Saugärmchen, die die Begriffe und Bilder heranziehen, verspielt wehen sie wie Papierbänder im Wind, dann greifen sie plötzlich hektisch zu, schließen sich, öffnen sich, geben frei, verschlingen. Dieses ruhelose Konglomerat aus Zellen auf der Suche nach den verborgenen Fehlern im Bilderrätsel, nach der Lösung des alltäglichen Rebus. Das ist die Ewigkeitszeitung, die es liest und liest, es liest immer wieder dasselbe, und doch ist es immer wieder neu. So entziffert es stetig die Hieroglyphenschriften seiner Umgebung, die Schrift der Wolken, des Wassers, der durchsichtigen Luft ... es denkt niemals in Kurven, es denkt blitzförmig ... seine Konsistenz aber ist die des Wassers.

Sonnenberg schälte eine Orange. Er schnitt sie mit dem Messer sternenförmig an und löste die Frucht heraus, wie eine gelbe Seerose blieben die Schalen auf dem Tisch zurück. Er las die Zeitung halb schläfrig, mitunter geriet er noch ins morgendliche Tagträumen, das sich mit der Lektüre der politischen Berichte und lokalen Meldungen vermischte. Das eine hatte mit dem anderen nichts zu tun, es bestand nebeneinander. Zumeist wußte Sonnenberg nur mehr einige Überschriften, die er gelesen hatte, das übrige beschäftigte ihn nicht länger, als der Lesevorgang dauerte. Der Ausguß stank wie immer, bevor es zu regnen anfing. Sonnenberg stand auf und steckte die Stöpsel hinein. Er trug den Morgenmantel und abgetretene Lederpantoffeln. Im Bad fröstelte ihn. Er stieg auf die Waage. Das halbe Leben kämpfte er gegen sein Übergewicht an. Eine Zeitlang aß er wenig, dann fiel er wieder in seine gewohnte Unbeherrschtheit zurück, was das Essen und Trinken betraf. In seinem Kasten hingen ein paar Hosen und Jacken für die verschiedenen Körpergewichte, die er gerade hatte. Er blickte durch das Fenster auf den Himmel. Nie sah er vom Fenster aus auf die Straße. Er litt unter Schwindelgefühlen, Balkon betrat er überhaupt keinen, er haßte die alten Stiegenhäuser mit den niederen Geländern und steilen Treppen, die bis in sechs Stockwerke hinaufführten. Zumeist drückte er sich an der Wand entlang und vermied einen Blick in das Parterre. War er schwindlig, weil er ein Schwindler war? So lächerlich die Vermutung schien, sie beschäftigte ihn ernsthaft. Möglicherweise war es eine Strafe für seine Unaufrichtigkeit. Weshalb war er

Untersuchungsrichter? Das Telefon läutete, und man teilte ihm mit, daß man eine Leiche gefunden hatte, Anfangsbuchstabe H, den er zu betreuen hatte. Man brachte ihn mit einem Auto zur angegebenen Adresse. Alles schwirrte aufgeregt herum. Die Hausmeisterin brannte geradezu darauf, ihm alles zu erzählen. Sie schritten durch einen Hausflur auf einen Hinterhof, in dem sich eine Kohlenhandlung befand. Berge von Kohlen rutschten unter dem Dach hervor. Es war wie in einem dumpfen Hafenabschnitt. Es roch nach Pissoir ... Die Kohlen glitzerten. Alles war voll Dreck, die Gehilfen rußig ... eine zerbeulte Eisenwaage, auf die Kohlen trommelten. Die Arbeit ging weiter, die Menschen froren. Der Untersuchungsrichter ließ sich vom Kommissar Bericht erstatten. Polizisten standen herum, Erhebungsbeamte machten Skizzen, vernahmen ... Die Mieter des Vorhauses blickten aus den Fenstern oder wurden weggeschickt. Die an den Fensterplätzen waren vollständig ruhig, ihnen konnte nichts geschehen, man konnte sie nicht wegschicken. Manche im Pyjama oder Morgenmantel. Jedenfalls hatten sie Zeit. Der Leichnam war ein Student, wie sich anhand der Papiere herausstellte. Er lag unter den Kohlen, wo man ihn versteckt hatte, der Boden war schwarz gefärbt von vertrocknetem Blut. Anhaltspunkte gab es keine. Niemand hatte etwas gehört, niemand hatte etwas gesehen. Der Kohlenhaufen geriet langsam in Bewegung, als man den Toten herauszog und wegschaffte. Sonnenberg folgte mit seiner Sekretärin dem Ermordeten in das gerichtsmedizinische Institut. Er empfand keinerlei Regung des Mitleids, keine Abscheu, nichts. Er blickte auf die Uhr, ohne festzustellen, wie spät es war. Seine Sekretärin färbte die grauen Strähnen aus ihrem Haar. Gestern war sie beim Friseur gewesen, dann sah sie immer aus, als habe sie eine Perücke aufgesetzt. Ihr Mann hatte eine Freundin, sie wußte davon. Seit über zehn Jahren war sie Sonnenbergs Sekretärin; wenn es sie bedrückte, vertraute sie ihm ihre Geheimnisse und Sorgen an. Früher hatte der Untersuchungsrichter Anteil genommen, versucht, sie zu verstehen, jetzt hörte er weg. Es handelte sich immer um dasselbe. Er kannte es schon auswendig. Der Mann war spät nach Hause gekommen, er sprach kaum mit ihr, ließ sich wenig blicken, verschwand mehr und mehr aus ihrem Leben. Dann trat die große Wende ein. Ihr Mann liebte sie wieder, sie kaufte im Delikatessenladen das Abendessen ein – ein paar Wochen später war alles wieder beim alten. Der halbe Stadtteil sah aus wie ein Klosett für arme Leute. Sonnenberg konnte sich vorstellen, daß diese heruntergekommenen Althäuser voller zersprungener Klosettmuscheln waren und alten Menschen, die auf ihnen ächzend ihre Notdurft verrichteten. Sie betraten den Obduktionsraum. Der Mord hatte sich in der vergangenen Nacht ereignet, er lag zwölf Stunden zurück. Das Opfer war erschossen worden. Der Schuß war aus kürzester Entfernung abgegeben worden – diktierte der Gerichtsmediziner – und hatte sofort zum Tode geführt. Sonnenberg kannte dieses Ermittlungsstadium. Unendlich langsam fügte sich alles zusammen wie bei einem Puzzle. Auf die Logik kam es weniger an, eher auf Erfahrung und Zufall und ein wenig Intuition. Zumeist war der erste Anhaltspunkt das Opfer, sein Körper steckte voller Hinweise. Die Lösung lag offen in ihm verborgen, nichts durfte dem Obduzierenden entgehen. Nicht selten ergaben die widersprüchlichsten Einzelheiten die einzige Erklärung für die Tat. »Eine Hinrichtung«, schloß der Gerichtsmediziner.

Sonnenberg schritt durch das Tor der Bauunternehmung und schaute zu, wie Maschinen und Ziegel abgeladen wurden. Die Arbeiter gaben sich durch Zurufe Anweisungen. Eine überfahrene Katze lag im Bauhof, die ankommenden und abfahrenden Lastwagen überrollten sie in einem fort. Dann schoß ein Angestellter mit Salzburgerhut, den Lodenmantel über den weißen Büromantel gezogen, aus einem Verwaltungsgebäude und beschimpfte einen Fahrer mit Wollmütze, der daraufhin schweigend beim Abladen mithalf. Sonnenberg war ohne Grund hier heraus gefahren. Er hatte zuerst seine Schwägerin besuchen wollen, es sich aber dann anders überlegt und war die Ausfahrtsstraße nach Süden weitergegangen. Eine Zeitlang war er einem Mann gefolgt, der ihm durch nichts Besonderes aufgefallen war. Schließlich hatte er sich geradezu an seine Fersen geheftet. Der Mann verließ die Bauunternehmung und ging die Ausfahrtsstraße weiter, an einer Tankstelle vorbei. Sonnenberg wehrte sich gegen die Trostlosigkeit, mit der sich die menschliche Existenz hier abspielte. Vielleicht folgte er aus diesem Grund dem Unbekannten, vielleicht konnte er über ihn hinter das Geheimnis dieser allgemeinen Lähmung kommen. Aber er war nicht wirklich an einer Lösung interessiert, er gab nur seiner Neugierde nach. Hinter der Tankstelle bog der Unbekannte in ein größeres Gelände aus Hügeln von braungelber Farbe ab, die von Gestrüpp bedeckt waren. Sonnenberg zögerte nicht. Kein Zweifel, daß dem Mann Sonnenbergs Verfolgung spätestens jetzt auffallen mußte. Sonnenberg folgte ihm, wie man einem Gedanken folgt, der einen zum nächsten Gedanken führt. Und gleichzeitig wurde ihm klar, daß er mit seiner Verfolgung eigentlich nichts bezweckte. Ihm war langweilig, er empfand die gefürchtete Leere, die alles ins Häßliche verwandelte und ihn diese Leere immer noch stärker empfinden ließ. Am besten, er würde kehrtmachen, aber er tat es nicht. Er wollte natürlich nichts aufklären. Im ersten Augenblick, als er bei der Verfolgung des Fremden daran gedacht hatte, schien ihm die Vermutung naheliegend. Jetzt erinnerte er sich daran, wie groß die allgemeine Abneigung war, über irgend etwas aufgeklärt zu werden. Es kam nur darauf an, daß jemand gefaßt wurde. Ununterbrochen mußte etwas entdeckt und im Zusammenhang mit der Entdeckung eine Verhaftung vorgenommen werden. Die Festnahme war alles. Hierauf lauerte man schon auf die nächste Entdeckung, das nächste Ereignis, das jemand verursachte, den man dafür verfolgte und verhaftete undsoweiter. Sonnenberg hatte am Anfang seiner Laufbahn mit Erstaunen zur Kenntnis nehmen müssen, daß sich niemand für den Prozeß der Aufklärung interessierte. Das war seine Angelegenheit, die Profession des Untersuchungsrichters. Man wollte nur Ergebnisse kennenlernen und die Hintergründe nur so weit, als es sich um Entdeckungen handelte. Im Grunde, argwöhnte Sonnenberg, wollten sich die Menschen selbst entdecken und festnehmen lassen, ihren geheimen Wunsch nach Bestrafung übertrugen sie auf andere, die gleichsam für sie bestraft wurden. Allerdings war es ihnen gleichgültig, weshalb sie bestraft würden oder jemand anderer. Das alles ging ihm durch den Kopf, und er wußte nicht einmal, ob es stimmte. Das Überprüfen des Denkens war ein ähnlich mühsamer Akt, wie die Erklärung für ein Ereignis zu finden. Es konnte vorkommen, daß sich ein Gedanke in Nichts auflöste, wie auch ein Ereignis sich plötzlich in Luft auflöste und als Verdacht, Vermutung, Spekulation herausstellte.

Am Rande der Hügel in der Ferne waren Neubauten zu erkennen, eine Kirche, Siedlungen, Fabriken, aufgelassene und neue. Die Wege zwischen den Hügeln, die Sonnenberg wie getarnte Bunker erschienen, waren schmal und steinig. Ältere Gebäude, von denen man nicht wissen konnte, ob sie bewohnt waren oder nicht, tauchten auf und verschwanden hinter dichtem Gebüsch. Der Mann drehte sich nicht nach ihm um, und Sonnenberg folgte ihm in einiger Entfernung. Die Siedlungen lagen klein und weit am Horizont des gleichsam riesigen Bombentrichters, in den Sonnenberg weiter hineinstieg, von dessen Rand aus sich die verstrüppten Hügel bergab zu bewegen schienen, wie eine Schar fliehender, krätziger Schafe. Es war merkwürdig, aber Sonnenberg begriff plötzlich die Zusammenhanglosigkeit. Natürlich war er sich über die Zusammenhanglosigkeit der Dinge und Ereignisse im klaren, allerdings eher als philosophisches Ergebnis oder augenblicklichen Einfall. Nun wurde sie ihm gleichsam demonstriert, wie ein Spielzug auf einem Schachbrett. Er begriff sie körperlich, er sah sie nicht von außen, sondern befand sich in ihr eingeschlossen, wie in einem Nebel. Was sollten die sandigen, von Gestrüpp bewachsenen Hügel? Was die merkwürdigen, halbverfallenen und unbewohnten Gebäude, die hin und wieder auftauchten, was die weit entfernten Siedlungen, die keinen Laut von dem vernehmen würden, was hier geschehen konnte, und was schließlich der Mann, dem er folgte? Und was hielt alles zusammen und fügte es zu einem Ganzen? Er hatte morgens nicht im entferntesten die Absicht gehabt, die Ausfahrtsstraße nach Süden hinauszugehen, nicht die Absicht gehabt, einem Fremden zu folgen ... weshalb kehrte er nicht um? Natürlich war das, was er aus seinen täglichen Verhören und Untersuchungen konstruierte, nur das Modell eines Zusammenhanges, eine geometrische Figur, die man als Wirklichkeit ausgab. Es mußte so sein, wollte er seinen Beruf ausüben. Er keuchte. Hier gab es weder Krähen noch Möwen, keine Menschen- oder Tierlaute. Zu seiner Überraschung tauchte hinter einem der Hügel eine wilde Schrebergartensiedlung auf. Er kannte sie nicht, obwohl ihm gerade Unterschlüpfe geläufig waren. Die Hütten waren dicht aneinandergedrängt, die schmutzigen Gardinen und Vorhänge geschlossen. Rund um die Siedlung im Gestrüpp türmte sich der Müll: Fahrrad- und Motorradrahmen, ein ausgeschlachteter Kühlschrank, Waschmitteltrommeln ... Ein Hund fing aufgeregt zu bellen an, und Sonnenberg blieb stehen. Er blickte sich um: Wo war der Hund? Nirgends ein Lebewesen, kein Mensch. Der Mensch war nur als unsichtbare Bedrohung vorhanden. Vor ihm das kleine Schrebergartenhäuschen, eine rohe Holzhütte, ein eingezäunter verwilderter Garten. Vorsichtig wurde eine Gardine zur Seite geschoben, und im Fenstereck erschien das Gesicht einer Frau mit strähnigem Haar. Ihre Augen starrten ihn haßerfüllt an. Sonnenberg spürte, er befand sich in fremdem Revier. Warum ging er nicht? Die Hügel waren stumm. Sie waren geprägt von Zerstörung, aber hatten sich dem menschlichen Zugriff schon wieder entzogen. Sie schienen wie geschaffen zum Beweis, daß das Häßliche schön und das Verrückte normal sei. Ein Reich der Ohnmacht und des traumlosen Schlafes, die Stadt war hier wie ein Lavafluß endgültig zur Erstarrung gekommen, aber die Hitze der Lava hatte die Landschaft entlaubt und verdorrt, und aus diesem vergessenen Chaos wucherten tote Fabrikschlote und verödete Fabrikshallen in der Ferne. Noch immer starrte ihm die Frau hinter dem Fenster ins Gesicht. Langsam senkte sich der Vorhang und gleichzeitig ertönte eine Flut von Schimpfwörtern und Verwünschungen. Es waren die obszönsten Ausdrücke und Gedanken, die in wüste Drohungen übergingen. Entschlossen trat Sonnenberg durch den Garten und klopfte an. Hätte man ihn danach gefragt, warum er es tat, hätte er keinen Grund dafür angeben können. Auch später erriet er nie, was er beabsichtigt hatte. Aber gerade diese Begebenheit war die Ursache für eine Theorie, die er von da an entwickelte. Er hatte diese Theorie immer wieder als Verdacht in sich gefühlt, den er nie aufkommen hatte lassen, nach diesem Vorfall aber war er überzeugt davon, daß die Menschen häufig Dinge tun, ohne es zu wollen und ohne daß sie für ihre Handlungen etwas können. Sonnenberg stand da. Der Hund bellte von weit her, sonst rührte sich nichts. An diesem Punkt endete seine Erinnerung.

Ich flüchte mich in das Buch, von dem ich nur vage Vorstellungen habe. Ursprünglich war es als Summe von Augenblickseinfällen gedacht. Aber den letzten Absatz über Sonnenberg habe ich geschrieben, wie man etwas »verfaßt«: mit Überlegung. Ich ließ mir zwei Tage dafür Zeit, ich spürte, daß Sonnenberg etwas zustoßen sollte, aber was?
Ich muß das Denksystem meiner Kindheit klarer erkennen lernen. Der Mensch denkt nur in seiner Kindheit: Solange es keine Erklärungen gibt, watet das Gehirn in einem Meer von gleichwertigen Begriffen und Wahrnehmungen. Es spielt keine Trümpfe aus. Es kämpft ums Überleben, aber es wehrt sich gegen das Lernen, weil das Lernen seine Zerstörung bedeutet. Es bezieht alles ein, ohne es zwanghaft miteinander zu verbinden. Es läßt die Verbindungen von selbst geschehen. Das Denken wird schließlich mehr und mehr vom Überlebenmüssen beansprucht, darum ist es auch mehr und mehr mit Überlebensstrategien befaßt, zuletzt zwangsläufig mit dem eigenen Vorteil. Schließlich wird es der Übervorteilungsautomat. Der Zauberer, der öffentlich seine schwierigsten Kunststücke preisgibt, verliert den Nimbus des Zauberers. Er wird zu einer Art

Polizist, ohne es zu wollen. Erst dadurch, daß sich der Gedanke nicht als Geständnis, sondern als Selbstbehauptung enthüllt, befreit er sich von seiner eigenen Last. Seit drei Tagen heize ich ein. Heute hat den ganzen Tag über das Licht gewechselt. Manchmal spielen die Schatten der Zweige in der Helligkeit des Sonnenlichts über den Küchentisch und geben dem Raum die Magie beschützter Abgeschiedenheit, dann wiederum ist alles vom Schatten weggeatmet, und das Geräusch des Herdes drängt sich in den Vordergrund. Bis spät in die Nacht das Brummen der Mähdrescher. Ich habe Graz fluchtartig verlassen, alles, was ich angriff, verwandelte sich in Scheiße. Zuerst lag ich im stillen Haus, untätig. Am nächsten Tag weckte mich die Morgenkälte. Die Ohren schmerzten. Es ist Mitte Oktober. Dieses Buch ist ein Brief, kein Roman. Ich breche ab, sobald ich nicht mehr von mir sprechen will, ich erfinde, wenn es mir danach ist. Kein Selbstporträt, nicht einmal in Splittern. Ich sitze im versperrten Haus, draußen stirbt die Natur. Schüler lehnen die Fahrräder an den ehemaligen Kuhstall und klauben Kastanien.

Als Kind fand ich in der Bibliothek meines Vaters ein Lehrbuch für Nervenheilkunde. Ich war der Überzeugung, daß darin die ganze Zeit über von mir die Rede war. Ich erkannte alle beschriebenen Symptome an mir. Ich blieb in geschraubter Körperhaltung stehen, ich versuchte, tagelang zu schweigen. Meine Ängste bekamen einen Namen. Aber ich durfte nicht entdeckt werden, keinesfalls durfte mir jemand anmerken, daß ich verrückt war. Ich war von selbst dahintergekommen, ohne fremde Hilfe, das gab mir die Chance, mich so zu verhalten, daß man meine Geisteskrankheit nicht bemerkte. Ich bemühte mich ununterbrochen, so zu sein, daß ich nicht in Verdacht geraten konnte. Ich war überzeugt davon, in einer Zwangsjacke ersticken zu müssen, sobald man sie mir überstreifte. Auch was eine Gummizelle war, war mir aus dem Lehrbuch bekannt. Ich erfüllte jede Anforderung, die an mich gestellt wurde, ich bemühte mich, im Innersten aber war ich davon überzeugt, daß ich unweigerlich in der Gummizelle landen würde und daß man mir eines Tages die Zwangsjacke anlegte. Ich konnte nur den Zeitpunkt hinausschieben. Ich hegte die Hoffnung, bis dahin alt genug zu sein, um fliehen zu können, auch glaubte ich, mich mit wachsendem Alter um so besser verstellen zu können, so daß es von einem Zufall abhing, daß man mich entdeckte. Als man den verrückten Sohn des Nachbarn, einen 40jährigen Mann, wegbrachte, war ich verzweifelt. Er trug im Hochsommer Mäntel mit Pelzkragen. Sein Gesicht war bleich. Er gab niemandem Antwort, es wagte auch kein Kind, eine Frage an ihn zu richten. Er ging im großen, schattigen Garten seiner Eltern um ein verfallenes Goldfischbecken. Zu fünft oder sechst riefen wir ihn von der Straße aus und warfen einen Kieselstein nach ihm. Er blieb stehen, öffnete seinen Mantel und zeigte uns sein Glied. Woher wußte das Irrenhaus von seiner Existenz? Ich gebe zu, ich fürchtete mich vor ihm, aber noch mehr Furcht flößte mir ein, daß plötzlich fremde Männer erschienen und ihn mit sich nahmen, offenbar in voller Kenntnis der Sachlage. Ein Großonkel von mir war seit dem zwanzigsten Lebensjahr im Feldhof eingesperrt. Ich wußte von ihm durch Erzählungen. Es gab keine Fotografien von ihm, kein Zimmer, keine Kleidungsstücke. Ich brannte darauf, ihn zu sehen. Er hatte millimeterlanges Haar auf dem Kopf und schaute mich interesselos an. Er drückte mir schlaff die Hand. Ich war in Begleitung meiner Mutter. Er weinte. Er hatte auf der Toilette einen Zeitungsausschnitt mit einer Todesanzeige seiner Schwester, meiner Großmutter, gefunden. Als wir nach Hause fuhren, in der Straßenbahn, erklärte mir meine Mutter flüsternd, was bei einer Lobotomie vor sich gehe. Ich begriff nur soviel, daß es etwas Grausames war. »... oder du kommst in den Feldhof«, »der gehört in den Feldhof«, »ein Feldhof-Narr«, »weshalb stecken sie ihn nicht in den Feldhof?« waren stehende Redewendungen in meiner Kindheit. Wir verwendeten selbst diese Redewendungen, ohne zu wissen, wovon wir sprachen. Eine Hauspartei, eine ältere Frau, hatte an einem heißen Sommertag Schreikrämpfe. Sie bedrohte andere Bewohner – uns Kinder hat sie nie bedroht. Ihren Mann, der immer ein Haarnetz trug, hat sie mißhandelt. Sie drohte ihm, ihn eines Nachts mit dem Messer umzubringen. Am Tag, an dem sie den Schreikrampf erlitt, wurde sie weggebracht. Zuerst mußten wir Kinder aus dem Garten in die Küche kommen. Vor der Balkontüre stand meine Mutter. Wir durften nicht hinaussehen, aber wir hörten die schreiende Stimme, die sich überschlagende, gurgelnde und erstickende Stimme im Garten, wir hörten, wie die Eisentür quietschend auf- und zuging, das dumpfe Zufallen der Autotür, das wir sonst nur vom Bäckerwagen her kannten, und das ganz ferne, leise Schreien aus dem Inneren des Wagens, zuletzt nur noch das sich entfernende Motorengeräusch. Eine andere Nachbarin sprang aus dem Fenster ihres Hauses. Man rief meinen Vater, er blieb lange weg. Die Rettung kam und kehrte gleich wieder um, kurz darauf erschien der Leichenwagen. Eine Zeitlang wurde nur geflüstert, wenn von der Frau die Rede war, wir erfuhren, »daß sie längst in den Feldhof gehört hätte«. Weshalb? Ich hatte immer Kirschen von der freundlichen, hübschen Frau erhalten, nie war sie mir unheimlich gewesen. Man erklärte mir, sie habe schon mehrmals versucht, sich das Leben zu nehmen, niemand weiß warum. Ich schließe an dieser Stelle die Aufzählung solcher Ereignisse. Ich füge nur hinzu, daß sie mich bestärkten, es sei mein unausweichliches Schicksal, in den »Feldhof« zu kommen, und jedes weitere und abermalige lesen des Lehrbuches für Nervenkrankheiten war nur ein neuerlicher Beweis. Ich bin überzeugt, daß der eine Großteil der sogenannten Geisteskrankheiten nur Phantasie ist, der andere Schwachsinn. Es gibt keine kranke Phantasie, wie es auch keine gesunde Phantasie gibt. Was man unter gesunder Phantasie versteht, ist Verstellung, ist eine abgerichtete Phantasie. Die frei dahinströmende Phantasie kann nur abartig sein, im Sinne eines herrschenden Ordnungsprinzips, sie ist immer gewalttätig, weil sie sich gerade an den Gesetzen entzündet, an den Menschengesetzen und den von den Menschen in der Natur aufgestöberten. Die Phantasie ist ein Überlebensmechanismus im Gehirn, wenn das Denken nicht mehr ausreicht, wenn das Denken nicht mehr Herr ist über die Ordnung oder sich selbst. Nur in den Existenzen, in denen die Phantasie als Notwehr wuchert, verwandelt sie das Denken in einen Dschungel mit Giftschlangen und Orchideenblüten. Die herbeigewünschte, herbeibeorderte Phantasie ist nicht mehr als ein bemaltes Osterei. Ich wollte, ganz im Gegensatz zu meiner Kindheit, später häufig in ein Irrenhaus gesperrt werden. Es war immer wieder mein geheimer Wunsch. Ich haßte es ebenso, wie es mich anzog. Dort dürfte ich sein, wie ich bin, redete ich mir ein. Medikamente sind keine Drohung für mich, ich nehme sie auch in Freiheit, die für mich keine Freiheit ist, sondern ein »Auslauf« oder »Ausgang«. Ich war immer wieder dazu bereit, das Leben dahinzudämmern. Ich bin mir nicht sicher, wie weit es eine Frage des Ehrgeizes ist, in ein Irrenhaus gesperrt zu werden, andererseits betrachte ich es als lebenden Beweis für die Ernsthaftigkeit meiner Absichten. Und vielleicht hat es auch etwas damit zu tun, daß man den kläglichen Rest seiner Kindheit, dieses angesengte, halbverbrannte erste Lesebuch in Sicherheit bringen will, weil die Dinge, die einen berühren, nur noch für einen selbst von Wert sind. Ich habe nie an den Wahnsinn als Krankheit geglaubt, nur an den Schwachsinn. Dem Schwachsinnigen gehört das Mitleid, dem Wahnsinnigen die Furcht. Aber es gehört ihm auch die geheime Liebe, so etwas wie versteckte Zuneigung, nicht aus Bedauern, sondern weil wir fühlen, daß wir etwas Größerem begegnen als uns selbst. Wir können damit nicht umgehen, wir können es nicht beherrschen, es setzt sich über uns hinweg, es kennt keinen Respekt.

Sonnenberg sah weißgestrichene Bretter, deren Farbe abblätterte. Er fühlte, er lag in Wasser. Die weißgestrichenen Bretter waren ganz nahe. Sie bedeuteten Schutz. Er schloß die Augen. Das Wasser, in dem er lag, war warm. Er hörte ein Geräusch ... er öffnete seine Augen und sah die weißen Bretter. Langsam drehte er den Kopf zur Seite. Ein Hund schnupperte an ihm. Er lief aus seinem Blickfeld. Sonnenberg hob den Kopf. Der Hund strich die Wand entlang und glitt aus einer offenen Tür, das heißt der Schatten eines Hundes. Wieder schloß er die Augen. Er wußte nicht, wo er war, er wußte nicht, wer er war. Er blieb liegen. Es war am besten so. Er hatte nicht das geringste Bedürfnis, sich zu bewegen. Er wollte auch nichts wissen. Es war besser, liegenzubleiben und zu warten, was geschehen würde. Es geschah nichts. Nach einiger Zeit kam wieder der Hund und schnupperte an ihm herum. Jetzt hatte Sonnenberg plötzlich den Wunsch, sich aufzusetzen. Als er es tat, stürzten die weißen Bretter auf seinen Kopf, und er sackte zusammen. Aber die weißen Bretter waren nicht auf seinen Kopf gestürzt. Er saß in einem winzigen Raum zusammen mit einem Köter. Der Raum hatte kleine, verhängte Fenster, es war eher eine Schachtel. In einer Ecke stand eine alte weißgestrichene Kredenz. Daran schloß sich eine Badewanne. Neben ihm lag eine nackte, tote Frau. Er kannte sie. Sie hatte ihn aus dem Fenster angeschaut. Und was ihm wie Wasser vorkam und warm war, war ihr Blut, das in einer großen Lache den gesamten Raum einnahm. Es stand unter der Badewanne, war unter die Kredenz gekrochen, unter den Stuhl und den weißen kleinen Küchentisch. Der Hund saß da in der Lache, sein Fell war blutig. Sonnenberg stand auf. Seine Kleidung, sein Haar, eine Hand – alles voll Blut. Er ließ sich auf den Sessel fallen und schaute sich um. Es kam ihm zu Bewußtsein, daß er benommen war. Das Gesicht der Frau war verzerrt, ihr Mund zu einem Schrei geöffnet. Der Hund fing nun an, das Blut aufzulecken. Sonnenberg besah sich genauer. Seine Schuhe voll Blut, die Ärmel seines Mantels wie rot angestrichen, mit seinem Rücken mußte es sich ebenso verhalten. Dort, wo er gelegen war, war ein Fleck in Form seines Körpers ausgespart. In der Badewanne lagen Äpfel. In diesem Augenblick trat ein Mann in die offene Tür. Der Mann kam ihm bekannt vor. Er hatte ein knochiges, scharfes Gesicht und war hager. Völlig gelassen griff er in die Manteltasche und holte einen Strumpf heraus, den er sich über das Gesicht zog. Dann klappte er ein Springmesser auf und befahl Sonnenberg, näherzutreten. Sonnenberg gehorchte. Er fragte sich erstaunt, was mit ihm geschah. Er dachte nicht im entferntesten daran zu sterben. Noch einmal blickte er sich im winzigen Raum um. An den Wänden klebten zerrissene Tapeten, weiß mit einem verblaßten Muster. Auf dem Tisch lag eine Zeitung, sie war aufgeschlagen, er konnte nichts erkennen. Die Frau war völlig ausgeblutet. Ihre Lippen waren weiß. Jetzt erst erkannte Sonnenberg die Stichwunde auf der anderen Seite des Halses. Dann wurde ihm schwarz vor den Augen.

Als er sie abermals öffnete, lag er wieder auf dem Fußboden. In der riesigen Blutlache waren an einer Stelle die Pfotenspuren des Hundes zu erkennen. Wieder erhob sich der Untersuchungsrichter. Er spürte, daß sein Gesicht blutig war. War er verwundet? Sein Kopf schmerzte, er griff hin, ertastete aber keine Verletzung. Es stank. Es war taghell. Er schaute die Tote, die neben ihm lag, nicht mehr an. Ein nackter Arm lag unter seinem Rücken. Das Blut gab ein klebriges Geräusch von sich, als er sich vom Boden erhob. (Ich schreibe diese Zeilen, so schnell ich kann, ich weiß nicht, wie es weitergeht. Ich mache keine Pausen, sobald ich ins Stocken kommen würde, würde ich aufhören zu schreiben.) Der Untersuchungsrichter wankte hinaus. Er durfte keinem Menschen begegnen. Das heißt, er mußte Menschen aufsuchen!! Er wußte nicht, was er wollte. Dann fiel ihm der Mann mit dem Gesichtsstrumpf und dem Messer ein. War es der gewesen, der ihm gefolgt war? Das heißt, *dem er* gefolgt war. Er verwechselte alles. (Pause. Aber ich muß die Geschichte fortsetzen, ich darf jetzt nicht über mich sprechen. Wenn ich aufstehe, um zu essen, weiß ich bereits, wie es weitergeht.) Er irrte zwischen den Hügeln herum und bemühte sich, die Siedlungen zu erreichen, doch es schien ihm aussichtslos. Dann änderte sich der Hügelcharakter der Landschaft, und er erreichte kleinere Gärtnereien, Felder, einen Autofriedhof. Kein Mensch war zu sehen. Die Angst jedoch, aus dem Gebiet, in dem er sich befunden hatte, nicht mehr herauszukommen, hatte nachgelassen. Das Blut auf seinem Mantelärmel war getrocknet. Ein Bus hielt ein paar Schritte

vor ihm, er lief auf ihn zu und stieg ein. Es war ihm eine tiefe Erleichterung, sich im zitternden, dahinfahrenden Bus zu befinden. Niemand schaute ihn an. Er sah sich in der Spiegelung der Scheibe, das Gesicht, die Hand blutig. Er mußte einen ekelerregenden Anblick bieten. Nach einigen Stationen kam der Chauffeur und forderte ihn auf auszusteigen. Sonnenberg stieg aus, wartete auf den nächsten Bus und fuhr weiter. Das wiederholte sich einige Male. Schließlich fragte er einen Polizisten, wo er sich befand. Der Polizist gab ihm willig Auskunft und erkundigte sich, wohin er sich begeben wolle. In die Innenstadt? Er blätterte in einem Kalender und riet ihm dann, zweimal umzusteigen. Beim zweitenmal befand sich die Bus-Station vor einem Haus, aus dem eine alte Frau gerade in das Altersheim gebracht wurde, das war den Gesprächen zu entnehmen. Der Untersuchungsrichter half, ein Klavier in den Möbelwagen zu schaffen, er fing die Decken auf, die die Transportarbeiter von den Fauteuils und Kästen nahmen, nachdem sie diese auf die Straße geschafft hatten, und ihm zuwarfen, und trug sie in den ersten Stock, wo man sie für den Transport weiterer Möbel benötigte. Die Wohnung leerte sich, schließlich trampelten die Arbeiter die Stiegen hinunter. Die alte Frau saß auf einem Stuhl und heulte.
»Man wird Sie gleich holen. Ich bleibe so lange bei Ihnen«, tröstete Sonnenberg sie. Allmählich beruhigte sie sich. Die Parketten in der vollständig leeren Wohnung krachten. Durch die Fenster sah man auf Hausmauern, hin und wieder fuhr ein Auto auf der Straße vorbei. Das Telefonkabel war abgezwickt,

selbst das Waschbecken im Badezimmer war abmontiert. Die Alte war eingeschlafen, und Sonnenberg ging leise hinaus. Der Bus brachte ihn vor seine Wohnung, und der Untersuchungsrichter betrachtete sich sogleich im Vorzimmerspiegel. Seine Haare waren blutig, das Hemd, der Mantel! Er wusch sich, warf die Kleider in die Mülltonne im Hinterhof, nachdem er sie in Packpapier eingewickelt hatte, und versuchte, einen klaren Kopf zu behalten. Er wußte nicht, ob er sich stellen sollte. Stellen, weshalb? Er hatte nichts verbrochen. Er war nur einem Mann gefolgt.

Das »Meisterwerk« der Willkür ist die Zeitung. Der Mangel dieses »Meisterwerks«: Die Zeit vergeht mit und in ihm. Die Zeit ist ein Raum. Der Mensch kann nur in geschlossenen Systemen denken, weil er selbst ein Eingeschlossener ist. Die gegenwärtige Philosophie stößt nicht zum Kern der Dinge vor, sie berührt nicht das Gen. Es kann nur eine Philosophie des Schmerzes und des Todes geben und der Einsamkeit. Die Philosophie muß austreiben wie die Pflanzen auf einer Wiese, sie kann kein Garten sein. Sie kann keine Anlage sein. Sie muß wild wuchern. Es gibt nur Erkenntnisatome. Welchen Körper sie bilden, ist genausowenig klar wie die Gestalt des Universums. Ich bin der Idiot, der Ochs vorm Scheunentor. Jeden Morgen, wenn ich aufstehe, und jeden Abend, bevor ich einschlafe, ist das mein Gebet. Der Raum ist eine menschliche Konstruktion. Für jeden kommt die Stunde des Feuers, in der er diesen Raum verbrennt.

In der Kunst:
Das Falsche ist das Richtige.

Philosophieren heißt nicht über den Bodensee reiten, sondern durch die Eisdecke brechen. Das Gehirn ein beschränkter, raffinierter Falschspieler. Zuletzt glaubt es an seine Fähigkeiten, als hätte es nicht mit gezinkten Karten gespielt. Es verwandelt das schlotternde Angstbündel in einen selbstbewußten Döskopf. Ich will, daß mir der Schreck in die Glieder fährt, wenn ich denke. Als Kind spielte ich im Garten, ich betrachtete die blühenden Löwenmäuler wie ein Betrunkener, plötzlich schoß mir das Böse entgegen. Nie habe ich die Welt so sinnlich begriffen wie in diesem Augenblick. Eine Sandviper, hoch aufgereckt, bereit zuzustoßen, starrte mich an. Ich starrte sie an. Sie war eine Handbreit von meinem Gesicht entfernt. Die Bienen summten. Ich hörte die Eisenbahn vorbeifahren, meine Großmutter klopfte hinter dem Haus einen Teppich, die Schweine auf der Müllhalde grunzten.
Unbeweglich wartete ich. Unbeweglich wartete die Schlange. Ich weiß nicht wie lange. Irgendwann gelang es mir, mich zu bewegen. Meine Großmutter drückte mit einer Astgabel die Schlange in das Blumenbeet und schlug ihr mit der Hacke den Kopf ab. Hierauf machte sie sich auf die Suche nach der zweiten. Tatsächlich entdeckte sie sie im Blumenbeet des Fotografen, zwei Häuser weiter. Ich setzte mich mit meinem Bruder auf die Gartentür und schaute der Großmutter zu, wie sie mit Astgabel und Hacke ans Werk ging. Der Kopf flog zur Seite, so wuchtig schlug

meine Großmutter zu, aber der Körper ringelte sich und kroch auf uns zu, Blut tropfte schwarz aus dem Rumpf. In diesem Augenblick öffnete sich die Gartentüre und fuhr auf die Schlange zu. Ich trug nur eine Hose am Leib. Bevor das kopflose Reptil uns erreichte, hatte meine Großmutter es auf die Astgabel gehoben, und schließlich warf sie die beiden Schlangenkörper auf den Müllabladeplatz der Stadtgemeinde, der sich direkt vor unserem Haus befand. Sofort kamen die Schweine und zerrissen und zerzerrten die sich schlängelnden Schlangenkörper, die rasch in ihren Mäulern verschwanden. Hierauf grunzten sie, als seien sie verrückt geworden. Ich habe diese Lektion nie vergessen. Jählings starrt dir das lidlose Auge, das häßliche Antlitz des Verderbens mit aufgebogener Nase und Giftzähnen ins Gesicht, bereit, Sekundenbruchteile später zuzustoßen. Ich wünschte, das Buch zeichnen zu können, wie einen Comic-Strip oder eine Bild-Dichtung, wie Günter Brus seine Arbeiten nennt. Ich will alles vergessen, das gesamte Gequake und Geschrei, die krankhaft andauernde *Bewußtheit*, diese Zwangs-Bewußtheit, die nichts ist als ein tödliches Virus. Der Schmerz und die Unfreiheit als Folgen des Sichfestklammerns. Es ist ein Glück, gespalten zu sein. Übrigens sind heute die Fliegen verschwunden. Ein sonniger, kühler Herbsttag. Ich spüre die Krümmung der Erde unter mir. Weit und breit kein Mensch.

Sonnenberg sah sein Hemd in der Größe eines Doppelbettes über der Stuhllehne hängen. Ein Haar fiel von seinem Kopf, es war ein Seil. Er wußte jedoch

nicht, was das Hemd war. Was bedeutete es? Wer hatte es ins Zimmer gebracht? Er stand auf und rief den Gerichtspräsidenten an, um ihm den Vorfall zu melden. Man holte ihn eilig ab und fuhr zum Schrebergartenhaus mit der Toten. Denken, dachte sich Sonnenberg, heißt zwangsläufig verrückt werden. Das Denken allein ist schon ein Zeichen von Verrücktheit. Je mehr einer denkt, desto verrückter wird er, es ist gar nicht anders möglich. Er zweifelte nicht daran, daß sich alles wirklich ereignet hatte. So oder so, es hat sich ereignet, schloß er seine Überlegungen ab. Am Morgen hatte er in der Mülltonne nach seinen blutigen Kleidungsstücken gesucht, aber die Kübel waren bereits geleert gewesen. Das wäre der einzige Anhaltspunkt gewesen. Der Gerichtspräsident saß neben ihm im Fahrzeug, er roch nach Mottenkugeln. Seine Nase war knollig, das schüttere Haar weiß, die blauen Augen verblaßt. Er wechselte mit Sonnenberg kein Wort, ja er blickte ihn nicht einmal an, sondern schaute angestrengt durch das Seitenfenster. Außer dem Gerichtspräsidenten wußte niemand von der Sache. »Ich weiß nicht, wie ich das verantworten soll, aber ich muß es wohl tun«, hatte er sein Vorgehen begründet. Sonnenberg hatte das gewaltige Hemd, die Zeltbahn, angezogen, jetzt paßte es auf seinen Körper. Das Haar war wieder klein geworden, nur die Hände gehörten nicht ihm.
»Ich leide nicht an Paranoia«, hörte er sich sagen.
Der Gerichtspräsident nickte.
»Trinken Sie?« fragte er nach einer Pause. Der Chauffeur hörte alles mit.
Im Gericht wußte jeder über jeden Bescheid.

»Hin und wieder«, antwortete Sonnenberg.
»Wer tut das nicht ... ich meine, trinken Sie mehr als üblich?«
»Nein.«
Der Gerichtspräsident hatte keine andere Antwort erwartet. Er wußte aber, daß Sonnenberg trank, und er hatte die Angelegenheit zur Sprache bringen wollen, damit Sonnenberg wußte, daß er auffiel.
Der Wagen bog jetzt von der Straße ab zu den verwahrlosten Hügeln.
»Wo ist es?« hörte Sonnenberg den Gerichtspräsidenten fragen.
Sie wurden heftig hin- und hergeschüttelt, es staubte braun. Der Abfall türmte sich an einer Stelle zu einem riesigen Haufen.
»Wie konnten Sie hierherkommen«, sagte der Gerichtspräsident, ohne eine Antwort zu erwarten. Er hatte das Gefühl, als gäbe es kein Zurück mehr in die Stadt, in seine Wohnung, in das Badezimmer. Sie stiegen aus, die Tür zum Schrebergartenhaus war offen. Im Vorraum stand ein Piano mit aufgeschlagenem Deckel. Sonnenberg hatte es übersehen, es mußte mit Bestimmtheit dagewesen sein. Darunter lag der Hund und blickte sie verstört an, es war ein großer, schlanker, schwarzer Hund. Der Gerichtspräsident zog sich Handschuhe an und öffnete die Küchentür. Auf dem Boden lag die nackte Tote, das Blut war fast über den gesamten Linoleumbelag des kleinen Zimmers gelaufen. Fußspuren, vermutlich von Sonnenberg und dem Hund, machten Flecken, und dort, wo der Untersuchungsrichter gelegen war, zeichneten sich die Umrisse eines Kopfes und Ober-

körpers ab. Das Zimmer selbst aber hatte gelbe Tapeten, Sonnenberg verstand es nicht.
Der Chauffeur stand mit angewidertem Gesicht in der Tür. Plötzlich sah Sonnenberg ein Krokodil unter der Kredenz hervorkriechen. Es kroch langsam auf sie zu, wahrscheinlich war es hungrig. Der Gerichtspräsident ging hinaus, Sonnenberg folgte ihm, der Hund trottete hinterher.
»Und jetzt?« fragte der Hund.
»Den Hund müssen natürlich Sie in Obhut nehmen«, sagte der Gerichtspräsident rasch. Inzwischen hatte der Chauffeur einen Kanister Benzin aus dem Kofferraum genommen und begonnen, das kleine Holzhäuschen anzuschütten. Sonnenberg bemerkte, daß der Gerichtspräsident noch immer das Taschentuch vor den Mund hielt, wie im Haus. Es war ihm übel, und er setzte sich bei offener Wagentür auf den Vordersitz. Der Chauffeur zündete das Schrebergartenhäuschen an, das lichterloh brannte.
Sonnenberg nickte. Das Krokodil fiel ihm ein, aber er sagte nichts. Sie sahen zu, wie alles in Flammen stand und die Fensterscheiben zersprangen. Eine schwarze Rauchsäule stieg zum Himmel.
Der Hund dachte folgendes: Die Alte spielte saumäßig Klavier, das ist wahr. Ganz saumäßig. Vor dem Krokodil mußte ich auf der Hut sein, es war mongoloid, nur merkte es keiner. Die Alte schlief in der Badewanne, ich mußte im Winter im Vorzimmer schlafen, um auf sie aufzupassen. Die Alte hat der Fleischergehilfe auf dem Gewissen, der ihr immer das Fleisch brachte und die Abfälle für mich und das Krokodil. Hatte es auf das Geld abgesehen. Stand im

Haus, als der Untersuchungsrichter auftauchte, und stach die Alte ab. Ich kriegte alles ganz genau mit, aber ich verdrückte mich …

»Sind wir uns schon einmal begegnet?« fragte Sonnenberg plötzlich. Er hatte ein gutes Gedächtnis.

»Am Flußufer, als die Menschenteile vom Baum fielen«, antwortete der Hund.

Richtig. Es hatte alles seine Richtigkeit, es paßte alles zusammen wie ein Puzzlespiel. Sonnenberg atmete erleichtert auf. Sein Verstand arbeitete einwandfrei.

Da kroch das brennende Krokodil langsam aus dem Haus. Sonnenberg erinnerte sich an einen Kriminalfall, wo zwei alte Menschen erschossen und deren Wohnung angezündet worden waren. Er hatte die verkohlten Leichen gesehen und sich geschworen, den Täter zu überführen, aber alle Spuren hatten sich verlaufen. Bei einem Verrückten im Steinhof, der sich weigerte zu sprechen, hatte man ein Bündel Zeitungsausschnitte gefunden, die sich alle mit demselben Fall befaßt hatten, aber es war aus ihm nichts herauszubekommen gewesen. Nicht einmal, was ihn bewogen hatte, sie zu sammeln. Und jetzt verwischte er selbst die Spuren eines Verbrechens. Das Krokodil verendete langsam. Es schlug mit seinem mächtigen Schwanz aus, dann lag es still. Mit einem Klaps trieb der Gerichtspräsident den Hund ins Auto. Am nächsten Tag berichteten die Zeitungen von einem mysteriösen Verbrechen. Sonnenberg wurde als Untersuchungsrichter eingeschaltet, obwohl er für den Fall nicht zuständig war, das Opfer hieß Charwath. Noch am selben Abend gestand der Hund dem Untersuchungsrichter, was er wußte. Als Sonnenberg den Gerichtspräsidenten davon unterrichtete, beurlaubte er ihn und übertrug den Fall einem Kollegen. »Ihre Gerichtslaufbahn können Sie sich aus dem Kopf schlagen«, sagte der Präsident zuletzt.

Es ist kaum jemand von irgend etwas tief überzeugt. Es handelt sich mehr oder weniger um Ideen-Attrappen, die keinen Einfluß auf das Handeln haben. Aber es gibt ein Gefühl, das auf Unrecht reagiert, wie sich Lackmuspapier verfärbt. Die Welt ist böse, weil sie schweigt und handelt, als stünde sie unter Hypnose. Ich würde gerne ein Singvogel sein und die Geschichte aus der Sicht des Singvogels schreiben oder einer Katze. Nicht wie E. T. A. Hoffmann es mit dem wunderbaren Kater Murr tat, sondern wirklich kätzisch, singvöglisch.
Ich hasse Verwechslungskomödien. Als Kind weinte ich bei derartigen Lustspielen, ich war verzweifelt. Ich wollte ja meine Bestimmung erfüllen. Die Verwechslung aber ist der Diebstahl der Bestimmung.
Ich stelle mich der Angst und werde von ihr beliebig herumgeworfen, herumgeschleudert. Die Angst ist so sehr Normalzustand, daß das Leben selbst mit der Angst verwechselt wird.
Zum Michverrücktstellen fehlt mir die Ausdauer. Ich müßte es werden – das heißt nachgeben. Ich sehe alles, was mir widerfährt, im voraus, das heißt ich spüre es. Nie war ich bei einem Schicksalsschlag, einem kleinen häßlichen Ereignis, wirklich ahnungslos, möglicherweise seit dem Ereignis mit der Schlange im Blumenbeet. Jedesmal, wenn ich gegen ein

schlechtes Gefühl verstoße, das heißt mich darüber hinwegsetze, werde ich förmlich bestraft. Dabei bin ich keineswegs eine Ausnahme. Ich kann mich, glaube ich, auf dieses Gefühl verlassen, es ist ein von der Angst entwickelter Instinkt. Betrete ich einen Raum, in dem Menschen sitzen, die mich verachten oder hassen, spüre ich es augenblicklich, auch wenn sich keiner das geringste anmerken läßt. Früher ließ ich mir aus Feigheit und Scham mit dem Gehen Zeit, heute kenne ich diese Orte schon im voraus oder ich mache auf den Absätzen kehrt. Andererseits wiederum ereignen sich Dinge, von denen ich weiß, daß sie einen schlechten Ausgang nach sich ziehen werden, und ich kann nichts dagegen unternehmen. Obwohl ich mir im klaren bin, was kommt, muß ich es geschehen lassen. An gewissen Punkten brechen bestimmte Ängste sichtbarer durch, wie Ausschläge auf der Haut. Es ist immer dieselbe Grundangst, die keinen bestimmten Namen trägt. Man sagt das Gegenteil dessen, was man denkt. Das ist auch klüger. Die Verlogenheit entsteht aus dem unausgegorenen Mißverhältnis zwischen dem Wahrsprechen und dem Lügen, dem berechnenden Austausch. Denken und Sprechen sind unaufhebbare Gegensätze.

Über der Stadt lag ein langsam einschmelzender dunkelblauer Himmel, auf dem die Gischt der Föhnwolken spielte. Wo die Sonne unterging, von einem flammenden Rot, im Westen aber, weit in der Ferne, glichen die Wolken häßlichem Rauch, als trügen sie die Kunde von einem gewaltigen Unglück mit sich. Die Farben schienen wie in einen

Ausguß abzufließen, man konnte, blieb man nur ein wenig stehen, diesen Prozeß mit freiem Auge verfolgen.

Am nächsten Tag saß Sonnenberg am Bett seiner Mutter im Altersheim. Er hatte sie seit längerem nicht besucht. Er verabscheute das Altersheim. Kaum betrat er es, roch er den Geruch der Alten. Er war sich nicht sicher, ob er ihn sich nur einbildete. Außerdem sparte seine Mutter Obst für ihn auf und versuchte, ihn zu überreden, es vor ihr zu essen, was in ihm heftige Übelkeit hervorrief. Im Sommer spazierte er mit ihr durch den Park und verwickelte sie in ein Gespräch, bei dem er die Umwelt einigermaßen vergessen konnte und sie nicht dazu kam, ihm Altersheimgeschichten zu erzählen. Alle Verwandten waren von ihr in den verschiedenen Krankenhäusern besucht worden, die Gräber ihrer Eltern und Schwiegereltern hatte sie mit Hingabe gepflegt. Damit hatte sie jetzt die Frau von Sonnenbergs Bruder beauftragt, die dieser Pflicht mit gutmütiger Gleichgültigkeit nachkam. Sonnenberg war in Begleitung des schwarzen Hundes, der zu Füßen des Bettes Platz nahm. Es war verboten, Tiere ins Altersheim mitzubringen. Der Hund gähnte. Sofort stürzte er sich auf die Weintrauben, die Sonnenbergs Mutter ihm zuwarf. Sie war entzückt. Der Hund lief an das Bett heran und sprang mit den Vorderpfoten hinauf. Nun fing Sonnenbergs Mutter zu zetern an. Der Hund war völlig erschrocken und stieß einen Stuhl um, auf dem das Glas mit einem künstlichen Gebiß stand. Es zerbrach auf dem Boden. Im nächsten Augenblick erhoben sich die übrigen Insassen aus ihren Betten und begannen, auf den Hund einzuschlagen, und durch die aufgerissene Zimmertür stürzten weitere Insassen in Schlafmänteln und Nachthemden und schrien und machten sich, nachdem sie den Hund vertrieben hatten, über Sonnenberg her. Es war ein mittelgroßer, weißer Raum mit einigen Betten, einem weißen Kasten und einem Waschbecken mit Spiegel. Der Kunststoffboden war peinlich genau gesäubert. Man brachte gerade die alte Frau herein, bei der Sonnenberg blutig in der ausgeräumten Wohnung gesessen war, nachdem er geholfen hatte, ihre Möbel wegzuschaffen. Erschrocken schrie sie: »Das ist er!«

»Ja, das ist mein Sohn!« schrie Sonnenbergs Mutter im selben Tonfall. Jetzt erst gelang es ihm zu fliehen.

Nachdenklich schritt Sonnenberg die schmutzige, breite Donau hinauf. Ein Flußarm, vor dem ein Schild mit der Aufschrift: *Hafen Albern* stand, verzweigte sich in dichtes Gebüsch. Sonnenberg trat näher. Das Wasser zog ihn an, »weil ich ein Krebs-Mensch bin«, dachte er. Er spazierte mit Vorliebe um Seen, Teiche, an Flußufern entlang. Er konnte stundenlang ins Wasser starren. Als Kind hatte er sich – auf einer Brücke – in die Bewegung des Flusses vertiefen können, die ihm den Eindruck vermittelte, die Brücke fahre auf stehendem Gewässer. Am Ufer des trüben, stillen Flußarmes saßen in größerer Entfernung zwei Angler auf Klappstühlen und ließen die Schnüre der aufgesteckten Angeln im Wasser treiben, während sie auf einer zweiten Rute Köder auf-

zogen. Neben der einen Angelschnur trieb eine sich zersetzende Papierplane unter der Wasseroberfläche. Sonnenberg ging über die von vertrockneten Algen überzogenen Steine zu den beiden Anglern, hin und wieder warf er einen Blick in das Wasser, in dem an Steinen festgeklebte Algenfetzen sich schleimig in der Strömungsrichtung schlängelten. Es war Sonnenberg ein Rätsel, was die Angler in der verdreckten Brühe zu fangen hofften, und vor allem, wer die Fische verzehren würde. Wortlos stellte er sich neben die beiden Angler, die nur kurz aufschauten, hin. Einer holte eine Zeitung heraus und las. Sonnenberg konnte die Überschrift entziffern, die auf den Mord an einer alten Frau im Schrebergartenhaus verwies. Der andere holte seine Jause heraus und begann zu essen.
»Wollen Sie etwas?« fragte er Sonnenberg plötzlich.
»Nein?«
»Ich schaue zu«, antwortete der Untersuchungsrichter.
»Und?« fragte der Angler weiter. Der andere lachte hinter der Zeitung.
»Nichts«, gab Sonnenberg zurück.
»Dann ist es gut«, fuhr der Angler fort. Der andere lachte abermals hinter der Zeitung.
Einer trug eine gestrickte Wollmütze, einen Parkajanker und Gummistiefel. Sein Gesicht war verquollen, die Augen entzündet, und es fehlten ihm zwei Vorderzähne. Der andere hinter der Zeitung trug ebenfalls Gummistiefel, einen schmierigen hellen Mantel und eine Schildkappe. Er faltete seine Zeitung zusammen, so daß Sonnenberg eine scharfe

Nase, buschige Augenbrauen und einen Schnurrbart zu sehen bekam. Der Fluß zog leise glucksend und gleichgültig dahin.
»Sie haben viel Zeit?« fragte jetzt der mit der Zeitung.
Sonnenberg schwieg.
»Jetzt sagt er nichts mehr«, unterbrach der mit der Wollmütze die Stille.
»Wieso sagst du nichts mehr«, fuhr er ihn unvermittelt an. »Zuerst stellst du dich zu uns, und dann willst du nichts reden.«
Sonnenberg dachte nach. Er kannte die beiden nicht. Sie standen vor ihm und kümmerten sich nicht um die Angelschnüre. In diesem Augenblick biß ein Fisch an, und Sonnenberg wies mit einer Hand auf die Leine hin. Der Angler mit der Wollmütze steckte hastig die Jause ein und zog den Fisch vorsichtig, indem er ihm immer wieder Leine gab, heraus. Von Ferne hörte man eine Fabriksirene. Es war ein zappelnder, sich schlängelnder Aal, der an der Angel hing. Die Männer lachten, und der eine warf ihn mit einem Schwung seiner Angel auf die Steine. Lachend kamen beide näher. Der mit der Zeitung holte einen Stock aus einer Tasche und schlug blitzschnell auf den sich windenden Aal ein, dann grinsten beide und schauten zu, wie das Tier verendete.
»Jetzt ist er hin«, sagte der mit dem Stock, ohne seine Schadenfreude zu verstecken.
»Bist du zufrieden?« fragte der andere Sonnenberg, ohne sich zu bewegen. Beide blickten ihn an, und Sonnenberg hatte das Gefühl, daß sie ihn nicht fort-

gehen lassen würden. Auf einmal lachten sie auf und wandten sich von ihm ab, und während der eine sich um den toten Aal kümmerte, steckte der andere einen Wurm, den er aus einer durchlöcherten Blechbüchse nahm, auf den Angelhaken. Gerade als Sonnenberg kehrtmachen und gehen wollte (er hatte jedoch ein schlechtes Gefühl bei der Vorstellung, den Männern den Rücken zuzukehren), wandte sich der eine vom toten Fisch ab, knöpfte seine Hose auf, zog ein fleischiges Glied heraus und pinkelte gemächlich vor Sonnenbergs Füße. Sonnenberg stand da und blickte auf die Hand des Mannes, eine schmutzige, aber nicht schwielige Hand, in der das Glied, dessen lange Vorhaut ihm auffiel, lag. Der zweite Angler starrte grinsend zu ihnen herüber. Instinktiv machte Sonnenberg kehrt und ging davon.
»Willst du Schwanz lutschen?« hörte er den Angler hinter sich rufen. Der andere versuchte, ihn mit einem obszönen Angebot zu übertreffen. Sonnenberg ging rascher. Er versuchte wegzuhören. Er schaute sich nicht um und erreichte keuchend einen kleinen Weg. Als er sich auf ihm befand, blieb er stehen. Er blickte zum Fluß hinunter, wo die beiden Angler standen. Allerdings entdeckte Sonnenberg nirgends einen erschlagenen Aal. Die Angelleinen trieben im Wasser, und die Männer waren damit beschäftigt, Köder an zwei weiteren Angeln zu befestigen. Jetzt entdeckte er den erschlagenen Aal zwischen den Steinen. Auch die aufgeschlagene Zeitung lag dort und der feste, kurze Holzprügel. Die Männer kümmerten sich nicht umeinander und blickten auch

nicht zu Sonnenberg hinauf. Sonnenberg zweifelte daran, ob er sich wirklich nur alles eingebildet hatte. Wenn er sich das Ganze aber nur eingebildet hatte, was bedeutete das? Er bedauerte jetzt, den Hund nicht mitgenommen zu haben. Er ging den schmalen Weg entlang, warf hin und wieder einen Blick zurück, aber die beiden Angler ließen sich nicht stören. Das Gras war gelb und an den Spitzen frostig. Er konnte seinen Atem sehen. Über seinem Kopf trieben Wolkenschwaden am dunstigen Himmel. Dort, wo durch einen großen Riß die Bläue zu sehen war, zog sich die weiße Spur eines Düsenjets. Wieder drehte Sonnenberg sich um. Von hier aus bemerkte er vor dem Fischer mit der Wollmütze ein grünes Ruderboot, in dem ein Kescher lag. An einem Stahlseil war ein Netz befestigt, das im Wasser nicht sichtbar war. Zwei Ruderer kamen flach in das Wasser geduckt heran. Der Untersuchungsrichter entdeckte eine aufgegebene Hütte am Flußufer, ohne Fenster und Türen, das Holz grau, das Wellblechdach rostig. Entschlossen trat er ein. Von hier aus konnte er ungestört die beiden Angler beobachten. Der eine warf gerade seine Angel aus. Sonnenberg wartete. Er wußte nicht, wieviel Zeit verrann, aber es geschah nichts. Er erkannte die beiden Angler, und tatsächlich hatten sie ein grünes Ruderboot bei sich, und ein Netz hing im Wasser. Wenn er zu den beiden Anglern hinuntergegangen wäre, hätte er das bemerken müssen. Das hieß also, daß er nicht wirklich bei ihnen gewesen war. Er hatte kalte Füße und machte sich auf den Rückzug, wie er es selbst im stillen bezeichnete. Auf der anderen Seite der Donau standen Hüt-

ten auf Pfählen (wegen der Frühjahrsüberschwemmungen) unter Bäumen. Er wäre jetzt gerne in so einem Haus gesessen und hätte auf den Fluß geschaut. Immer hatte er sich vorgenommen, sich eines Tages ein Pfahlhaus zu mieten, vielleicht weiter flußaufwärts in Kritzendorf, um den Sommer dort zu verbringen, aber er hatte es nie in die Tat umgesetzt. Als er die Straße erreichte, fuhr ein Polizeiwagen heran und blieb vor ihm stehen. Er erkannte sofort einen der beiden Streifenbeamten, ein anderer saß hinter dem Lenkrad. Wieder ertönte die Fabriksirene.
»Wir haben einen Leichnam gefunden«, sagte der Polizist, nachdem er gegrüßt hatte.
»Wo?«
»Im Hafen.«
Er öffnete die Autotür, und Sonnenberg stieg ein.

Der zweitfrüheste Schneefall seit 58 Jahren (1980 – auch damals war ich auf dem Land – schneite es am 1. November). Der Hausbesitzer hat den Mais seinem Nachbarn verkauft, der ihn für das Wild stehenläßt. So sehe ich vom Fenster des Dachbodenzimmers aus Fasane, Nußhäher und Singvögel auf den Maisstauden schaukeln und in den Kolben Körner picken. Nach zwei Tagen Schneefall ist die Sonne herausgekommen. (Ich arbeite am besten, wenn niemand im Haus ist. Nur der Siebenschläfer unter der Holzdecke leistet mir mit seinem Rascheln und Nagen Gesellschaft.) Der Winter kam in der Nacht mit einem schweren Gewitter und Schneefall, die ganze Gegend spricht davon, ich habe im Valium-Schlaf nichts bemerkt. Heute breche ich zu einer

Wanderung nach Wuggau auf. Die Mischwälder leuchten gelb und rot, die Wiesen sind tief verschneit, nur die Straße ist trocken. Ich gehe hinunter nach Wuggau, zwischendurch schaue ich auf die Hügel, man sieht weit bis zu einem dunstigen Horizont, so weit, daß man meint, man könne augenblicklich fliegen, würde man sich nur fest genug abstoßen. In Wuggau erfahre ich, daß der alte Plersch gestorben ist. Die Nachricht stimmt mich traurig, ich bin nie an seinem Haus vorbeigegangen, ohne eine Flasche Wein mit ihm zu trinken. Einmal erklärte ich ihm meinen Sternenatlas. Auf dem Rückweg Unstimmigkeiten mit meiner Freundin. Ich trank bei einem Bauern zwei Viertel Wein. Dann überfiel mich eine düstere Stimmung. Ich starrte auf den Asphalt und dachte: »Die Spur der Vernichtung zieht durch meinen Kopf.« Jeder Sprung, jedes Netz von Sprüngen in der Decke, war nur eine Abbildung meines zersprungenen Kopfes. Jeder hat sein Unglück, mit dem er fertig werden muß. Ich schreibe meine Briefe an niemanden, am wenigsten an mich selbst.

Sonnenberg stieg über die Eisenbahnschienen zum Hafenbecken. Lautlos kam ihnen ein einzelner Waggon entgegen, von niemandem gelenkt. Auch Verschubhügel entdeckte Sonnenberg keinen. Der Waggon war rot gestrichen, mit der weißen Aufschrift: Sprengstoff. Die Polizisten und Sonnenberg sahen ihm nach, wie er in der Ferne verschwand. Vor ihnen, in zehn Meter Tiefe, erstreckte sich das Hafenbecken mit Eisschollen auf der Wasseroberfläche. Unter den

Entladungskränen ankerten keine Schiffe. Sofort befielen Sonnenberg Schwindelgefühle. Das Hafenbecken machte einen verwahrlosten, gefährlichen Eindruck. Stürzte man in das Wasser, gab es keine Rettung, denn die Wände bestanden aus Eisenplatten. Angezogen von der Tiefe und der Gefahr, ließ Sonnenberg seine Augen über die Eisschollen und zwei Lastenkähne streifen, die auf der anderen Seite ankerten. In diesem Augenblick explodierte der Waggon, und die Druckwelle warf Sonnenberg und die Polizisten zu Boden. Als sie aufblickten, erkannten sie eine gewaltige Feuerstelle am Stadtrand. Sie erhoben sich und liefen um das Hafenbecken herum. Eines der mächtigen Silogebäude war zusammengestürzt und hatte einen Lastwagen verschüttet. Der Schwefel bildete dichte Schwaden, die zum Himmel aufquollen und sich dann träge über das Hafenbekken senkten. Hustend liefen sie um das Hafenbecken herum. Sonnenberg hatte den Kopf eingezogen. Rasch war er außer Atem, denn er machte nicht viel Bewegung, bis auf seine Spaziergänge. Als sie die Stelle erreichten, an der sich die beiden schwarzen Lastenkähne befanden, hatte sich schon eine kleine Menschenmenge angesammelt. Der Gerichtsmediziner leckte seine Brille ab, steckte sie in den Mund und reinigte sie mit einem Papiertaschentuch. Der Polizeifotograf wartete und vertrat sich die Füße. Dazu hatten sich noch ein paar Hafenarbeiter gesellt. Sonnenberg stieg die Strickleiter hinunter. Er wagte es nicht, in die Tiefe zu blicken. Vorsichtig betrat er das Dach des Lastenkahns. Die Schwefelwolke hatte sich noch nicht bis hier herunter gesenkt. Zwischen den Eisschollen im gründunklen Wasser trieb eine Leiche mit dem Rücken nach oben. Einer der Schiffer zog sie mit dem Feuerhaken an Bord. Es war ein Mann von mittleren Jahren, die Augen weit aufgerissen, um den Hals hing ein Seil, an dem ein Stein befestigt war. Ein Fisch hatte sich in eine Hand verbissen und flog mit an Bord. Langsam setzte sich der Schwefelnebel. Sonnenberg ließ sich in der Kombüse einen Becher Kaffee geben, während der vorgesehene Untersuchungsrichter mit weiteren Polizisten eintraf. Der Hustenreiz, den der Schwefel auslöste, hatte eine Art Bellen der Menschen zur Folge. Es wurde kaum gesprochen, alles geschah im Laufschritt. Nach einer Weile kam der vorgesehene Untersuchungsrichter zu ihm in die Kombüse. Von der Decke hing Wäsche zum Trocknen. Sonnenberg sah, wie man den Leichnam mit einem Lastenkran in die Höhe zog, dann versank alles im gelben Schwefelnebel, und der Hustenreiz drohte ihn zu ersticken.

Als Kind schrieb ich in Blockbuchstaben kleine Geschichten auf ein Stück Papier. Meine Großmutter schmückte diese Einfälle oder Entwürfe mit Zeichnungen und nähte sie zusammen. Das waren meine Kinderbücher. Ich verstand nichts und reflektierte nicht über mein Nichtverstehen, deshalb erschien es mir selbstverständlich. Es ist für mich das Schwierigste, diesen selbstverständlichen Zustand des Nichtverstehens wiederzuerlangen, vor allem mit Hilfe des Denkens. Aber mit welcher Hilfe sonst? Und auf welchen Irrtümern beruht das Verstehen? Ich gebe zu, daß es mich kalt läßt, wenn jemand um das Verstehen ringt. Wer will überhaupt *alles* verstehen? Es gibt nichts Komischeres als den Verstand, der Rätsel erfindet oder sie lösen will. Das Denken ist wie der Vogel, der sich im Zimmer verfliegt und glaubt, durch die durchsichtige Glasscheibe ins Freie gelangen zu können. Er schlägt sich so lange den Kopf an, bis er stirbt, öffnet ihm nicht jemand das Fenster. Und doch beschäftige ich mich mit einem Rätsel. Ich beobachte Sonnenberg und warte, was er vorhat. Ich will keine Aufschlüsse über mich selbst, sondern über ihn gewinnen (ich gebe zu, ich habe paranoide Züge). Meine Anstellung im Rechenzentrum bereitete mir keine Freude, bis ich sie nach zehn sinnlosen Jahren aufgab, und meine Bücher sind nie das geworden, was sie in meinem Kopf waren (das Denken kann nicht schreiben). Was also hat Sonnenberg vor? Keineswegs ist er krank. Dies ist kein Krankheitsbericht, keine Symptombeschreibung, ich habe nicht die Absicht, eine Verwirrung aufzudecken. Das einzige, was mir hilft, ihn aufzuspüren, sind zwei Notizbücher mit Beschreibungen von Orten. Mir ist aber das Schicksal Sonnenbergs egal. Er kann tun, was ihm beliebt.

Auf dem Heimweg, während Sonnenberg durch die Geschäftsstraße ging, zerbrach mit lautem Knall eine Auslagenscheibe. Das Glas splitterte klirrend auf dem Asphalt. War ein Schuß gefallen? Sonnenberg blickte sich um. Da zerplatzte die nächste Auslagenscheibe. Langsam senkte sich der gelbe Schwefelnebel, und das Bellen der Menschen war von allen Ekken zu hören. Sonnenberg erreichte gerade das Gerichtsgebäude. Er konnte seine Hand nicht vor seinem Gesicht sehen. In den Gerichtssälen fanden die täglichen Prozesse statt. Seine Sekretärin hatte Urlaub genommen. Erschöpft ließ Sonnenberg sich in einen Stuhl fallen. Eine Kiste unerledigter Akten stand im Zimmer, und immer mehr häuften sich an. Er hatte keine Lust, sie zu lesen. Sie ödeten ihn an. Welchen Zweck hatte sein Leben, als den Dingen, die ihn selbst betrafen, auf den Grund zu gehen? Er war nicht geboren, um große Erkenntnisse zu erlangen, er mußte sein Geheimnis lösen, das ihn zu dem machte, der er war. Alles, was ihm widerfuhr, dachte Sonnenberg, hing mit der Art und Weise zusammen, wie er sein Leben führte. War er unglücklich, lebte er falsch. Natürlich gab es unglückliche Umstände und Verkettungen, aber er betrachtete seine Einstellung als Faustregel.

Er blickte auf das gelbe Gras vor seinem Fenster. Draußen auf dem Gang war eine Frau ohnmächtig zusammengebrochen. Man knöpfte ihre Bluse auf und gab ihr ein Glas Wasser. Ein Gerichtsbote stand vor ihm und schneuzte sich.

»Es handelt sich um eine Akte, die ich Ihnen bringen muß«, sagte er. Er öffnete eine Mappe und überreichte Sonnenberg mehrere in Maschinschrift eng beschriebene Seiten. Die Frau lag nach wie vor ohnmächtig auf dem Gang. Sonnenberg schloß die Tür. Sein Beruf war reden und fragen, fuhr Sonnenberg in seinen Überlegungen fort, zweifeln, überprüfen und auf jede erdenkliche Art mißtrauisch zu sein. Für ihn durfte Schweigen nicht in Frage kommen, und doch beherrschte es auch ihn. Er stolperte hinaus, nahm die U-Bahn. Sie fuhren durch die gelbe Undurchdringlichkeit. Viele Passagiere in der U-Bahn schliefen. Wenn sich die Preßlufttüren zischend öffneten, drangen sofort Schwefelschwaden ins Innere, so daß auch im U-Bahn-Waggon ununterbrochen ein bellendes Husten zu vernehmen war. In einer Ecke sank ein sich umschlingendes Paar auf den Boden des Wagens. Sonnenberg blickte weg. Über einen Lautsprecher wurden die Stationen angesagt, und Fahrgäste drängten, jedesmal wenn die U-Bahn hielt, hastig hinaus, draußen warteten schon ungeduldig andere, die hereindrängten, so daß die Passagiere in einem fort wechselten. Nur das Bellen blieb das gleiche. In Schönbrunn konnte man von weitem nicht mehr als die Umrisse des Schloßgebäudes erkennen. Sonnenberg war als Schulkind zum letzten Mal in Schönbrunn gewesen. Er stieß auf das Palmenhaus aus Glas, das wie ein langgestrecktes, merkwürdiges Tier, eine Art Riesenschmetterlingspuppe, im gelben Nebel sichtbar wurde. Menschen traf Sonnenberg keine. Er versuchte, eine Tür zu finden, aber das Tier geriet dadurch in Bewegung, richtete sich auf und nahm die Form eines dinosaurierhaften Skeletts an. Zu Sonnenbergs Schrecken erhob es sich und verschwand in den Schwefelschwaden. Einige Gartenarbeiter schaufelten Laub und kehrten es zusammen. Das Klirren der Glashausscheiben beachtete niemand. Die Bäume waren beschnitten, ebenso die Sträucher, der Kies knirschte. Sonnenberg sah von einer Brunnenfigur einen gebogenen Eiszapfen hängen. Die Bänke waren leer, manchmal saßen Raben auf den Lehnen. Er fragte einen der Gartenarbeiter nach dem Weg zum Schloß, erhielt aber anstelle einer Antwort einen Schlag auf den Kopf. Schließlich folgte er zwei Männern in Arbeitsmänteln, die einen menschengroßen, hölzernen Raben über eine Treppe trugen. Die Treppe wurde gerade gewaschen, der Boden im Schloß eingelassen. Sonnenberg folgte den beiden Männern, die den Raben schließlich im Arbeitszimmer des Kaisers abstellten. Kaum hatten sie den Raum verlassen, ein braungetäfeltes Zimmer, da richtete sich der Vogel auf und flog, die Fensterscheibe zersplitternd, ins Freie. Augenblicklich verschwand er im Nebel. Ein Teil der Mauer fehlte, und ein Vorhang war mit dem Raben verschwunden, die giftigen Schwaden quollen in den Raum. Sonnenberg blickte in das undurchdringliche Gelb. Dort, im gelben Nebel, hielten sich die Vernichter auf. Sie standen und saßen zusammen. Es war ihre Form, das Dasein zu bewältigen. Wieder wurde die Flügeltür geöffnet, und ein kleiner, starkranker Beamter mit dicken Augengläsern und einem Billardstock in der Hand führte Sonnenberg in das *Sterbezimmer*, in dem die Angestellten und Beschäftigten des Schlosses starben. An den Wänden lehnten Särge, im einfachen Soldatenbett, in dem der Kaiser vorangegangen war, rang ein Hausmeister nach Luft.

»Wie Sie sehen«, rief der Beamte, »liegt Herr Oskar in den letzten Zügen. Wir werden alle einmal diese Ruhestatt frequentieren.« Er seufzte und ließ eine Schimpfkanonade los. Sofort ertönte von allen Seiten durch die Saalwände beifälliges Gelächter. Der Beamte kümmerte sich nicht um Sonnenberg, sondern eilte ihm laut schimpfend voraus, von beifälligem, fettem Gelächter der unsichtbaren Schloßbediensteten, Restaurateure und Kartenzwicker begleitet. Im sogenannten »chinesischen Zimmer« hielt er an und warf eine Münze in ein seidenüberzogenes Panoptikum, und als Sonnenberg nicht sofort begriff, stieß er ihn mit dem Kopf gegen einen der Feldstecher, die in die Wand eingelassen waren. Auf einem schwarzen Bild stand in weißer Schrift: »Chinesische Folter«. In rascher Folge zog eine Serie dreidimensionaler Diapositive vorbei, die verschiedene Hinrichtungsarten zeigten. Den stetig fallenden Tropfen ebenso wie die Zerlegung des Opfers in einzelne Gliedmaßen und deren Numerierung, das Zusammenstampfen und Verarbeiten menschlicher Körper in Organe und das zum Idiotenschlagen. Dazu gab der Beamte unbeteiligt Kommentare ab. Die Vorstellung dauerte mehrere Stunden und steigerte sich stetig, was die Blutigkeit und Grausamkeit der Folterungen betraf. Schließlich drehte der Beamte erschöpft den Apparat ab und wies Sonnenberg mit dem Billardstock aus dem Schloß. Die Treppen waren durch einen inzwischen aufgetretenen Nieselregen und einen folgenden Kälteeinbruch vereist, so daß Sonnenberg das Gleichgewicht verlor und auf den Hinterkopf stürzte. Als er die Augen öffnete, leckte ihm der schwarze Hund das Gesicht. Der Schwefelrauch hatte alles mit gelbem Staub überzogen. Es sah aus, als sei gelber Schnee vom Himmel gefallen. Selbst die Raben waren gelb geworden und äugten vorwurfsvoll von den Eisenstäben des Schloßzaunes. Sonnenberg beeilte sich, zurück in die Stadt zu kommen, um im Caféhaus einen der Schachspieler zu treffen. Die U-Bahn war leer, aber im Caféhaus herrschte das gewohnte Abendgedränge.

Der schwarze Hund hatte sich am Nachmittag, auf der Suche nach Sonnenberg, im Schönbrunner Zoo verlaufen. Als er jetzt zufrieden, aber mit heraushängender Zunge unter dem Caféhaustisch lag und den Untersuchungsrichter seufzen hörte, legte er den Kopf auf den Boden und betrachtete die Welt der Füße und Schuhe. Für ihn waren Füße und Schuhe Gesichter, die Gesichter hingegen kamen ihm drohend von oben entgegen. Der Boden war geölt und duftete angenehm. Unter den Sesseln lagen leere Zuckersäckchen und ausgelaugte Teebeutel, ausgepreßte Zitronenscheiben und Zuckerstaub. Er fand sich mit dem Untersuchungsrichter ohne Schwierigkeiten ab. Von Justiz verstand er nichts, sie kümmerte ihn auch nicht. Er hörte auf dem Caféhausboden den Gesprächen der Gäste zu, bis er einschlief. Immer wieder öffnete er dabei die Augen und dachte kurz darüber nach, was er geträumt hatte. Er sah sich als schwarzen Hund laufen. Er sah sich im gelben Nebel laufen, öffnete die Augen, betrachtete Schuhe, die gingen, Hosenbeine und bestrumpfte Frauenwaden. Dann sah er sich wieder im gelben Nebel laufen. Er war stolz darauf, ein Hund zu sein. Er fühlte sich den Menschen überlegen. Er wollte nie ein Menschenleben führen. Beklagte er sein Schicksal? Kannte er

Reue? Hoffte er? Empfand er Sehnsucht? Sonnenberg wußte nichts von den bedeutsamen Gedanken seines Hundes. Er hatte ein Schachspiel gegen den pensionierten Sekretär des Bundeskanzlers Herrn Thaler mit einem Damengambit eröffnet und sich auf diese don-quichottehafte Weise aus der Welt gestohlen. »Die Menschen sind unglückliche Tiere.« Sie mußten auf zwei Läufen gehen. Sie logen. Sie sperrten Tiere ein, dachte der Hund. Er sah sich durch den gelben Nebel in das Schönbrunner Affenhaus schleichen und zwischen den Käfigen auf und ab laufen. Er hatte es mit der Angst zu tun bekommen. Er öffnete die Augen, blinzelte und dachte folgendes: »Der Affenkäfig ist ein Irrenhaus. Da gibts nix daran zu rütteln. Die Affen lehnen herum. Die Affen wollen sich umbringen, das sieht man mit freiem Auge. Sind idiotische Affen. Hocken traurig herum und starren vor sich hin, daß einem graust. Schauen einen nur aus den Augenwinkeln an. Argwöhnisch. Oder rennen immer dieselbe Strecke hin und her und spucken gereizt in der Gegend herum.« Er schloß wieder die Augen und sah sich als schwarzen Hund zwischen den Affenkäfigen. Er begegnete niemandem. Als er im Traum hinauslief, hörte er die Schreie von Tieren, aber er sah nur einmal den riesigen Kopf eines Elefanten im Nebel, die flatternden Ohren und den bedrohlichen Rüssel. Entsetzt hatte er sich aus dem Staub gemacht. Wieder riß er die Augen auf. Nur ein Hund weiß, daß jeder Moment ein Geheimnis besitzt, dachte er. Die Menschen erfassen nicht, daß es Momente gibt, sie erkennen auch nicht die Punkte, die eine Linie bilden. Jeder

Hund trägt das Geheimnis mit sich herum, daß er die Menschen durchschaut. Das macht ihn einsam, aber widerstandsfähig. Das Problem ist nur, daß das Geheimnis Geheimnis bleiben muß. Er ist auch kein Gefangener von Fragen. Er ist ein Antworter. Er schloß wieder die Augen, aber da tauchte noch immer der riesige Elefant im Nebel vor ihm auf und drohte, ihn zu zerstampfen. Blitzschnell öffnete er die Augen wieder. Am meisten irritierte ihn der Husten. Es war ihm vorgekommen, als kommandierte jemand herum, der sich übergab. Die Augen fielen ihm zu, und ein riesiger Pfau schlug im Schwefelnebel vor einem schwarzen Hund ein Rad. Der schwarze Hund war er selbst. Das Bellen störte ihn auch deswegen, weil es eine Art Konkurrenz darstellte. Er hatte bei Schopenhauer in den »Aphorismen zur Lebensweisheit«, im Kapitel IV: Von dem, was einer vorstellt, folgendes gelesen (alles, was er las, prägte sich ihm unauslöschlich ein): Wie Geschimpftwerden eine Schande, so ist Schimpfen eine Ehre. Z. B. auf der Seite meines Gegners sei Wahrheit, Recht, Vernunft; ich aber schimpfe, so müssen diese Alle einpacken und Recht und Ehre ist auf meiner Seite... Während der Hund dieses Zitat ohne einen Fehler oder ins Stocken zu geraten im stillen für sich aufsagte (mehr um sein Gedächtnis zu üben, als um sich zu bestätigen), träumte er *gleichzeitig weiter*.

Beim Schreiben blickt mein Denken in den Spiegel und versucht, seine Züge zu entziffern. Es starrt sich an und erkennt sich nicht. Es *grimassiert. Es spielt,* ohne es zu wissen. Zwangsläufig sind Widersprüchlichkeiten ein Ausdruck des Lebens, während das widerspruchsfreie Denken kein lebendiges ist, sondern ein Modell, etwas *Nachgemachtes, Mechanisches*, mit Scharnieren und Gelenken, im Grunde genommen Schwerfälliges, auch wenn es Menschen gibt, die damit Kunststücke zuwege bringen. Was denkt die Seerose, die sich in einem Spiegel sieht? Sie wird sich nicht begreifen, weil sie nicht weiß, was ein Spiegel ist, aber sie ist eine Seerose. Man *untergräbt* und stößt auf Armeen von Gestalten, wie man in China auf die Hunderte Ton-Soldaten unter der Erde gestoßen ist. Die Kunst schlägt dem Leben sozusagen ins Gesicht, sie besiegt das Leben im Spiel mit seinen eigenen Mitteln. Was anderes ist sie als Ausdruck von dem Gesetz der *Veränderung*? Der festgefahrene Stil ist das Verhängnis, ist die *Festschreibung*: Statt dessen der *Neubeginn*. Kunst als Auflehnung gegen das Sein, wie es ist. Sie ist nur die Spur der Methode. Man bedenke die ungeheuerlichen *Zufälle*, denen man das Leben verdankt, man bedenke die Vorstellung vom Geschlechtsakt als etwas Schmutzigem. Die Kunst weiß nur mehr. Sie ist *dagegen*. Sie formt mit ihrer Spur den Lehm, den Schnee. Hier bist du gewesen, egal, ob auf Lehmboden oder Schnee. Du hast die *Einheitlichkeit* zerstört. (Längst ersichtlich, daß ich keinen logischen Aufbau von Gedanken anstrebe, sondern mein Garn spinne, das Hirngespinst.)

Draußen ist es dunstig, und Schnee fällt, die Luft wird wasserblau. Zu Mittag, als ich zu Juliane essen ging, durch den patzigen Schnee, riß plötzlich der Dunst auf, und ich sah weit ins Tal hinunter. Pölfing Brunn lag in einem schmutziggelben Licht da. Es bedrückte mich, ohne daß ich sagen könnte, warum.

Sonnenberg betrachtete die Bücher in der Auslage des Antiquariats. Es war ein heruntergekommenes Geschäft unter einer S-Bahn-Station. Eine steile Stiege führte in eine Art Keller. Die Auslagen auf der Straße waren mit einem Gitter geschützt, so als fürchtete der Besitzer, die Scheiben könnten eingeschlagen werden. Es waren drei Schaufenster, eines davon war leer. Sonnenberg stieg die Stufen hinunter. Der Buchhändler stand mit einer Baskenmütze hinter dem Pult, rauchte und blickte nur kurz auf. Er ging hinter eines der Regale, und Sonnenberg hörte, wie eine Flasche entkorkt, ein Glas eingeschenkt und ausgetrunken wurde, dann erschien der Buchhändler wieder. Er hatte das Gesicht eines Universitätsprofessors, was durch seine Goldbrille noch verstärkt wurde. Er war zu stolz, um Sonnenberg zu fragen, was er wünschte. Sonnenberg suchte nichts Bestimmtes, eigentlich wußte er gar nicht, weshalb er eingetreten war. Er stöberte herum und kaufte, ohne sich darüber Rechenschaft zu geben, ein chinesisch-deutsches Wörterbuch, gelb kartoniert mit einem roten Kunstlederrücken. Die chinesischen Schriftzeichen gefielen ihm. Außerdem entdeckte er ein Buch über René Caillie, der schon seit frühester Jugend fasziniert von der Idee gewesen war, ferne Länder zu erforschen und »die Gegenden zu besuchen, die anderen Entdeckungsreisenden zum Grab geworden waren«. Der Antiquar schaute ihn nicht an, murmelte und nannte schließlich eine Summe. Er wickelte die Bücher in Zeitungspapier, gab Wechselgeld zurück und blickte beim Gruß zur Seite.

Es war schon Abend und dunkel. Sonnenberg hatte Lust, unter Menschen zu sein, betrat ein nahegelegenes Weinhaus und trank an der Theke ein Viertel. Dann ging er wieder zurück zur S-Bahn-Station. Im Vorbeigehen warf er einen Blick in das beleuchtete Antiquariat. Im selben Augenblick lief ihm ein Jugendlicher entgegen und stieß ihn um. Sonnenberg erkannte im Hinstürzen, daß der Davonlaufende eine Pistole in der Hand hielt, dann war er schon von der Dunkelheit verschluckt. Verwirrt erhob sich Sonnenberg. Die Tür zur Buchhandlung stand offen. Er stieg die Treppen hinunter. Hinter dem Pult lag der Antiquar mit einem Loch in der Stirn, aus dem ein dünner Blutsfaden lief. Sein Blick war zur Decke gerichtet, als befände sich dort ein entscheidender Hinweis. Sonnenberg lauschte. Der Antiquar tat keinen Atemzug mehr. Am Hinterkopf des Toten war das Gehirn ausgetreten. Es war dem Untersuchungsrichter klar, daß er sich nicht abermals mit einem Toten finden lassen durfte. Diesmal hatte er den Vorfall für sich zu behalten. Er griff in die Hosentasche des Antiquars und fand einen Schlüsselbund. Es war knapp vor sechs Uhr, und Sonnenberg versperrte zunächst die Eingangstür. Dann drehte er das Licht ab. Fast gleichzeitig klopfte es an die Glasscheibe der Tür. Aus der Dunkelheit sah er einen Mann mit Hut, der mit vorgehaltener Hand durch das Glas starrte. Mit Sicherheit konnte er den Untersuchungsrichter nicht erkennen. Endlich machte er sich davon. Sonnenberg entdeckte einen dicken Atlas auf dem Ladenpult, klemmte ihn unter den Arm und verließ nach einiger Zeit das Geschäft. Was aber sollte er mit den Schlüsseln tun? – Er warf sie durch ein Kanalgitter und beeilte sich zu verschwinden. Er hatte kein schlechtes Gewissen wegen des Atlas, er war es gewohnt, Bücher zu stehlen. Plötzlich hockte eine Ratte vor seinen Füßen. Sie hockte wie erstarrt da. Sonnenberg sah ihre Augen und hatte augenblicklich das Empfinden, ein Verrückter zu sein. In ihm war alles hohl. Er konnte nur dastehen und den Blick der Ratte erwidern. Langsam drehte er sein Gesicht zur Seite, denn er wollte nicht von ihr angesprungen werden. Als er es zurückdrehte, war sie verschwunden. Er blickte sich um, der Bahnsteig der S-Bahn-Station war leer, noch immer trieben Blätter durch die Luft. Wo war die Ratte? In seinem Kopf? Saß die Ratte in seinem Gehirn, huschte sie durch seine Windungen? Er sah sie ganz deutlich in seinem Kopf. Langsam fraß sie sein Gehirn auf. Die Blätter wirbelten eine Luftsäule vor ihm auf und bildeten einen riesigen Rattenkopf, der sich in der Dunkelheit ausdehnte und zu ihm hinunterbeugte. Er war ihm ausgeliefert. Nicht, daß er das Aussehen einer Ratte annehmen würde, aber er mußte jetzt denken wie sie. Man würde es ihm nicht ansehen, trotzdem war er zur Ratte geworden. Er stand so gebannt da, daß er die nächste S-Bahn vorüberfahren ließ. In einem fort ging es ihm durch den Kopf: Ich bin eine Ratte, eine

Ratte. Er wagte es nicht, die S-Bahn zu nehmen. Die Blätter stoben auf und verschwanden mit der S-Bahn. Hatten sie auch die S-Bahn verschluckt, mit ihren Fahrgästen und in Ratten verwandelt? Vielleicht würden Tausende in Ratten verwandelt. Sonnenberg setzte sich auf die kalte Bank. Er mußte sich beruhigen, er mußte versuchen, klar zu denken. Der Antiquar war umgebracht worden. Er hatte den Täter flüchtig gesehen, ohne Genaueres angeben zu können, als daß es sich um einen jungen Mann handelte. Er war in das Antiquariat hinuntergestiegen und hatte den Ermordeten gefunden. Soweit hatte alles seine Richtigkeit gehabt... aber dann? Weshalb hatte er nicht die Polizei verständigt? Weshalb hatte er die Schlüssel an sich genommen? Weshalb hatte er schließlich das Geschäft von außen versperrt und die Schlüssel durch ein Kanalgitter geworfen? Das schlimmste Indiz war der Atlas! Er hielt ihn noch immer unter dem Arm und überlegte, was er mit ihm machen sollte. Liegen lassen? Womöglich hinterließ er damit Spuren, die zu ihm führten. Aber auch, wenn er ihn mit nach Hause nahm, hinterlegte er gewissermaßen eine Spur... Andererseits konnte ihm niemand beweisen, daß der Atlas aus dem Antiquariat stammte. Er konnte ihn schon lange besitzen. Aber die Antiquare – schränkte er sogleich wieder ein – machten zumeist irgendein Zeichen mit Bleistift auf der Innenseite des hinteren Buchdeckels. Er schlug den Atlas auf und fand tatsächlich eine Zahl und einen Buchstaben, eine verschlüsselte Preisbezeichnung. Er würde sie ausradieren. Und? Unter dem Mikroskop würde sie immer sichtbar bleiben, der Abdruck, den der Bleistift im Papier hinterlassen hatte... Vorläufig verdächtigte man ihn allerdings nicht. Er konnte den Atlas mit nach Hause nehmen und nach einiger Zeit verschwinden lassen. Sonnenberg bemerkte, daß er dabei war, gegen sich zu ermitteln. Natürlich hatte ihn auch die Ratte irritiert. Aber das übrige hatte er sich wohl eingebildet. Es war der erste Schreck gewesen über ihr Auftauchen, nachdem das Verbrechen ihn bereits verwirrt hatte. Er mußte denken wie die Ratte. Diese Furcht kam ihm als Gedanke ganz einleuchtend vor. Quietschend fuhr die nächste S-Bahn ein, und Sonnenberg suchte sich ein leeres Abteil. Jetzt fühlte er sich sicherer. An der nächsten Station nahm ein Betrunkener direkt gegenüber von ihm Platz. Gleich darauf erhob er sich und fragte Sonnenberg, ob er Platz nehmen dürfe. Mit einem Schlag fühlte der Untersuchungsrichter ein ungeahntes Selbstvertrauen bei dem Gedanken, eine Ratte zu sein. Er schaute den Mann an, der sofort verstummte und sich in eine andere Ecke des Wagens verzog. Dort murmelte er unverständlich vor sich hin, bis Sonnenberg die S-Bahn verließ, um in die nächste Straßenbahn einzusteigen. »Ich bin eine Ratte«, dachte er. »Ich denke wie eine Ratte. Die Ratte in meinem Kopf denkt.« Abermals wirbelten Blätter um ihn auf, der unsichtbare Kopf. Wie durch einen geheimen Entschluß gelenkt, stand er vor Dr. Kremsers Haus. Was wollte er hier? Bevor er sich noch eine Antwort gab, betrat er das Haus und läutete an der Ordination. Er hörte ein Schlurfen und von weiter weg ein Bellen. Also war Dr. Kremser zu Hause. Zö-

gernd öffnete sich die Tür, und der Doktor begrüßte ihn. Der Untersuchungsrichter nahm vor dem Schreibtisch Platz.
»Ich soll Sie krank schreiben?« fragte Kremser.
In einer Ecke stand ein Glasschrank mit medizinischen Instrumenten, die vermutlich noch nie gebraucht worden waren, auf dem Tisch der Holzkasten eines Mikroskops. Unwillkürlich hatte Sonnenberg die Firmenaufschrift gelesen. Auch Kremser erfaßte unwillkürlich etwas, nämlich den Blick des Untersuchungsrichters auf das Mikroskop.
»Soll ich Sie krank schreiben?« fragte Dr. Kremser ein zweites Mal.
»Ich brauche ein Schlafmittel«, antwortete Sonnenberg.
»Schlafen Sie schlecht?« Kremser begann in einer Lade zu kramen.
»Ja.«
»Schon länger?«
»Hin und wieder.«
Der Arzt gab ihm eine Schachtel und versuchte, ihm die Wirkung des Medikaments zu erklären. Aber der Untersuchungsrichter eilte ohne ein Dankeswort die Treppe hinunter. Er konnte Schlafmittel zu Hause sammeln und sich das Leben nehmen, dachte er. Es war jedoch nur eine kühle Überlegung.

Das ist die Tragödie, daß z. B. die Psychologie oder die Psychiatrie, selbst die Justiz *auch* recht haben. Erst im Irrenhaus darf man sprechen wie der Papst – ex cathedra oder allein mit sich.

Ich übe mich die dritte Woche im Schweigen. Wenn ich zu Juliane gehe (zu »Lindners Tante«), begegne ich niemandem. Nichts als Schnee, Nebel und Feuchtigkeit. Unterwegs schreibe ich Einfälle auf ein Stück Papier, zu Hause in ein Heft. Früher schrieb ich Beobachtungen auf, jetzt nur noch Gedanken. Ich versuche auf diese Weise, hinter meine verschwiegensten Geheimnisse zu kommen, meine *Hintergedanken.*
Ich schicke Sonnenberg auf die Reise, wie einen Versuchsballon. Ich will mich *verraten.* Sonnenberg ist ein Frager, der Hund ein Sucher, der ewige Schnüffler. Ich möchte wie der Ich-Erzähler des »verräterischen Herzens« ausrufen: »Schurken, verstellt Euch nicht länger. Ich bekenne die Tat! Reißt die Planken auf! Da! Da! – da schlägt ›mein‹ Herz, das gräßliche Herz!«
Ich suche nicht das Unglück. Das Unglück kommt, es ist das *Normale.* Ich schreibe das mit größter Aufrichtigkeit und einem glimmenden Funken von Freude.

Bei Juliane höre ich zu Mittag, daß man eine alleinstehende Frau in der Umgebung überfallen hat. Die Frau mußte sich auf den Boden legen, fesseln lassen und zusehen, wie der Mann den Kleiderschrank durchsuchte. Er drohte ihr mit dem Umbringen. Sein Gesicht war maskiert, und er raubte ihre Geldtasche, allerdings keinen sehr hohen Betrag. Es ist eine kranke Frau, sie wohnt eine Viertelstunde zu Fuß von meinem Haus. Sie log, obwohl sie sich zu Tode ängstigte, indem sie behauptete, sie habe kein Geld zu Hause. Ich empfinde keine Angst. Draußen ist es so neblig, als ob die Erde verdunstet. Rasch wird es dunkel.*

* Das ist das Spermium von Sonnenbergs Vater Karl, das am 28. September 1941 auf das Ovum seiner Mutter Adele traf und Sonnenberg zeugte:

Das ist das Ovum von Adele

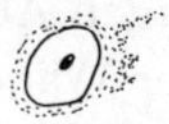

Sonnenbergs Dasein begann wie für jeden von uns mit zwei Geschlechtszellen, die in Adeles Schoß zu einer Zelle verschmolzen. Karl, Sonnenbergs Vater, hatte etwa eine halbe Milliarde Spermien auf die Reise geschickt, die folgsam um ihr Leben schwammen. Ihr unbekanntes Ziel, das sie alle zu erreichen suchten, war Adeles reifes Ei. Es war nicht größer als 0,13 mm im Durchmesser und wartete seit sechs Stunden im Eileiter. Viel Zeit bestand für Sonnenberg nicht, denn es blieb dort nur 12 Stunden befruchtungsfähig, noch dazu waren sich weder Karl noch Adele darüber im klaren, was geschah. Es ist ein Wunder, daß es Sonnenberg gibt. Ein einziges Ei, groß wie eine Nadelspitze, wurde jede vierte Woche in Adeles Bauchhöhle hinausgestoßen. Es mußte den Weg durch den Eileiter finden, wo den Spermien Karls nur ein paar kümmerliche Stunden blieben, um auf es zu treffen. Ein kleines Rechenkunststück veranschaulicht den hohen Grad von Zufall, an den Sonnenbergs Existenz gebunden ist. (Warum sollen wir immer nur über die Entstehung des Universums rätseln, vielleicht ist es nichts anderes als eine Spermienflut, die durch die Dunkelheit rast?) Die Menge der einzelnen Spermien, der die gegenwärtige Bevölkerung ihr Dasein verdankt, hätte – so wird bescheinigt – in einem kleinen Fingerhut Platz. Jedes Spermium ist nicht länger als 0,06 mm. Wie die Lemminge wandern Millionen von ihnen, militärisch ausgerichtet, mit dem Kopf nach vorne durch die Dunkelheit, und nur das erste, das auf die Zellmembrane des Eis trifft, wird sich mit ihm vereinigen. Karls Spermium, das Sonnenberg zeugte, unterschied sich äußerlich durch nichts von den Milliarden und Abermilliarden, die Karl im Laufe seines Lebens »verschwendet« hatte. Warum gerade dieses, wird sich der Leser nicht zu Unrecht fragen?

Sonnenberg verließ das Graue Haus am Nachmittag. Von der Decke des Ganges hingen Neonleuchten. Die Türen waren schmutzigweiß, mit Nummern und Namensschildern versehen. Bänke standen an den Wänden, daneben Kartons als Abfallkisten. Der Steinziegelboden war durch Milliarden Schritte von Beamten, Angeklagten, Zeugen und Gerichtspersonal so abgetreten, daß sich seine Struktur langsam auflöste. In regelmäßigen Abständen gab es Bassenas, die Bemalung der Wände war gelb mit einem weißen Muster, neben den Türen Aschenbecher. Sonnenberg sah das alles nicht mehr. Er bemerkte weder die Zentralheizkörper noch die verrosteten Heizungsrohre oder die Feuerlöscher. Selbst auf die Wanduhr warf er keinen Blick. Es roch nach Putzmitteln. Unten an der Eingangstür aus Eisen mit einem Guckfenster standen zwei Polizisten, die Sonnenberg grüßten, als er ins Freie trat. Es war noch hell. Sonnenberg schritt in Gedanken versunken die Straße hinauf. Soeben hatte er den Akt eines Mannes abgeschlossen, der zwei Pensionisten überfallen und beraubt hatte. Er hatte den Mann mehrfach *verhört.* Dabei war ihm aufgefallen, daß der Mann, als er gestanden hatte, plötzlich ein anderer geworden war. (Dadurch, daß er sein Schicksal angenommen hatte, war Sonnenberg sich schmutzig vorgekommen. Er hatte dieses Gefühl besonders am Anfang seiner Laufbahn empfunden, nun aber, nach mehr als zwanzig Jahren, meldete es sich ohne einen bestimmten Anlaß wieder bei ihm. Er glaubte an das Schicksal. Er sah sich weniger als einen Mann, der im Dienste der Gerechtigkeit als

des Schicksals stand. Das war eine vage Verantwortung seines Tuns, aber Sonnenberg war gleichermaßen davon überzeugt wie von der vermeintlichen Tatsache, daß das Tun gleichsam reflexartig ablief.)
Als er zu Hause die Tür öffnete, lag der schwarze Hund tot vor dem Elektroherd. Sonnenberg hielt den Atem an. Er ließ die Eingangstür offen, um im Notfall gehört zu werden. Das Tier lag ausgestreckt auf dem Boden, mit durchschnittener Kehle. Wie war der Täter in seine Wohnung gekommen? Das Schloß war unbeschädigt, und als er die Wohnung inspizierte, fand er alles am gewohnten Platz. Er setzte sich im Mantel auf einen Küchenstuhl und betrachtete den Hund. Er hatte den ganzen Tag an einer Akte gearbeitet und »zwei kleinere Fälle erledigt«, wie er dachte, und zuletzt hatte er den Raubüberfall an den beiden Pensionisten »anklagereif« abgeschlossen, und jetzt zu Hause fand er seinen Hund geschlachtet vor. Er stand auf und schloß die Tür, um sich nochmals vor dem Hund hinzusetzen. Vielleicht hatte sich der Täter einen lästigen Zeugen aus dem Weg räumen wollen? Vielleicht handelte es sich um eine Warnung? Seine Beziehung zu dem Tier war noch nicht groß, er hatte es erst seit kurzem, aber er hatte einige aufschlußreiche Gespräche mit ihm geführt... was sollte er tun? Den Gerichtspräsidenten anrufen? Den Hundekörper verschwinden lassen? Die Polizei verständigen? Am wenigsten Vertrauen hatte er zur Polizei. Er entschloß sich zuletzt, den Gerichtspräsidenten anzurufen, erreichte ihn aber nicht. Jetzt entdeckte er das blutige Messer auf dem

Tisch. Es war sein eigenes Brotmesser! Entsetzt trat er näher. Kein Zweifel, es handelte sich um sein Brotmesser, das gleichzeitig auch sein Fleischmesser war, wie ihm einfiel, denn er zerlegte mit ihm Hühner und Hasen, bevor er sie kochte. Er mußte noch ein Huhn im Kühlschrank haben. Er öffnete den Kühlschrank, und da lag es. Ein Verdacht regte sich in ihm, den er nicht auszudenken wagte ... Hatte er selbst den Hund geschlachtet? Er nahm das Messer vom Tisch und setzte sich auf den Stuhl. Alles blieb so, wie es war. *Unveränderlich*, wie es ihm erschien. Was war er schon gegen den Fußboden? Gegen die Mauer? Gegen den Tisch? Letztlich würden die Gegenstände über ihn triumphieren, sie würden ihn überdauern. Er wusch das Messer ab. Dann ging er in das Parterre, öffnete den Postkasten und fand einige Erlagscheine vor sowie ein kleines Paket. Die Briefe mit den Erlagscheinen erkannte er am Klarsichtfenster, aber das Paket stellte ihn vor ein Rätsel. Es war in braunes Packpapier gewickelt und trug keinen Absender. Sonnenberg ging zurück in seine Küche und legte es auf den Tisch. Mit dem Küchenmesser öffnete er die Verpackung. Wer konnte ihm ein Paket geschickt haben? Als er es öffnete, fand er ein Gebiß darin. Tatsächlich waren es seine Oberzähne, er bemerkte gleichzeitig, wie er die Zähne sah, daß er sein Gebiß am Morgen einzusetzen vergessen hatte. Erstaunt steckte er es in den Mund. Er kontrollierte noch einmal die Verpackung – nein, es war nicht seine Schrift ... Der Hund lag so da, wie er ihn gefunden hatte.

Bei einem Mordprozeß in Wien, den ich vor zwei Jahren beobachtete, war das Mordopfer, ein Jugoslawe, der von einem Landsmann erstochen und auf einen unbebauten Acker gezerrt worden war, wo er ihn hatte liegen lassen, nach acht Monaten Abgängigkeit nur deshalb gefunden worden, weil bei der Verfolgung eines Bankräubers auf ebendemselben Acker ein Polizist über den Leichnam zu Fall gekommen war. Die Verstandesleistung des Polizisten bestand darin, daß er den Leichnam nicht mit einem Erdhügel verwechselte. Keine noch so eindrucksvolle Kombinationsfähigkeit nimmt es mit den Fähigkeiten des Zufalls auf... In Sachen Raub an meiner »Nachbarin« gibt es übrigens keine neuen Tatsachen. Man holt einige Arbeitslose zum Verhör, das ganze schläft ein, wenn nicht der Zufall *mitspielt.* Beim Gehen zu Juliane sah ich einen zerquetschten Salamander auf der Straße. Rundherum Schnee. So weit ich auch blickte, kein Mensch. Ich bückte mich und betrachtete den flachgepreßten Körper und den Schleim. Man begreift die Alltäglichkeit des Todes sein Leben lang nicht. Man begreift nur, was einem selber widerfährt oder wovor man Angst hat. (Gerecht ist jeder nur zu sich selber.) Vor Gericht ist der Angeklagte aus der Selbstgerechtigkeit entlassen, er wird *zwangsläufig* bloßgestellt. Jede Gerichtsverhandlung ist eine Bloßstellung, ohne daß sich aber irgend jemand außer dem Bloßgestellten betroffen fühlte. *Jedermann* hat etwas zu verbergen. Die Biographien von Angeklagten sind seine aufgedeckten Geheimnisse. Darüber befinden, berichten und urteilen Menschen mit unaufgedeckten Geheimnissen. Ich weiß nicht, weshalb ich beim Anblick des flachgepreßten Salamanders auf diese Gedanken kam, sicher hängt es damit zusammen, daß ich mich mit diesem Thema beschäftige. Man könnte genausogut den Tod des Salamanders verhandeln. Es ist mir klar, daß diese Behauptung leicht widerlegt werden kann, aber etwas in mir sagt mir, daß etwas Wahres daran ist. Mir ist jede *Selbstverständlichkeit* verdächtig geworden. Hinter allem sehe ich nur die Hochmütigkeit von Behauptungen, es müsse so sein. Wenn ich zu Fuß nach Wuggau gehe, kehre ich hin und wieder bei einem Bauern ein, der einen Knecht aus dem Feldhof beschäftigt. Ist der Bauer nicht zu Hause, übernimmt der Knecht die Pose des Bauern. Er verhält sich wie er, stellt seine Fragen, spricht über das Wetter. Er begeht keinen Fehler in seinem Verhalten, der Bauer könnte sich keinen besseren Stellvertreter wünschen. Aber jeder lächelt über den Stellvertreter. Ohne es zu wissen, begreift man die *Groteske* der *Normalität*. Es ist die Selbstverständlichkeit, mit der der »Idiot« seinen Herrn in dessen Abwesenheit vertritt, die das Ungewöhnliche an seinem Verhalten ist, nicht die Art und Weise seines Benehmens. Angenommen, ich käme zum ersten Mal in das Haus und der »Idiot« spielte mir den Herrn vor, ich würde ihn nicht einmal für einen eigenartigen Bauern halten. Ich habe in Wien im *Steinhof* die Aufnahmestation besichtigt. Man wies mir einen Platz unter den Patienten zu, und ich kam mit einem Mann ins Gespräch. Er trug einen Lumberjack mit einem Hundewappen am Oberarm, und ich fragte ihn nach der Bedeutung des Aufnähers. Stockend begann er, von

Hunden zu erzählen, begreiflicherweise *mißtraute* er mir, während ich mich schuldig fühlte, daß er in einer psychiatrischen Anstalt saß und nicht ich und daß ich ihn mehr oder weniger *studierte*. Er behandelte mich mit größter Vorsicht, und ich fragte mich, auf welche Weise ich sein Vertrauen gewinnen könne. Mühsam schleppte sich das Gespräch hin. Plötzlich stand er auf, verabschiedete sich und ging ungehindert aus der geschlossenen Station. Er war der Mann einer Patientin, der nur auf Besuch gekommen war und *mich* für einen »Geisteskranken« hielt, wie sich herausstellte. Wir hatten also mehr als eine Stunde angestrengt miteinander gesprochen, das Vertrauen des anderen zu gewinnen versucht und ihm seine »Normalität« bescheinigen wollen, in der gegenseitigen Überzeugung, der andere sei verrückt.

Das Planetarium drehte sich mit den Menschen, und der Vortragende zeigte abwechselnd Dias und stellte dann mit einem Gehilfen das Fernrohr auf einzelne Sterne und Sternhaufen ein.
»Manche Sterne liegen so eng beisammen«, hörte Sonnenberg den Vortragenden, »daß man sie als *einen* sieht, ja, es bilden Millionen von Sternen oft eine Art Sonne (so stellt sich die Anhäufung den Augen dar).« Sonnenberg mußte sein Gesicht sehen und fragte deshalb nach der Toilette. Dort blickte er sich lange im Waschraumspiegel an. Er überlegte, in das Planetarium zurückzugehen oder nach Hause, aber er stellte fest, daß er sich auch fürchtete, seine Wohnung zu betreten. Der Vortragende erklärte gerade, daß Sternenwirbel oder Spiralen nur über fotografi-

sche Aufnahmen erkannt werden könnten, genauso wie die Bewegung der Gestirne über dem Kopf. (Aber warum hat van Gogh dann Spiralen und Bewegungen gemalt, als diese Tatsachen noch gar nicht bekannt waren? fragte sich Sonnenberg. Weil er verrückt war? Vielleicht registrierte auch er Tatsachen, die sonst niemand sah, oder er erahnte sie mehr oder weniger, und man würde erst später dahinterkommen, daß er recht hatte. Er hatte einen toten Hund in der Küche, und das einzige, was er dagegen tun konnte, war, es für sich zu behalten.)

Der schwarze Hund stand an seinem Lieblingsplatz, dem Donauufer, und gab sich den Gerüchen hin. Er war grundsätzlich ein Zweifler. Das einzige, was er nicht bezweifelte, war der Zweifel. Und gleich sollte seine Skepsis recht behalten. Ein Lieferwagen hielt auf der Straße, und ein Hundefänger stürzte heraus. Der Hund huschte in filziges Gestrüpp und lief dann in eines der zahlreichen aufgegebenen Häuser. Die meisten dieser Häuser waren völlig leer, ohne Türen und Fensterbalken. Tauben flogen schreckraschelnd vom Gesims auf, und der Hund lief in eine Ecke, wo er sich unter Gerümpel versteckte. Ein Mann mit Kappe und Arbeitsanzug, eine Schlinge in der einen, einen Stock in der anderen Hand, spähte vorsichtig durch die Türöffnung. Der Hund wartete still. Der Mann richtete sich auf und stieß einen lockenden Pfiff aus, so als wollte er die Zuneigung des Hundes gewinnen, der aber ein Skeptiker war. Jetzt griff der Mann in die Tasche und holte Hundefutter aus einer Büchse, mit dem er das Tier anzulocken versuchte;

obwohl ein herrlicher Duft aus der Büchse strömte, blieb der Hund, wo er war. Der Mann hatte einen gepolsterten Arm und trug einen Schnurrbart. Wie alle Hundefänger hatte er etwas Gemeines an sich. Der Hund rührte sich nicht. Er hatte im Naturhistorischen Museum Glasgefäße mit menschlichen Gehirnen gesehen. Er wußte Bescheid. Selbstredend war er ein Positivist reinsten Wassers. Er verfügte über keine außergewöhnlichen Gaben, er war nur skeptischer und vielleicht auch etwas neugieriger als die meisten Menschen. Nachdem er ein Lehrbuch der Geometrie studiert hatte, das ihn zu allerlei physikalischen und mathematischen Spekulationen angeregt hatte, erwachte in ihm das Bedürfnis, sich mit Kant auseinanderzusetzen. Jetzt aber dachte er nicht an Kant, sondern behielt den Hundefänger im Auge, der plötzlich verschwand. Aber der schwarze Hund ahnte, daß es sich bloß um eine List handelte. Mit einem Satz sprang er aus einer Fensteröffnung und raste die zähfließende Donau entlang. Hinter sich hörte er die Schritte des Hundefängers, der seine Verfolgung aufnahm. Die Bäume am Ufer waren ohne Laub. Jetzt lief der Hund in eine der aufgelassenen Lagerhallen und sprang eine Eisentreppe in das obere Stockwerk hinauf. Im selben Augenblick betrat der Hundefänger die Halle. Glassplitter knirschten. Der Mann war außer Atem und keuchte. Langsam suchte er den Raum ab und stieg schließlich die Stiege hoch. Wieder konnte der schwarze Hund sich nur mit einem Sprung retten und im letzten Augenblick aus der Halle flüchten. Er lief den Fluß hinauf. Pferdezüchter mit Lastwagen fuhren auf der Straße vorbei. Der Hund beachtete sie nicht. Er mußte sich in Sicherheit bringen. Es war anzunehmen, daß der Hundefänger ihn mit dem Wagen verfolgte, dann verschlechterten sich seine Chancen, zu entkommen. Linker Hand tauchten Container und Gebäude von Handelsgesellschaften auf, die mit der Schiffahrt zu tun hatten: bunte Betonklötze. Unten am Fluß lagerten Kähne, mit Kohlenhaufen beladen. Einer dieser Kähne hatte eine rotweißrote Fahne aufgezogen. Eine Frau mit einem Eimer schöpfte Wasser aus dem Fluß und verschwand wieder unter Deck. Auf einem anderen Kahn reparierte ein Mann etwas, die übrigen waren menschenleer. Ohne zu zögern, sprang der Hund an Bord und hielt nach der Frau mit dem Eimer Ausschau. Sie stand vor einem Gaskocher und stellte Wasser zu. Eier lagen auf einem Brett, Mehl und Grünzeug. Vorsichtig schlich er näher und stellte fest, daß sie allein war. Plötzlich schrak die Frau zusammen. Ein Mann mit einer Eisenstange in der Hand öffnete die Tür und starrte sie an.

»Verschwinde«, rief die Frau.

»Später«, gab der Mann zurück. Ohne sie aus den Augen zu lassen, öffnete er die Gürtelschnalle. Der schwarze Hund begriff, worum es ging. Mit lautem Gebell stürzte er sich auf den Mann und zerriß ihm die Hose. Völlig überrumpelt ließ dieser die Eisenstange fallen und flüchtete auf einen der anderen Kähne. Sein Gesicht und seine Hände waren rußig, die Haare kurz geschnitten.

»Laß dich nicht mehr blicken!« schrie die Frau ihm nach. Hierauf wandte sie sich dem Hund zu. »Und du?« fragte sie und blickte sich um. Auf der Straße

hielt der Lieferwagen. Der Hundefänger stieg aus und kam entschlossen näher.
»Ist das Ihr Hund?« fragte er von weitem.
»Ja.«
»Wie heißt er?«
»Schwiff.«
Der Hundefänger stutzte einen Augenblick. »Rufen Sie ihn«, forderte er sie auf.
»Schwiff – Platz!« befahl die Frau. Der schwarze Hund tat so, als ob er gehorchte.
»Gut«, sagte der Hundefänger. »Sie müssen den Hund an die Leine legen.«
»Er braucht Auslauf«, gab die Frau zurück und verschwand in der Kabine. Dort nahm sie ein Ei vom Tisch und warf es dem Hund zu. Im Sprung faßte er es mit dem Maul und zermalmte es mit den Zähnen.

Während Sonnenberg, wie es seiner Gewohnheit entsprach und seine Pflicht war, allmorgendlich das Gerichtsgebäude betrat, in Gedanken noch immer mit seinem ermordeten Hund beschäftigt, glitt dieser auf dem Kahn donauaufwärts. Was Schwiff am meisten beschäftigte, war die Frage, ob er sich *offen* zeigen sollte oder nicht, beziehungsweise, wenn er sich öffnete, wie weit er gehen durfte. Daß er sprechen konnte, war nicht jedem zuzumuten. Überall, wo er zum erstenmal hinkam, stellte sich ihm diese Frage. Es hatte eine Zeit gedauert, bis sie ihm bewußt geworden war, zuvor hatte er sich instinktmäßig verhalten, aber ein Hund, wußte er, kommt womöglich nur einmal in die Küche, um dem Koch ein Ei zu

stehlen. Die Frau hatte sich an das Ruder zurückgezogen. In einem Faß, das mit Eis gefüllt war, hatte sie Fische gelagert. Das Wasser rauschte. Nach einer Weile kam die Frau gähnend aus der Kajüte, in Gummistiefeln und mit einem Kopftuch, und stellte sich neben ihn. Sie tuckerten durch die Aulandschaft. Es war ein grauer, kalter Tag, Möwen kreischten in der Luft, umkreisten den Kahn und entfernten sich wieder. Wenn es nach dem Hund gegangen wäre, hätte er ewig so dahinfahren mögen. Aber plötzlich verschwand die Frau, und der Kahn verlangsamte die Fahrt. Am linken Flußufer machte er gleich darauf eine Anlegestelle aus, auf die sie gemächlich zusteuerten. Dort stand ein Mann mit einer Schifferjacke, einer Kappe und einem Sack und wartete. Es erschien dem Hund am besten, zu verschwinden und abzuwarten, was geschehen würde. Vorsichtig schlich er sich hinter das Fischfaß. Der Motor tukkerte langsamer, blubberte, stockte und verstummte, und sie glitten unter raschelndem Gezweig auf den Landesteg zu. Die Frau warf das Seil aus, der Mann band es fest, und der Kahn hielt mit einem Ruck an. Mit schmutzigen Stiefeln sprang der Mann an Bord und verschwand mit der Frau in der Kombüse.
»Was hast du?« flüsterte die Frau. Schwiff spitzte die Ohren. Weshalb flüsterte sie? Es war niemand in der Nähe.
Der Mann warf den Sack auf den Tisch, und ein geschlachtetes Schwein kam zum Vorschein. Lautlos verschwand die Frau, warf den Motor an und legte ab, nachdem der Mann das Seil losgemacht hatte. Auf dem Fluß begann der Mann, das Schwein zu zer-

legen. Er band sich eine Schürze um, nahm einen Trog und schüttete heißes Wasser hinein. Dann badete er das Schwein und entfernte die Borsten mit Kolophonium. Nach zwei Stunden war das Schwein ausgenommen, halbiert, zerlegt und in einer Kühltruhe verstaut. Der Mann hatte auch noch einen Hasen im Sack, den er anschließend aufhängte, um ihm das Fell abzuziehen, den Kopf abzuschneiden und die Eingeweide zu entfernen. Die ganze Zeit über schnaufte er angestrengt. Als er fertig war, ließ er sich in einen Stuhl fallen und öffnete eine Flasche Bier.

Die Frau kam hinter dem Ruder hervor und dachte nach: »Ich weiß nicht, wo der Hund ist – Schwiff!«

»Welcher Hund?« fragte der Mann.

»Schwiff«, rief die Frau, »Schwiff!«

Schwiff rührte sich nicht.

»Ich habe einen Hund an Bord genommen«, sagte die Frau. »Der Hundefänger war hinter ihm her.«

»Wozu?«

»Manchmal ist es gut, einen Hund an Bord zu haben.«

»Von mir aus«, antwortete der Mann nach einer Pause. »Außerdem ist er Proviant für den Notfall.«

»Er kann die Ratten fangen«, fuhr die Frau fort. Sie schob den Hasen in das Rohr. Der Mann sagte nichts. Lautlos machte der schwarze Hund sich davon. Der Wind strich ihm durch das Fell, das Wasser rauschte, und ein Küchenstuhl trieb am Kahn vorbei.

Als es dunkel geworden war, zogen sich der Mann und die Frau in die Kajüte zurück. Schwiff umschlich die Holzhütte und entdeckte einen Spalt, durch den er auf die Matratze der beiden sah. Die Frau hatte fette Brüste, die unter dem heraufgezogenen Pullover herausgequetscht waren, trug Wollsocken und war an den Beinen und auf dem Bauch behaart, der Mann hatte die Hose heruntergelassen und schnappte bei seinen Stößen nach Luft wie ein an Land gezogener Fisch.

»Paß – auf – du – mußt – nach – dem – Ruder sehen«, ächzte die Frau.

Der Mann stieß um so fester zu, während die Frau »Das – Schiff!! Der – Kahn« seufzte, was in einem Gurgeln unterging. Hierauf war es still, dann erhob sich der Mann und taumelte ins Freie, wo er vor Kälte stöhnte. Schwiff hatte sich in die Kombüse geflüchtet und unter dem Tisch versteckt. Der Mann kam auch tatsächlich herein, um sich eine Flasche Bier zu holen. Die restliche Nacht war es still, nur der Fluß rauschte und gluckste unter Schwiffs Ohren. Gegen Morgen machten sie am Ufer fest, weiter oben, so vernahm Schwiff die Stimme des Mannes, war der Wasserstand zu niedrig. Vorsichtig schlich er hinaus. Noch bevor er den Bug erreicht hatte, bemerkte er, daß der Aasgestank zugenommen hatte. Der Mann brummte, als er Schwiff erkannte, und fragte ihn: »Wo hast du gesteckt?«, aber der schwarze Hund stürzte sich – ohne darauf zu achten – dem Geruch entgegen. Das halbe Flußbett, sah er jetzt, war ausgetrocknet, durch eine Wüste aus Schotter schlängelte sich ein Rinnsal. Vor und hinter ihnen lagerten weitere Kähne. Woher aber kam der Gestank? Dann entdeckte Schwiff den Kanal, der hinter ihnen in die

Donau mündete. Träge flossen Exkremente in den Fluß. Man kam auf dem Schotterfeld zwischen den Flüssen zusammen, rauchte, plauderte, reichte eine Flasche herum. Zwei Angler ließen Ruten über die Reling baumeln, Wildenten schaukelten auf den Wellen. Die nächsten Ortschaften waren weit, rundherum gab es nur Ebenen mit Äckern, die, wie sich herausstellte, frisch mit Saumist gedüngt waren, der mit seinem Gestank die Luft zusätzlich verpestete. Einige Schiffer holten Ferngläser aus ihren Kajüten, um die Gegend abzusuchen, und als sie niemanden entdeckten, sprangen sie mit Gewehren von Bord und schossen Wasservögel. Weiter oben hatte ein Schiffer ein Krähennest ausgemacht, in das ein anderer mit einem Gewehr hineinschoß, daß Federn durch die Luft wirbelten. Schwiff und weitere Hunde sprangen in den Fluß und brachten die Vögel zwischen den Zähnen. Auch die beiden Fischer zogen hin und wieder einen Fang an Bord. Man stellte Zweige zu Grillstellen auf und briet die Fische im Freien, den Hunden warf man Abfälle zu. Schwiffs Schiffer hatte mehrere Wildenten erlegt, denen er mit einem Haken die Gedärme herauszog und mit gekonnten Griffen Haut und Federn abzog. Den Kopf warf er Schwiff vor die Füße. Man hängte die Vögel in die Kombüsen, während die Krähe, nachdem sie wie die Wildenten abgezogen worden war, sofort in den Kochtopf wanderte. Hin und wieder fiel ein Schuß, der aus Übermut auf Ratten abgegeben wurde. Man sammelte die Ratten, indem man sie mit den Schwänzen auf Schiffstaue knüpfte. Die Nacht brach herein, die Feuer flackerten. Schwiff streunte

herum. Es bestand im Augenblick keine Gefahr für ihn, die Mägen waren voll, die Kühltruhen, das Faß mit Fischen, aber alle Vorräte gingen einmal zu Ende. Ein Auto kam das Flußufer heraufgefahren. Seine Scheinwerfer schaukelten und verschwanden oder bohrten sich in die Nacht, wenn es in eine der zahlreichen Löcher und Gruben fuhr. Die Schiffer hörten zu trinken auf und legten die Gewehre auf die Kähne, wo sie von den Frauen versteckt wurden. Das Fahrzeug hielt, und zwei Gendarmen kletterten die Uferböschung herunter und wankten unsicheren Schrittes über das Schotterfeld. Als sie die Männer erreicht hatten, sagte der erste: »Es ist verboten zu jagen, das wissen Sie.«
»Zu jagen und zu fischen«, ergänzte der andere.
»Wir haben auf Ratten geschossen«, entgegnete Schwiffs Schiffer.
Die Gendarmen dachten nach. Es stank bei einbrechender Dunkelheit noch fürchterlicher vom Kanal herüber.
Einer der Gendarmen bückte sich und hob einen Entenkopf auf. Er hielt ihn in der Hand wie ein Goldstück und zeigte ihn im Kreis herum.
»Wer hat geschossen?« fragte er.
Nach einer Weile trat ein betrunkener Schiffer vor und stellte sich dem Gendarmen gegenüber auf: »Vielleicht ist's ein Hund gewesen«, stieß er hervor. »Und wenn's wirklich ein Hund gewesen ist, wissen wir nicht welcher ... klar?«
Die Gendarmen ließen sich nicht beeindrucken.
»Der Kopf ist abgeschnitten«, beharrte der erste und beleuchtete den Schiffer mit der Taschenlampe.

»Hunde haben scharfe Zähne ... Sie müssen sich in acht nehmen«, entgegnete der Betrunkene.
»Was soll das heißen?«
»Nichts.«
Inzwischen fing es an zu regnen. Es regnete in feinen Tropfen. Aber es waren keine klaren Tropfen ... es war Scheiße. In Kürze waren die Gesichter der Gendarmen und der Schiffer mit Sommersprossen gesprenkelt. Ohne sich um die Gendarmen zu kümmern, machten die Schiffer kehrt und liefen auf ihre Kähne. Die Gendarmen zögerten, dann eilten sie zur Uferböschung zurück. Bevor sie jedoch ihren Wagen erreichten, fielen Schüsse, die sie in den Rücken trafen und zu Boden streckten. Schwiff hatte alles genau beobachtet. Sein Schiffer war es gewesen, der die Schüsse abgefeuert hatte. Die anderen Schiffer hatten sich an Bord der Kähne begeben und lugten von dort aus ihren Kabinen. Dann machte einer nach dem anderen hastig seinen Kahn los. Die Nacht war hereingebrochen. Noch immer regnete es Scheiße. Schwiff wartete hinter dem Bug, was geschehen würde. Langsam stieg sein Schiffer von Bord und holte (einen nach dem anderen) die beiden Gendarmen. Der Wagen stand noch immer mit eingeschalteten Scheinwerfern am Ufer. Hierauf setzte die Frau des Schiffers den Kahn in Bewegung und stach in den Fluß. Schwiff verharrte, wo er war, es schien ihm das beste, sich nicht blicken zu lassen. Ein süßer Geruch ließ ihn den Kopf heben. In der Kombüse stand der Schiffer mit blutiger Schürze und tranchierte die Gendarmen, die Frau kam nicht hinter dem Steuerruder hervor. Schwiff konnte die Augen nicht ab-

wenden von dem zielsicher und ohne Hast arbeitenden Mann, der die Fleischstücke in Nylonsäcke füllte und in der Kühltruhe verstaute. Die Uniformen und die Waffen stopfte er zusammen mit seinen Kleidern in den Sack, in dem er das geschlachtete Schwein gebracht hatte, beschwerte ihn mit Kohlen und warf ihn in den Fluß. Dann wusch er alles gründlich mit Wasserkübeln und Schmierseife, kleidete sich frisch an und ging an Deck. Von weitem sahen sie in der Dunkelheit die Lichter einer Ortschaft.
»Halt dich rechts«, rief der Mann, gleichzeitig übernahm er das Steuerruder. Mit gedrosseltem Motor tuckerte der Kahn in einen Seitenarm der Aulandschaft, die ihn sogleich verschluckte.

Vom Grauen Haus ging Sonnenberg ohne Umweg nach Hause. Den ganzen Tag über war ihm der Hund nicht aus dem Kopf gegangen. Früher hatte er sich über Angst lustig gemacht. Er war oft genug den gewalttätigsten Menschen gegenübergesessen und hatte sie bei Geständnissen weinen gesehen. Er war der Überzeugung gewesen, daß nur der Angst empfände, der sich für den Mittelpunkt hielt. Er war auch der Überzeugung gewesen, überall derselbe zu sein. Er verachtete Menschen, die »sich gaben«. Und nun verstellte er sich mehr, als die Verdächtigten es für gewöhnlich taten. Er öffnete die Tür und blickte zum Waschbecken. Der Hund war verschwunden! Sonnenberg blieb stehen und schaute. Dann ging er langsam zum Waschbecken, kniete nieder und untersuchte den Fußboden. Keine Blutspur, nicht der geringste Fleck. Er suchte das Brotmesser und fand es wie gewöhnlich in der Bestecklade. Auch die Klinge wies keine Spuren auf. Sonnenberg hob die Zeitung vom Boden auf und setzte sich wieder auf den Küchenstuhl. Am Vortag war er hier gesessen und hatte den toten Hund angestarrt, er wußte es genau. Außerdem war im Badezimmer das Gebiß gelegen, das heißt, es waren zwei Gebisse gewesen... oder drei? Er erhob sich und drehte das Badezimmerlicht an. Nirgendwo erblickte er ein Gebiß. Nachdenklich setzte er sich zurück auf den Stuhl. Er zweifelte noch immer nicht daran, daß das, was ihm widerfahren war, tatsächlich geschehen war. Wer aber spielte mit ihm dieses Spiel? Dachte jemand anderer mit seinem Gehirn? Er riß sich los und schaltete den Fernsehapparat ein. Aber er konnte der Sendung nicht folgen, Unruhe ergriff ihn, und er verließ die Wohnung. Er schlug den Weg zum Naschmarkt ein und spazierte zwischen den Holzbuden mit Leinendächern, in denen Verkäufer und Verkäuferinnen mit Wollmützen, Pelzhauben und Kopftüchern, häufig mit Brillen und an den Fingerspitzen abgeschnittenen Handschuhen, hinter Bergen von Sauerkraut und Roten Rüben und Stößen von alten Zeitungen auf etwas zu lauern schienen. Einige Buden hatten die Rollos schon heruntergelassen, vor einem Milchstand lag ein fetter Hund, der den Untersuchungsrichter sofort wieder an den Vorfall erinnerte. Im nächsten Augenblick trat er in Hundekot. Er fühlte ihn unter den Schuhsohlen, und während er sich den Schuh am Asphalt abrieb, fragte er sich, was das zu bedeuten habe. Als Untersuchungsrichter war er es gewohnt, aus allem Hinweise zu lesen. Das Leben wies einen in einem fort auf seine Fehler, seine Lügen, seine Charakterschwächen *gleichnisartig* hin. Man konnte sich in anderen erkennen, man traf jemanden, um in eine alte Schwäche zurückzufallen, sie sich bewußt zu machen, man erlitt einen Unglücksfall, um an etwas Bestimmtes zu denken. Zumeist war er zu selbstherrlich, um sich darum zu kümmern, in solchen Augenblicken aber, wie in diesem, bedauerte er es, daß er sein Leben nicht stets bei jedem Zwischenfall befragte und sich nicht häufiger in Zweifel stellte. Er konnte seine Bestimmung erfüllen, wenn er das Leben ernster nahm, und unter ernster nehmen verstand er eine gewisse Hellhörigkeit. Er glaubte nicht, daß er seinem Schicksal, egal wie er sich verhielt, ausgeliefert war, sondern daß er es aufspüren und erfüllen mußte. Nur dann würde sein Dasein einen Sinn haben. Seine Unruhe war nichts anderes als der Ausdruck falschen Lebens. Er hörte nicht, dachte er, während er noch immer den Fuß am Asphalt abscheuerte, daher mußte er fühlen. Gerade hatte ihn das Schicksal lächerlich gemacht. Es hatte ihn mit der Nase darauf hingestoßen, daß er ein lächerlicher Mensch war, daß sein ganzes Leben, sein Beruf, eine Anmaßung darstellten. Ein Häufchen Hundekot, in das er trat, nahm ihm in Sekundenbruchteilen seine Würde. Er war nichts. Dachte er jetzt an seine Existenz, empfand er Scham. Er hätte sich verkriechen mögen. Das Vernünftigste, schien ihm, wäre Einsamkeit und Schweigen. Kein Wort sprechen, nichts fragen, nichts antworten. Das Fragen, das untrennbar mit seinem Beruf verbunden war, war schmutzig, das Reden war schmutzig, kaum ein Satz, den er gesprochen hatte, war es wert gewesen, daß er ihn ausgesprochen hatte. Und wie er sich immer aufblies! Er war sicher, daß man ihn durchschaute. Es war gar nichts anderes möglich. Es kam vor, daß er über seine besten Freunde Schlechtes sprach, Schlechtes dachte ... zumeist sprach er in ihrer Abwesenheit mit anderen Vertrauten Abträgliches über sie. Auch die anderen erzählten ihm über gemeinsame Vertraute Abträgliches oder heuchelten Mitgefühl, wenn sie Schadenfreude empfanden. Er selber aber, beschuldigte sich Sonnenberg jetzt, war der Verlogenste von allen. Er war falsch und charakterlos, er log aus niedrigsten Motiven, er verstellte sich und schreckte selbst vor kleinen Verleumdungen nicht zurück. Mit einem Wort, er war ein niederträchtiger Mensch. Er hatte seine Schuhsohle inzwischen gereinigt und ging weiter. Das Geständnis vor sich selbst erleichterte ihn. Ein Türke wollte ihm zuerst einen Besen, dann einen Korb »für die Frau zu Hause« verkaufen, und Sonnenberg war nahe daran, es zu tun, da fiel ihm ein, daß er weder eine Frau zu Hause noch Freunde hatte. Er hatte nicht einmal einen Vertrauten. Es war eine Anmaßung gewesen, daß er sich Vorwürfe gemacht hatte, Freunde hintergangen zu haben oder in einem fort zu hintergehen, er hatte ja keine. Seit Jahren, fiel ihm erst jetzt mit einem kalten Schrecken auf, hatte er, bis auf Gelegenheitsliebschaften und dem Schachspielen im Caféhaus, keinen vertrauten Umgang mit Menschen – außer in seinem Beruf. Vielleicht hatte ihn gerade sein Beruf menschenmüde gemacht, aber wenn es so war, dann mußte es eine Strafe darstellen für seinen Hochmut.

Er spazierte an Bergen von Eiern vorbei, Körben voll Walnüssen, Maronen und Äpfeln und versuchte, an seine Kindheit zu denken, doch es wollte ihm nicht gelingen. Heute ging nicht der gewohnte Zauber von den Birnen und Knoblauchzehen, den Artischocken, Karfiolköpfen und hohen Gläsern mit Salzgurken aus, weder die Kokosnüsse noch die Granatäpfel, die Datteln, Rosinen oder Paradeiser bezauberten und erfreuten ihn wie gewöhnlich, er übersah die schwarzen Schilder mit den Kreideziffern, die Büschel Petersilie, die Buden mit Wildbret und Tee, selbst die Imbißstuben, an denen er immer eine Wurst zu essen pflegte. Abwesend schaute er einer Frau zu, die Fenchel und Endiviensalat in einen Plastiksack verstaute, und einer anderen, die Broccoli und Kohlsprossen prüfte. Er beneidete den Menschen, auf den sie wartete, und stellte sich vor, in ihrer warmen Wohnung zu sitzen und ihr beim Kochen zuzusehen. An einem anderen Stand kaufte sie Dörrpflaumen, und Sonnenberg schlenderte hinter ihr her. Als die Frau im Gewürzladen bedient wurde, steckte Sonnenberg ein Glas Pfeffer ein. Ein Glas Pfeffer! Weshalb Pfeffer? Zu Hause hatte er ein volles Glas Pfeffer! Weshalb hatte er zugelangt? Weshalb hatte seine Hand nach dem Gegenstand gegriffen, den er gar nicht brauchte, und ihn in die Manteltasche gesteckt? Schon stürzte sich der Bulgare, der hinter der Bude stand, auf ihn und griff schreiend in seine Manteltasche. Noch ehe es der Untersuchungsrichter verhindern konnte, hatte er das Glas an sich gerissen und Sonnenberg beschimpft. Menschen sammelten sich an, aber bevor ein größerer Auflauf entstehen konnte, lief der Untersuchungsrichter davon. Er wagte es nicht, sich in ein Beisel zu flüchten, aus Angst, *entdeckt* zu werden. Durch einen unglücklichen Umstand konnte ihn jemand wiedererkennen. Vielleicht kam der Bulgare selbst in die Gaststätte, um ein Glas Bier zu trinken. Er eilte die Josefstätter Straße hinauf und blickte, als er die Tür hinter sich schloß, argwöhnisch zur Abwasch. Der Hund blieb verschwunden. Womöglich hatte der Hundekot etwas mit dem schwarzen Hund zu tun? Der Untersuchungsrichter überlegte. Er hatte nur zwei Anhaltspunkte: den Hund und den Kot. Auf irgendeine Weise mußten die beiden Begriffe eine Botschaft darstellen. Nicht daß er sich mit dem Hund oder dem Kot zu identifizieren hatte, sondern daß beide zusammen einen Hinweis ergaben, den er zu verstehen hatte. Und was bedeutete, daß er in den Hundekot getreten war? Aber so sehr er auch nachdachte, es fiel ihm keine Lösung ein.

Bei Juliane sah ich, wie sich im Freien, an der Stelle, wo der Schnee geschmolzen war, Blätter zu bewegen anfingen – wie kleine Tiere huschten sie über die fauligglänzende Laubschicht. Ein Föhnwind kam auf, der alsbald zum Föhnsturm wurde. Vor meiner Haustüre im Schnee lag ein eingerolltes Blatt. Ich glaubte, es sei ein toter Vogel. Ich zog mich in mein Dachbodenzimmer zurück. Es wurde dunkel, der Sturm brauste. Ein Ziegel rutschte vom Dach, die Dachbodentür schlug von selbst auf – und zu, die Balken *miauten*, eine Fensterscheibe klirrte, dann schoß eine Böe in den Dachboden, warf eine Flasche um und trieb sie vor sich her. Als ich am nächsten Morgen erwachte, war der Schnee weggefegt. Rundherum braunes, zu Boden gepreßtes Gras. Ich dachte über das Buch nach... Schwiffs Überlegungen haben etwas Opportunistisches, sie tragen den Charakter der Anpassung. Ich wünschte, ihm das Merkmal der Bejahung zu geben, ohne etwas konstruieren zu wollen. Als noch der Schnee lag, sah ich vor den Bienenmagazinen Tausende erfrorene Bienen vor den Einfluglöchern. Es ist der natürliche Ausfall über den Winter. Die Vögel saßen in den Bäumen und bedienten sich. Ich registrierte es nur.

Sonnenberg war am Morgen aufgestanden wie jeden Tag, aber unterwegs, im Nadelstreif und Burberry, bog er ab zum Stephansplatz. Er ging in die Kirche und sofort durch die Gegentür wieder hinaus. Ein Mann mit einem schwarzen Hut auf dem Kopf aß eine Wurstsemmel. »Statt daß sich alles zusammensetzt«, dachte Sonnenberg, »fällt mir alles auseinander. Ich kann meine Entschlüsse nicht einhalten. Ich werfe sie selbst um.« Er ging wieder in Richtung Graues Haus, doch er tat es gegen seine Überzeugung. »Minuten später ist mir eine bestimmte Absicht wieder egal«, räsonierte er. »Dadurch erwecke ich den Eindruck eines Unentschlossenen, der ich vermutlich ja bin. Mein Fehler: Unentschlossenheit... Ich grüble nach, und dann erscheint mir ein anderer Weg doch besser, und ich ändere meine Richtung.« Er bog wieder ab, zurück zum Stephansplatz. »Ich kann meinem Charakterfehler nur durch Gleichgültigkeit entkommen«, sinnierte er weiter,

»ich habe keine andere Möglichkeit, als es mit der Gleichgültigkeit zu versuchen.« Man trug den Raben, den Sonnenberg im Schloß Schönbrunn gesehen hatte, in einer Prozession mit zwei Ministranten zum Stephansdom.

Der Schwefelnebel war gefroren und zu einem undurchdringlichen Eisberg geworden. Da die Sonne schien, erstrahlte alles in purem Gold. Das Gold drang durch die Fenster, füllte Kaffeeschalen und Weingläser, beschlug Brillen mit eisblumenartigen Mustern, so daß die Gläser Brokatstoffen glichen. Der Zahlkellner nahm ein Stück gefrorenen Nebels in den Mund und spuckte es wieder aus. Die Prozession mit dem hölzernen Raben hatte inzwischen die Kapuzinergruft erreicht. Die Menschen flohen in die Häuser, die in ihrem Inneren wie die Stollen eines Goldbergwerks aussahen. Noch immer stand Sonnenberg vor dem Restaurant und überlegte, es zu betreten, um seinen Verfolger abzuschütteln. Ohne sich umzudrehen, erreichte er schließlich die Gluckgasse und stürzte die Stufen hinunter in den Gastraum des Beisels »Rheintaler«. Ein Flügel des Holzraben lag zerbrochen in der Eingangstür. Die Tische waren allesamt besetzt, aber der nervöse, dunkelhaarige Kellner mit Brille ließ ihn nicht entkommen. Der Untersuchungsrichter bestellte einen weißen Spritzer und blickte zur Seite. Am Nebentisch nahm gerade der Verfolger, der vorhin die Wurstsemmel gegessen hatte, Platz und gab vor, die Speisekarte zu studieren. »Jetzt, jetzt sollte der vereiste gelbe Nebel die Wände durchbrechen und alles zerquetschen«, dachte Sonnenberg. Sein Blick fiel auf einen seiner Schuhe. Die Ösen waren groß geworden, wie unter einer Lupe betrachtet. Auf dem Tisch zog sich eine Bierlache in die Länge, es war Sonnenberg, als veränderte sie ihre Form, als kletterte eine Riesenamöbe über die Platte, mit trägen Bewegungen, indem sie ihr Ektoplasma ausbuchtete. Sie war braun und gold getigert und lauerte fast bewegungslos. Dann spreizte sie sich in Fingerchen auf, die auf ihn zukrochen, jetzt wieselflink sich in die Länge zogen, als streckten sie sich nach ihm aus, um ihn zu ergreifen und in den Amöbenleib zu stopfen. Gleich darauf zerrannen die Finger und tropften kalt auf seine Hose. Sonnenberg sprang auf, aber gleichzeitig erschien der Kellner und wischte den Tisch mit einem Fetzen ab, ohne sich allerdings zu entschuldigen. Es herrschte reger Betrieb. Sonnenberg setzte sich wieder und blickte sich nach seinem Verfolger um. Er saß noch immer da wie vorhin, eine Flasche Bier war vor ihm aufgetaucht, und die Bierkapsel, goldfarben, rund, mit Sternenzacken (das elektrische Licht blitzend reflektierend), hatte sich so sehr ausgedehnt, daß sie nahezu die gesamte Tischplatte einnahm. Sonnenberg konnte sich nicht abwenden. Er hatte noch nie eine so große Bierkapsel gesehen. Sie fiel vom Tisch und blieb dort auf ihre normale Größe zusammengeschrumpft liegen. Aber nun kehrte sie ihr weißes Inneres nach außen. »Die Bierkapsel überdreht ihre Augen«, dachte Sonnenberg. »Unsinnigerweise«, wie ihm sein Gehirn eilig telegraphierte. Aber gleichzeitig dachte er weiter: »Die Bierkapsel ist tot. Ich habe das Sterben einer Bierkapsel gesehen.«

Plötzlich erschien ihm der Gedanke vollkommen klar. Er hatte etwas bemerkt, was täglich geschah und deshalb nicht mehr wahrgenommen wurde. Was er dachte, erschien ihm auf einmal nicht mehr außergewöhnlich. »Wie das Wasser durch die Formel H_2O ausgedrückt wird, sehen wir nur noch formelhaft, ich aber sehe das Wasser. Es hat Wellen, Gischt, verdampft, vereist... ich sehe, daß es eine Gestalt hat...« Die Bierkapsel wurde gerade vom Schatten des Kellners verdeckt, der dem Verfolger ein Gulasch servierte und ein Körbchen mit Semmeln auf den Tisch stellte. In diesem Augenblick tauchte in Sonnenberg der Verdacht auf, daß die Bierkapsel gar keine Bierkapsel war! Die Bierkapsel war etwas anderes! Wie konnte sie zuerst die ganze Tischplatte einnehmen und beim Auftreffen auf den Boden das hellklingende Geräusch eines dünnen Blechknopfs von sich geben? Er griff nach der Zeitung, die in einem Holzgestell vor ihn hingelegt wurde. Nein, er war ein Buchstabe in dieser Zeitung. Es gab ihn tausendfach, hunderttausendfach an derselben Stelle, in derselben Ausgabe. Er lag an hunderttausend verschiedenen Plätzen der Stadt, wurde von Pupillen aufgesaugt, durch Gehirne geschossen und vergessen. Er löste sich in nichts auf, hatte sich längst in nichts aufgelöst, denn seine Gestalt, dieses kleine n, war nur noch ein toter Körper, ein totes Partikelchen, das aus dem Zusammenhang gerissen nicht mehr als einen Druckfehler ergeben würde. Diese Erkenntnis beruhigte Sonnenberg. Es war ganz egal, ob es ihn geben würde oder nicht, er war nur ein Buchstabe in einer Zeitung, derselbe Buchstabe kam in derselben Zeitung hunderttausendmal vor, aber er war für sich genommen bedeutungslos. Er wußte selbst nicht einmal, welches Wort er bildete, in welchem Satz er stand, was der Inhalt des Artikels war. Er kannte nicht einmal die Zeitung, in der er sich befand. Sein Tod hatte ihn ereilt, sobald er auf Hunderttausenden Ausgaben gedruckt war. Alsbald würde man die Zeitung wegwerfen, Fleisch in sie einwickeln, sie einstampfen. Jeden Tag erschienen neue Zeitungen mit den unverändert alten Buchstaben, die sich zu einem neuen Sinn fügten oder den alten weiterkauten. Das war des Rätsels Lösung. Die Dinge in diesem Lokal waren sein Universum, die Bierkapsel war nicht er selbst gewesen, sondern ein Komet oder die goldene Blüte einer metalligen Pflanze . . ., der Tisch und die Stühle wurden zu Landschaften, die von ächzenden, schreienden, mampfenden Nebelgebilden bevölkert wurden, welche ihn gierig mit den Augen aufsaugten. Sonnenberg wußte, daß er *nicht* den Verstand verloren hatte. Er dachte bloß. Und sein Verfolger, dieser glatzköpfige Mann mit dem stechenden Blick, war niemand anderer als einer seiner Hunderttausenden Leser! Sonnenberg fühlte förmlich, wie sein Blick ihn besitzergreifend nach innen riß und in seinem Gehirn durcheinanderwirbelte. Zur selben Zeit las ihn eine hübsche, gelangweilte Frau in irgendeinem Café, gähnte und wußte nicht, wie behaglich sich Sonnenberg, das kleine n, in ihr fühlte. Dann sah er, wie ein alter Herr, vermutlich pensionierter Beamter, seine Brille herausnahm und die Zeitung aufblätterte. Mit einem gewaltigen Pupillensog riß er die Buchstaben in sein Gehirn, als ob jemand büschelweise Unkraut aus einem Acker herausfetzte, und verbrannte sie im Brennstrahl seiner geschliffenen Gläser. Sonnenberg erhob sich und ging, ohne auf eine Mahlzeit oder ein Getränk zu warten, ungehindert die Treppen hinauf auf die Straße. Kaum war er einige Schritte den Gehsteig entlanggehastet, bemerkte er schon wieder seinen Verfolger – seinen Leser, wie er sich sagte. Sein Blick sprang auf die Geschäfts-Überschriften und suchte ein N, suchte lauter Ns, die ihm sagten, wer er war. Er eilte die Kärntner Straße hinauf und ließ sich von der Rolltreppe in die U-Bahn-Schächte spülen. Er drehte sich nicht mehr um. Als er eine Toilettenanlage erblickte, warf er, ohne zu zögern, für die Reinmachefrau eine Münze auf den Teller, erhielt ein Stück rosa Rollpapier und schloß sich damit ein. Erschöpft ließ er sich auf die Porzellanmuschel fallen und wischte sich mit dem Papier die Stirne ab. Er mußte weniger als eine Minute so gesessen sein, da wurde unter der Kabinenwand mit schleifendem Geräusch ein Päckchen vor seine Füße geschoben. Sonnenberg erstarrte. Das Päckchen war in Geschenkpapier gewickelt und mit einer gewöhnlichen Schnur zugebunden. Der Untersuchungsrichter konnte kein Auge abwenden. Zuletzt sah er die Spitzen zweier Finger, die dem Päckchen einen kleinen Stoß gaben und hierauf, als hätten sie sich verbrannt, zurückzuckten. Fast gleichzeitig wurde in der Nebenkabine die Spülung betätigt, und Schritte entfernten sich eilig. Zunächst tat Sonnenberg nichts. Er betrachtete mit größter Aufmerksamkeit das Päckchen, dann fiel sein Blick auf die Trennwand mit den üblichen Zeichnungen und Inschriften. Der Boden war aus gesprenkelten Steinen, welche ein Bakterienmuster darstellten ... Rasch griff er nach dem Päckchen und stand auf. An der Innenseite der Tür war ein Kleiderhaken aus Aluminium, stumpfsilber geworden, befestigt. Das Paket war schwerer, als er erwartet hatte. Jetzt betrat jemand anderer die Nebenkabine. Sonnenberg hörte das Rascheln von Kleidern und ein Ächzen. Er bemerkte, daß er die Klomuschel anstarrte, auf der er gesessen war. Was würde als nächstes geschehen? Er starrte die Klomuschel lange an, ihre Glattheit und die Schönheit ihrer Form. Ja, die Klomuschel war schön, daran zweifelte er nicht. Er starrte sie an wie einen Stalagtiten in einer Tropfsteinhöhle. Mit einem plötzlichen Entschluß riß er die Schnur und das Papier vom Päckchen und hielt einen Revolver in der Hand. Weshalb er nicht im geringsten darüber erstaunt war, konnte er auch später nicht erklären. Im Gegenteil, der Vorfall kam ihm folgerichtig vor. Wer hatte ihm die Waffe zukommen lassen? Und mit wem hatte man ihn verwechselt, denn daß man ihn verwechselt hatte, daran zweifelte er nicht. Augenblicklich dachte er an seinen Verfolger ... In welche Kombination von Überlegungen war er hineingeraten? Auf dem schwarzen Lauf stand *Smith & Wesson*, darunter die Waffennummer A 410563, Modell 39-2. War ein Verbrechen geschehen, und spielte man ihm jetzt die Tatwaffe zu? Wenn ja, um welche handelte es sich? Ihm fiel kein Fall ein, in dem die Tatwaffe, ein Revolver, fehlte ... oder war keine Tatwaffe beim Mord an dem Studenten, den man in der Kohlenhandlung gefunden hatte, sichergestellt worden? Er steckte den Revolver in die Manteltasche und ließ das Papier und die Schnur mit der Spüle hinunter. Rasch öffnete er die Kabinentür. Alles gab sich einer Art Schläfrigkeit hin, hier herrschte das Gesetz der Abgeschiedenheit. Sonnenberg eilte die Strecke zurück bis zur automatischen Treppe und dann weiter zum Stephansdom. Dort stand anstelle des riesigen Kirchturms eine ebenso hohe, gewaltige Schachtel mit dem Schriftzug *Knorr*-Goldaugen-Suppe. Es war eine gelbe Schachtel mit roten und grünen Buchstaben, und der Länge nach war ein Stück saftiges, durchzogenes Rindfleisch aufgemalt mit einer Karotte und einer Zwiebel. Und jetzt fing die Glocke zu läuten an, und aus der Schachtel purzelten gewaltige, in Goldpapier eingewickelte Suppenwürfel in die kreischende Menge, zerplatzten und gaben staubendes Pulver frei, das sich mit dem einsetzenden Regen zu einem Sturzbach Goldaugensuppe verwandelte, in dem viele, die noch nicht von den Suppenwürfeln erschlagen worden waren, ertranken. Sonnenberg aber lief vor der Sturzwelle her bis zum Grauen Haus, wo er sich gerade noch in Sicherheit brachte.

Ich wollte immer schreiben wie ein Verrückter – es kostete mich keine Anstrengung. Hingegen ist das Schreiben folgerichtiger Gedanken einer arithmetischen Operation nicht unähnlich – es erfordert die Wachsamkeit der Vernunft. Die allgemeinen Denkgesetze sind nur Attrappe, Vorwand zur Kommunikation. In Wirklichkeit ist alles ein Selbstgespräch. Natürlich widersprüchlich. Sonnenberg ist dann am

wenigsten verrückt, wenn es den Anschein hat, als verlöre er den Verstand.
Im alten Jahr ging ich im Föhnsturm spazieren. Der Bach war voller Blätter, im Fischteich sank die Eisdecke unter das Wasser, die Kukuruzhaufen zerplatzten, und die verdorrten Pflanzenteile wirbelten durch die Luft. Am nächsten Tag erschien der Hausbesitzer, den seine Frau hinausgeworfen hatte, mit der Absicht, einen Kasten mit Wäsche bei mir unterzustellen. Er war betrunken und Argumenten nicht zugänglich. Seit ich das Haus vor acht Jahren gemietet habe, schwebt die Drohung, daß er einzuziehen wünscht, über mir. Kommt er mit einem Anliegen, ist er stets betrunken.
Auf dem Heimweg begegne ich mehreren Jägern, die im Schnee vor einer Tenne stehen. (Ich schreibe jetzt zum Teil mit Hilfe von Notizen, zum Teil aus freier Erinnerung. Natürlich habe ich mir in den vergangenen Wochen Gedanken gemacht – das heißt, die Gedanken sind mir gekommen – und ich habe sie auf verstreuten Zetteln festgehalten.) Die Jäger beobachteten etwas im Schnee, und als ich näherkam, sah ich, daß es ein Hund war, der an einem Tier zerrte. Es war ein Steinmarder, den sie aus der Tenne getrieben und erschlagen hatten. Seine Augen standen weit offen, und plötzlich zuckte er, auch kam es mir vor, daß er noch atmete. Ich sagte es, und einer der Jäger schlug mit der Holzlatte, die er in der Hand trug, auf den Kopf des Tieres ein. Es schloß die Augen und zuckte. Vier Schläge trafen den Kopf, aber noch immer ging ein Zucken durch den Körper, jedermann konnte es bemerken. »Es sind die Mus-

keln«, antwortete ein Jäger auf mein Schweigen. Er hob den Marder auf, und dieser gab einen kurzen, quietschenden Laut von sich. »Das ist nur die Luft«, sagte der Jäger weiter, »wenn ich ihn am Hals zusammendrücke.« Die Augen des Tieres waren noch immer offen. In seinem kleinen Maul steckten spitze Zähne. Am selben Abend, als ich mehr als gewöhnlich trank, bemerkte ich zum ersten Mal, daß die Dunkelheit strömt. Im nüchternen Zustand schien mir der sprachliche Ausdruck nicht geglückt. Ich hatte auf einen Zettel geschrieben: Bei strömender Dunkelheit. Aber als ich das nächste Mal getrunken hatte, konnte ich feststellen, daß die Dunkelheit wirklich strömte.

Als Kind war es mein größter Wunsch, daß die Leute über mich lachten. Ich bekam aber die Gemeinheit des Lachens zu spüren. Dieses bestimmte Lachen, das die Zusammenfassung aller menschlicher Niedertracht ist – das hämische Spottgelächter, das Prangergelächter. Ich habe es seither immer verabscheut, ganz gleich, in welcher Form es auftrat.

Im Sommer werden die Bienenmagazine vor meinem Haus auf die Almen geführt. Am frühen Morgen, gerade wenn es hell geworden ist, kommt der Imker und verlädt die Magazine. Immer sind schon Dutzende, Hunderte Bienen ausgeflogen, die zurückkommen und ihr Magazin nicht mehr vorfinden. Ich mußte sie stundenlang durch das Fenster beobachten. Sie flogen wie verrückt über der Stelle, wo früher das Magazin und jetzt nichts war. Sie begriffen nichts. Sie schwirrten nur herum und suchten und suchten, bis sie vor Erschöpfung ins Gras fielen und die Ameisen und Vögel sich über sie hermachten. Es ist jedermanns Tragödie. Ich will ein Abenteuerbuch schreiben, in dem *alles* geschehen kann. Die ersten Kunstwerke, die ich in den Händen hielt, waren die bunten Karl May-Bilder aus Kaugummipackungen. In ihnen habe ich auch zum erstenmal den ganzen Zauber gespürt, der von Abbildungen ausgehen kann. Ich sammelte außer den Karl May-Bildern nichts. Später verfiel ich einer Art Bücherwahn ... Man muß den Ast, auf dem man sitzt, absägen. Das Leben ist der kurze Moment des Sturzes. Ich will nicht mein Denken filmen, sondern es ihm gleichtun. Ich möchte mich aus seinem Joch befreien und etwas schaffen, das arbeitet wie es, eine Mischung aus Kalkül und Spontaneität. – Die Anatomie einer Analyse, in der Art eines Möbiusbandes.

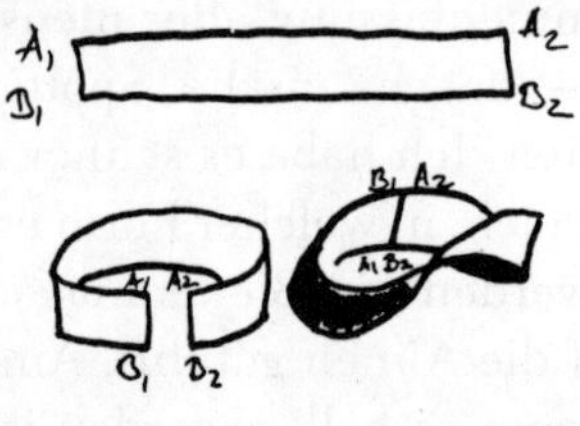

Sonnenberg saß vor dem mit einem weißen Tuch gedeckten Tisch, auf dem eine Konserve mit Pflaumenkompott stand. Er stocherte mit der Gabel eine eiförmige, hellblaue Frucht heraus und betrachtete sie. Ihre Oberfläche war von kleinen Fleckchen bedeckt, als sei sie von Rost befallen. Er steckte sie in den Mund, holte den Kern mit der anderen Hälfte der Pflaume heraus und verfolgte die Nachrichten im

Radio. Er trug einen gestreiften Pyjama und einen Morgenmantel aus Samt, die Brille steckte in der Brusttasche. Das Fleisch der Pflaume war goldgelb und saftig. Wenn er am Vorabend zuviel getrunken hatte, aß er anstelle eines Frühstücks zumeist ein Kompott, das seine aufgescheuchten Magennerven beruhigte. Jetzt spuckte er den Kern aus und legte ihn auf einen Porzellanteller. Sein Blick fiel auf das Plastikgitter vor dem Lautsprecher. Wenn er sich einsam fühlte, gaben ihm die Anwesenheit des Radios und des Fernsehapparats ein Gefühl des Beschütztseins. Der Kühlschrank fing zu brummen an, und die Gabel klapperte auf dem Teller. Nachdem er sich geduscht hatte, machte er sich auf den Weg. Wie immer blieb er vor dem Zeitungsstand stehen. Der Verkäufer legte die Zeitung und das Wechselgeld auf das Brett. Die Münzen, bronzefarbene 1-Schilling-Stücke, bewegten sich von selbst über den Ladentisch. Sonnenberg steckte die Zeitung ein und ging weiter. Er nahm eine Schachtel Zigaretten aus seiner Tasche. Das Päckchen war gelb und weiß und mit einem Wappen versehen. Als er den Zellophanfaden abriß, fiel ihm sein Daumen auf. Er ließ den Faden und das durchsichtige Stück Zellophan zu Boden fallen und nestelte das Silberpapier frei. Noch immer trug er den Revolver bei sich. Er hatte allerdings keine Zeit gefunden, in den Akten nach ihm zu fahnden, die Polizei zu benachrichtigen, kam für ihn nicht in Frage. Er beobachtete seine Fingerspitzen, wie sie mit Hilfe ihrer Nägel eine Zigarette aus der Packung zogen. Das Papier des Mundstückes, das Kork vortäuschen sollte, gefiel ihm. Die ganze Zigarette war schön. Er steckte die Zigarettenpackung in die Manteltasche zurück und öffnete die Zündholzschachtel, die ein Reklamebildchen in Form einer Schale Kaffee zierte. Er mußte sich alles merken. Er hatte das schon oft bei Verhören mit Verdächtigen bemerkt. (Manchmal war er nahe daran, seinen Beruf aufzugeben. Warum hängte er sein gesamtes Denken an die Tat eines fremden Menschen, der jetzt irgendwo schlief oder mit seiner Frau frühstückte, ohne zu ahnen, daß Sonnenberg hinter ihm her war? Was hatte er davon? Oft haßte er seine Arbeit, aber wie jedermann fürchtete er auch gleichzeitig, sie zu verlieren.) Vor ihm lagen die Zündhölzchen mit den nach Schwefel riechenden Köpfchen. Er warf das Zündholz weg, steckte die Schachtel ein und ging auf das Gerichtsgebäude zu. Im Identifizierungsbüro war kein Mensch. Erst als er die Tür zum Saal öffnete, erkannte er, daß alle bereits anwesend waren, um die Verdächtigen, die man in der Nacht festgenommen hatte, den Zeugen vorzuführen. Eine Glaswand trennte einen Steg vom übrigen Raum. Über diesen Steg, der von Neonlicht beschienen war, führte man die Täter. Alles war so gebaut, daß die Vorgeführten niemanden, die Versammelten aber die Vorgeführten genau erkennen konnten. Sonnenberg fiel ein, daß er die Konservendose auf dem Tisch hatte stehenlassen, anstatt sie in eine Schale zu leeren und diese in den Eisschrank zu stellen. Er warf die Zigarette vor seine Füße und zertrat sie. Jetzt verlosch das Licht, und sechs Männer traten ein. Zuerst blinzelten sie in den grellen Scheinwerfer, dann stellten sie sich auf die zugewiesenen Plätze und warteten. Die letzten beiden waren Jugoslawen, einer von ihnen hatte angeblich seine Freundin erstochen, der andere war an einem Raubüberfall beteiligt gewesen und hatte das Opfer mit einer Brechstange lebensgefährlich verletzt. Der des Mordes Verdächtigte war mittelgroß, athletisch, mit einem eindrucksvollen Schnauzbart und dunklen Haaren. Er hielt sein Haupt gesenkt, als fühlte er sich schuldig. Der andere war glatzköpfig mit einem blonden Haarkranz und fleischigem Gesicht. Sein kariertes Hemd war zerrissen und mit Blut befleckt, trotzdem stritt er seine Beteiligung am Raubüberfall ab oder redete sich darauf heraus, die Fragen und Vorhaltungen der Polizisten nicht zu verstehen. Für kurz schoß es Sonnenberg durch den Kopf, wie es wäre, selbst hier zu stehen, an einem Ort, an dem er sich noch nie befunden hatte, von dem er nicht einmal wußte, daß es ihn gab, mit einer Beschuldigung konfrontiert, während das Gehirn fieberhaft nach einer Ausrede suchte. Er konnte sich vorstellen, daß man ihn festnahm, weil er eine Mordwaffe bei sich trug, daß man ihn verhörte, wie er zu dem Revolver gekommen war, und seinen Beteuerungen keinen Glauben schenkte. Weshalb sollte ihm jemand auf der Toilette die Waffe zugespielt haben? Und wieso war er als Untersuchungsrichter nicht zur Polizei gegangen? Das Licht ging mit dem hellen Klingen der Neonröhren an, und der Saal leerte sich. Sonnenberg nahm den Lift, fuhr zwei Stockwerke hinauf. Als er auf den Gang trat, wurde er aus einer halbgeöffneten Tür angerufen. Die Tür war frisch gestrichen. Durch den Spalt erkannte er einen Inspektor in Zivil, der noch im laufenden Jahr in Pension gehen würde und mit dem er an verschiedenen Tatorten zusammengetroffen war. Er behandelte den Fall, der Sonnenberg noch immer beschäftigte: Das alte Ehepaar, das erschossen und dessen Wohnung vom Mörder in Brand gesteckt worden war. Es gab keine Spuren, keinen Hinweis, kein Motiv. In der zum größten Teil verkohlten Wohnung hatte man die eiserne Handkassa des Ehepaares gefunden, mit sämtlichen Ersparnissen und Papieren. Sonnenberg war zusammen mit dem Inspektor am Tatort gewesen. Er konnte sich an den Anblick in allen Einzelheiten erinnern. Der Inspektor hatte eine vom Alkohol gerötete Nase, dichte Augenbrauen und einen kurzgeschnittenen Bart. Sofort kam er auf den Mordfall zu sprechen. Sein Gesicht schien sich dabei zusammenzuziehen, als strengte er sich ungeheuer an. Sonnenberg wußte, daß es seine Art war, so zu sprechen. Auf dem Schreibtisch stand das Telefon. Neben Papieren bedeckte ihn ein Haufen von Schwarz-Weiß-Fotografien.

Der Inspektor zog eine heraus und schob sie vor Sonnenberg hin. »Wir haben die Wohnung noch einmal nach Spuren abgesucht«, sagte er, »und wir haben eine gefunden ... auf dem Kanister des Putzmittels, mit dem die Wohnung in Brand gesteckt worden ist.« Er hielt Sonnenberg die glänzende Fotografie hin, auf der ein stark vergrößerter Abdruck zu sehen war. Es war ein Fingerabdruck des Mannes, den sie suchten. Der Inspektor stand auf und führte Sonnenberg in das Nebenzimmer, wo sich der Drehstuhl befand, in dem die Verhafteten Platz nahmen, um sich fotografieren zu lassen. Gerade saß einer der Vorgeführten in ihm und blickte in das Objektiv der Kamera. Gleich nachdem das Blitzlicht den Raum erhellt hatte, wurde er ins Profil gedreht und abermals aufgenommen. Der Mann ließ die Prozedur unbeteiligt über sich ergehen, auch als man seine Finger, nachdem man sie eingefärbt hatte, auf ein Blatt Papier drückte, leistete er keinen Widerstand.

Überall waren die Plakate von den Wänden gefetzt, offensichtlich sollten sie durch neue ersetzt werden. Sonnenberg stand vor einer dieser langen Wände und sah zu, wie zwei Männer das Bild einer Odol-Mundwasser-Flasche herunterrissen. Der Vorgang verlief rasch, fast hastig. Die Männer, mit Kübel und Besen ausgerüstet, hatten Übung in ihrem Geschäft. Die Odolflasche knickte nach vorne und rollte sich, flach wie sie war, ein. Sogleich zerrte und riß der Mann weiter, und nun fiel sie nach vorne auf den Gehsteig und verdeckte den übrigen Teil ihres Körpers. Zweifelsohne war es eine mehrere Meter große, flache Odol-Mundwasser-Flasche, die jetzt eingerollt auf dem Gehsteig lag. Die Fragmente eines Taschenrechners erschienen auf ihrer Rückseite, und die fehlenden Teile hatten Flecken in seiner Tastatur und der Anzeige hinterlassen. Außerdem war beim Abreißen ein Stück des Taschenrechners weggerissen worden, und unter dem Loch kam blaue Farbe zum Vorschein ... Schon hatte der Arbeiter das Plakat mit dem Taschenrechner heruntergefetzt, so daß er in Streifen auf dem Boden lag, wie die zerstörte Projektion eines Taschenrechners, und darunter erschien der Prospekt einer Reisegesellschaft mit Palmen, einladendem Meeresstrand und blauem Himmel ... *In den ewigen Sommer* stand in Leuchtbuchstaben auf dem Himmel. Sonnenberg konnte sich erinnern, daß er vor einem halben Jahr dieses Plakat gesehen hatte, doch hatte er ihm keine Aufmerksamkeit geschenkt. Schon hatte einer der Arbeiter das Reiseplakat entfernt, und dahinter war unversehrt ein ausgestrecktes, bestrumpftes Damenbein zum Vorschein gekommen. Sonnenberg ging langsam weiter. Eine Spielautomatenhalle tauchte vor ihm auf. Er hörte das Klingeln und Piepsen und sah das Leuchten der Bildschirme, das Blinken von Schriften und Ziffern, Männchen, elektronischen Landschaften und Maschinen. Eine Rakete schoß Untertassen ab, ein Urwaldmensch mußte sich von Liane zu Liane schwingen, wollte er nicht im Maul eines Löwen landen. Er sah den kaugummikauenden, rauchenden Jugendlichen zu, die völlig in ihre fiktiven Kämpfe und Auseinandersetzungen versunken waren. Sonnenberg beschloß, die nächste Zahl, die er auf einem Automaten erblicken würde, darüber entscheiden zu lassen, wie viele Straßen er weitergehen würde. Er schaute zu einem Flipper hin, auf dem im selben Augenblick eine 6 aufblinkte, und Sonnenberg schritt die Straße hinunter, zählte die Querstraßen und stand vor einem Taxistandplatz. Zweifelsohne sollte er in das erste steigen, aber wohin sollte er sich bringen lassen? Der Chauffeur, ein schlechtgelaunter Mann, fuhr schweigend die angegebene Strecke zum Bahnhof. Wortlos gab er ihm das Wechselgeld heraus. Sonnenberg spazierte neben Personenzügen, deren Abteile beleuchtet waren, den

Bahnsteig hinunter und betrat schließlich das freie Feld der Schienen, die in einem scheinbaren Wirrwarr vor ihm zusammenliefen oder sich trennten. Er betrachtete die Güterwaggons, Bier- und Kesselwagen mit Ziffern und kennzeichnenden Buchstaben. Zwischen Steinen wuchsen Grashalme, ein Leinenhandschuh lag neben den Schienen. Sonnenberg überquerte Schienenstränge, die an der Oberfläche durch den Abrieb der Räder silbern glänzten, und hielt vor einem Stellhaus an. Soeben traf ein Zug mit Viehwaggons ein, hielt und wurde sofort von Arbeitern entladen. Die Rolltüren wurden aufgerissen, und der Untersuchungsrichter sah, wie Berge von Müll aus den Viehwaggons quollen, in wartende Wagen verladen und abtransportiert wurden. Sonnenberg trat näher. Der Abfall war frisch und stank nach faulem Obst. An manchen Waggons klemmten die Rolltüren, weshalb die Arbeiter mit Hacken auf die Türen einschlugen, bis sie zerbarsten und der Müll vor die Schienen polterte. Kaum aber waren die Waggons entleert, als Kühlwagen über die Schienen rollten und Fleisch in Form von Tierhälften in die Waggons geworfen wurde. Das alles ging rasch vor sich. Die Kühlwagen wurden unter Stiefelgetrampel gestürmt, und schon flogen die Fleischhälften durch die Luft in die Güterwaggons. Manche der Waggons wiesen Aufhängevorrichtungen auf, dann wartete ein Verladearbeiter an der Rampe, übernahm die Tierhälften und befestigte sie an einer Vorrichtung. Die Arbeiter beachteten Sonnenberg nicht. Jetzt waren sie damit beschäftigt, Tierhäute zu verladen, die rasch die restlichen Waggons füllten. Sofort legte sich der Gestank des Schlachthofes über die Waggons. Sonnenberg riß eine Rolltüre auf, bestieg den Zug und fand sich zwischen Rinderhälften, die von der Decke hingen, wieder. Im gleichen Augenblick setzte sich der Zug in Bewegung. Der Waggon kühlte aus, und Sonnenberg begann zu frieren, während der Zug rasch an Geschwindigkeit gewann. Schon kurz nach der Abfahrt hatten sich die Rolltüren mit einem Preßluftgeräusch geschlossen und Sonnenberg im Dunklen zurückgelassen. Er hockte zwischen den Fleischteilen und lauschte dem bekannten Geräusch der auf den Schienen klopfenden Räder. Es beruhigte ihn, da es seine außergewöhnliche Situation mit Vertrautem verband. Dann entdeckte er einen Spalt in der Wand des Waggons, durch den er ins Freie blicken konnte. Die Fahrt dauerte nicht lange. Der Zug verlangsamte seine Geschwindigkeit und hielt schließlich vor einer Müllhalde, die sich vor Sonnenbergs Augen auftat wie ein Panorama. Als sich die Preßlufttüren öffneten, erkannte Sonnenberg auf der anderen Seite ein Fabriksgelände mit Schornsteinen, Mauern und glänzenden Fensterscheiben. Er sprang hinaus und fand sich unter einer Schar von Männern mit Gummischürzen und Feuerhaken, die sich ohne Umschweife an ihre Arbeit machten, die Häute und Fleischteile in die Fabrik zu schaffen. Ungehindert betrat der Untersuchungsrichter das Gelände. In Gruben hinter der Mauer schwammen Tierhäute in Brühen, die nach Alaun und Salz stanken. Er warf einen Blick in eine der Hallen. Lastwagen fuhren zum Verschubbahnhof, um Tierhäute zu transportieren. Langsam trat Sonnenberg zurück auf das Fabriksgelände und ging wieder zum Verladebahnhof. In einer Halle wurden die Fleischteile zu Konserven verarbeitet. Eine Kreissäge zerschnitt sie in Streifen, und eine Reihe von Zerkleinerungsapparaten und Kochkesseln verarbeiteten sie zu Büchsenfleisch. Er stieg zwischen den Puffern der Güterwaggons auf die andere Seite des Zuges und hob seinen Kopf bis zum Kamm des Müllgebirges. Caterpillars schoben aus den Abfallhalden Dünen und Hügel zusammen, die, kaum daß die letzte Tierhälfte in der Gerberei und Konservenfabrik verschwunden war, in die Waggons verladen wurden. Jemand hatte sich ihm genähert. Sonnenberg blickte sich um und starrte in das Gesicht eines bebrillten Mannes. Er war aufgedunsen und unrasiert, die Hose war ungebügelt und sein Haar, das er nach rückwärts frisiert trug, pomadisiert.

Die Sucht, vom Schicksal gelebt zu werden, ist der Antrieb des Abenteurers, sein Leben aufs Spiel zu setzen. Er kennt sein Ziel nicht, er muß ins Räderwerk gelangen, er muß sich ihm ausliefern und es, wenn möglich, überlisten. Der Abenteurer ist die Vorstufe des Denkers. Naheliegend die Feststellung, daß jedermann ein Alltagsabenteurer ist, aber sie erklärt die endlose Kritzelkratzellinie unseres Lebenslaufes, die vom Nichtdenken bestimmt ist, auch wenn es den Anschein hat, es handle sich um wohlüberlegte Schritte. Das Denken setzt nicht dramatisch *aus*, sondern dramatisch *ein*, um sich allmählich wieder zu verflüchtigen. Wenn das Denken *aussetzt*, ist der Mensch bei *sich*, *denkt* er aber, so empfindet er Verzweiflung und *Angst*. Die Dummheit ist die Tarnkappe der Vernunft, sie ermöglicht es uns, miteinander zu sprechen, uns einander wider besseres Wissen zu offenbaren. Man vertraut dabei einem Prinzip, das nicht existiert, dem der gegenseitigen Nächstenliebe. Aber der höchste Genuß des Denkens besteht darin, sich zu verraten und dem anderen dabei zuvorzukommen. Die Entblößung zielt ja immer auf Allgemeingültigkeit. Beim Sprechen, das zu einem großen Teil ohne Denken vor sich geht, entsteht ein Gedanke scheinbar blitzartig, ist aber nur die Summe von Bewegungen, wie ein tachistisches Bild. Im Sprechen passiert das Denken mitunter als Selbstverrat, deswegen auch behauptet das Sprichwort, Schweigen sei Gold. Möglicherweise aber braucht der Mensch den Verrat an sich selbst, um sich ertragen zu können. Es hat also den Anschein, als strebe man nach Entblößung, nicht aber nach Lösungen von Rätseln. Im übrigen bedeuteten für mich die angeblich größten Errungenschaften menschlichen Geistes nur Enttäuschungen. Im Gegenteil wurde ich durch geistige Werke, die ich *nicht* kannte, tiefgreifender beeinflußt. Jahrelang schob ich die Lektüre des *Ulysses* und des *Mannes ohne Eigenschaften* oder der *Suche nach der verlorenen Zeit* hinaus, um mir länger vorstellen zu können, um welche Art von Werken es sich handelte, welch unglaubliche geistige Architektur dahintersteckte, welches Sprachwunder. Gewisse Romane und philosophische Werke müßten geistigen Menschen ferngehalten werden, um ihre Entwicklung anzufeuern und die eigenen Gedanken in Wallung zu bringen.

Welche schwerfälligen Naturprozesse hindern mich daran, z. B. eine erfundene, farbige neue Struktur zu sein? – Wer kennt nicht den Wunsch, die festen Vorstellungen vom »Aussehen« zu zerstören, das Lexikon einer imaginären Welt zu verfassen, mit erfundenen Lebewesen, Dingen und einer unbekannten Geschichte. Wer wollte nicht schon aus der vorgeschriebenen *Natur ausbrechen* und ihr eine andere gegenüberstellen, in der alles von vorne beginnt. Ich träume von Erscheinungen, die weder gelb noch Schnee, sondern neue Begrifflichkeiten sind, eine Evolution von Halbschlafgedanken. Wir denken sozusagen am toten Objekt, am mikroskopischen Färbungspräparat ... wir sezieren. Unsere Denkweisen sind *Einschnitte*. Denken ist aber möglicherweise das *Ganze-im-Auge-Behalten* (getragen vom Kalkül des Instinkts).
Man stelle sich die anthropologische Entwicklung des Menschen als einen Vorgang vor, der nur eine Minute dauert, die Entstehung der Kontinente, die Faltung der Gebirge. Wäre es nicht denkbar, daß eines Tages eine Entwicklung stattfindet, die die anorganischen mit den organischen Elementen so verbindet, daß daraus neue Wesen entstehen, freiere und – man möchte sagen – heiligere, die unsere Kultur eines Tages nur noch als einen Bericht für eine Akademie begreifen?

Ich gebe zu, der Schmerz, übersteigt er nicht ein gewisses Ausmaß, regt an. Er macht das Sein und die Dinge anschaulich. Nicht, daß ich nicht versuchen würde, mir einen Schmerz zu erleichtern – ich leugne aber keine Sekunde seine Existenz. Sicher ziehe ich den kürzeren. Eines Tages aber werde ich nur noch gleichgültig gegenüber dem Schmerz sein. Zumindest wird er seine Bedeutung für mich verloren haben. Es ist wahr, ich lebe gerne, das ist die Grundlage auch der Verzweiflung. Ich habe mir immer eine schönere Welt entworfen, keine düsterere. Vielleicht waren die Sterne einstmals ein Bestandteil der Erde und leuchteten über den Köpfen der Menschen wie auf den Bildern Giottos. Nun aber sind sie endgültig zum Firmament entschwunden, zersprungene, atomisierte Heiligenscheine. Van Gogh sah sie noch um die Lichter des Nachtcafés kreisen und in einer Sternennacht als Feuerräder in das Universum stürzen. Im Bild des Sämanns liegt der Heiligenschein in Form der Sonnenscheibe über dem Kopf eines Menschen, aber es besteht kein Zweifel, daß es ein gewollter Zufall ist. Schutz – wußte van Gogh – spenden nur Wahrheit und Wahnsinn, aber sie sind schwer voneinander zu trennen. Als er zu einer Krähe wurde, hörte er auf zu malen und flog davon. Sein Geist leuchtete zu stark und blendete seinen Verstand. Zweifelsohne war er ein Webfehler des Gobelins Schöpfung. Nach ihm haben auch die Dinge ihren Heiligenschein verloren.

Man muß davon ausgehen, daß existentielle Erfahrung immer Nichtwissen, Nichterklärenkönnen ist – die Alltäglichkeit trägt den Schleier der wiederholten und sich immer wiederholenden Verwirrung, die Routinemäßigkeit der Verwirrung täuscht schließlich Ordnung vor, das macht die Verwirrung erträglich.

Kein philosophisches Problem ist in Wahrheit gelöst. Die Welt lebt ohne philosophische Gedanken, als gäbe es gar keine. Tatsächlich brauchen nur ganz wenige Menschen philosophische Gedanken, die meisten bringen sich um, weil das *Denken* plötzlich *eingesetzt* hat, sie bringen sich also um, um *nicht* denken zu müssen. Auch ich erkenne mich am deutlichsten wieder, wenn ich den Zustand des Nichterklärenkönnens öffentlich verkörpere. Ich denke aus Selbstbehauptung, aus Notwehr und all den kleinlichen Motiven wie jedermann.
Man nehme nur die Mathematik, die aus bestimmten Lebensbedingungen der Menschheit gewachsen ist. Wenn sich die Lebensbedingungen grundsätzlich ändern, verschwindet auch die Mathematik. Mit den Lebensbedingungen entstehen und vergehen alle unsere Denkmethoden. Keine ist unumstößlich. Wenn der Unsinn blüht, was tut dann der Sinn?

Es ist nicht anders möglich, als daß ich lüge und zugleich die Wahrheit sage, ansonsten trete ich auf der Stelle. Im Gespräch treten wir aber auf der Stelle, nicht weil es von vorneherein wahr oder unwahr ist, sondern immer Imitation.

Es sucht ja niemand seine Identität: Nur der Gimpel hat sie und pfeift fröhlich im Pfirsichgeblüh, bis der Schrotschuß die Triebe vor ihm schützt. Indessen wünschen wir uns, Geheimnisse bleiben zu dürfen, wir wünschen, Rätsel zu sein. Jeder intelligenteste und dümmste Mensch erzählt willigst seine Träume, wie man seine Urlaubsdiapositive zeigt. Auch über unsere Handlungen fällt es uns nicht schwer zu sprechen, im Gegenteil: Wir wiederholen sie in einem fort und sprechen von ihnen, als wüßten die anderen nicht längst Bescheid. Was wir aber hüten, sind unsere Wachträume, die flüchtigen Kopfbilder, die geheimen Obsessionen. Es ist die Wirklichkeit, die wir den anderen nur in den intimsten Augenblicken des Glücks oder der Verzweiflung offenbaren, und auch dann nur für Einblicke von aphoristischer Kürze. Es glaubt ja niemand (mehr?) an sich selbst – jeder sucht im anderen den Menschen, der an das glaubt, was er tut, und will und muß getäuscht werden, um selbst noch an das geringste glauben zu können.

Vor Ostern sah ich in Paris die Nymphae Monets. Es war Karfreitag, und die Pariser aßen überall in den Restaurants Fisch und Fleisch und tranken Wein und verbreiteten die gemütliche Stimmung eines warmen Sonntagnachmittags in einem Landgasthaus. (Während ich schreibe, fällt ein Blatt vom Pfingstrosenstrauß, wie eine Spielkarte, als wollte es mir damit eine neue Farbe – einen neuen Gedanken anzeigen.) Ich kaufte auf dem Friedhof Père Lachaise einen kopierten Plan und suchte das Grab Prousts auf, aber ich empfand nichts, als ich davorstand. Und doch war ich am Grab E. T. A. Hoffmanns, der Gebrüder Grimm und Alban Bergs gewesen, und immer mit dem gleichen Ergebnis. Als ich am nächsten Tag zu meinem Haus zurückkam, fand ich den Wäscheschrank des Hausbesitzers im Vorzimmer. Ich hatte also zu gehen.

Meine Hände schwollen an und meine Beine. Im Krankenhaus glaubte man an die Spätfolgen einer Grippe. Nach vier Tagen quälte ich mich auf einer Reise durch Deutschland. In München bot man mir ein Nachtquartier an. Die Möbel waren zertrümmert, eine verstörte Katze schiß auf den Fußboden, Berge von Schmutzwäsche und Müll türmten sich neben zerbrochenen Stühlen. Bei meiner Rückkehr regnete es in Strömen. Als ich meine Bücher verpackte, sah ich durch das Fenster in der Wiese einen Fuchs. Er zeigte sich kurz, leuchtend rot im Gras. Das »neue« Haus war, bis auf ein Zimmer, völlig verwahrlost, der Verputz heruntergefallen, die Fenster hingen schief in den Angeln. Meine Möbel standen herum, die Bücher stapelten sich auf dem Fußboden, und ich fand drei Wochen lang keine Zeit zu schreiben. Kaum hatte ich die Arbeit beendet, reiste ich nach Sizilien. Tagelang fuhr ich durch Lavahalden, kletterte in erloschene Krater, in denen Veilchen blühten, und zuletzt auf den Gipfel des Ätna. Immer hatte ich eine dumpfe Ahnung, ich bewegte mich der Auslöschung entgegen. Aber ich wußte, daß ich versuchen mußte zu verstehen. Wie denkt man allein? Gegen alle? Ich habe das Denken als Rache immer verabscheut. Als wir mit dem Bus zwischen den Lavahalden hielten, sprang in der steinigen Ödnis ein Fuchs auf und lief davon.

Haeckels Darstellungen der Protozoenskelette stekken voller Hinweise auf das Denken, obwohl er selbst der einfältigste Rassist war – weshalb sollte das Paradoxe vor ihm haltmachen?

Als ich in Naxos vom Fischerhafen zum Archäologischen Museum ging, hielt ich vor einer offenstehenden Tür. Es war eine dunkle Küche. Wasser rieselte in ein Waschbecken, und ein Bursche putzte Tintenfische. Auf dem Steinboden lag ein Sägefisch mit aufgeklapptem Maul und milchigen Augen. Ich blieb stehen. Manchmal hat man das Gefühl, etwas ereigne sich nur wegen einem selbst. Als ich aus dem Museum zurückkehrte, war die Tür geschlossen. Ich drückte die Klinke, aber sie war versperrt. Man sah weit hinaus auf das flache Meer.

Die Anschauungen halten dem Dasein nicht stand, sie verkümmern vor seiner lakonischen Selbstverständlichkeit. Man ist immer versucht, sich dieser lakonischen Selbstverständlichkeit anzunähern, aber man kann sie als Handelnder nicht erreichen, nur wenn man in ein Geschehen eingeschlossen ist. Man kann sich entweder tarnen wie die Raupe oder verstecken wie die Made.

Auch wenn ich mich bemühe, in einem gewissen Sinne »schlecht« zu schreiben, ist es eine Kunstanstrengung, doch Notwehr gegen den allesverschlingenden Moloch. Um das Haus, in dem ich jetzt sitze und arbeite, wächst Wein, die Blätter wuchern vor dem Fenster, als ermahnten sie mich durch ihre gezahnte Form. Vor dem Haus bewegen sich die Äste der Bäume im Wind, unter dem Dach brüten Stare.

Vor einigen Tagen wußte ich plötzlich, daß ich etwas Gewalttätiges tun würde. Ich fürchte mich aber vor den Konsequenzen eines blutigen Zwischenfalls.

Sonnenberg blickte durch das Fenster der Villa in den Garten, in dem der Rauch brennender Laubhaufen zum Himmel stieg. Das Haus war weiß gestrichen und mit einem Pflanzenmuster verziert. Sonnenberg hatte am Tor geläutet, und nach einem Summen hatte sich ein Flügel von selbst geöffnet. Die Räume waren aufwendig möbliert, die Jalousien halb heruntergelassen und nach außen gespreizt. Es war ein sonniger Herbsttag. Der Untersuchungsrichter zog die Jalousien ganz herunter und öffnete die Tür zu einem Raum mit Polstermöbeln. Auf dem Bildschirm eines Fernsehapparates züngelte eine Schlange, die auf ihn zuschoß. Er warf sich zu Boden und hörte sie über sich hinwegzischen, im selben Augenblick vernahm er das Zischen der Schlange ein zweites Mal. Mit einem klatschenden Geräusch flog sie gegen die Wand, und Sonnenberg sah (noch immer liegend), wie sie sich hastig über den Parkettboden aus dem Zimmer ringelte. Er verwünschte es, daß er die Waffe nicht bei sich hatte. Er stieg die Treppe hinunter und öffnete eine mit Glasscheiben geschmückte Tür. Eine Kredenz war vollgestopft mit Lebensmitteln und Geschirr. Die Zuckerschale war leer, er fand eine Karte mit Geburtstagswünschen darin. Plötzlich entdeckte er eine Blutlache, die unter der Kredenz auf ihn zukroch. Er bückte sich, um sich zu vergewissern, daß er sich nicht täuschte. Dabei fiel sein Blick auf die Wand neben der Kredenz, die ein

Einschußloch aufwies. Die Küche mußte sich auf derselben Seite des Gebäudes befinden, denn von ihrem Fenster aus konnte er in den Park sehen, in dem nach wie vor Laubhaufen brannten. In Gedanken versunken verließ er das Haus. Die Laubhaufen brannten noch immer. Er nahm die Straßenbahn, entwertete die Fahrkarte und stieg vor dem Café Eiles aus. Am Nebentisch spielte der Dozent für Rechte Schach. Aber auch das Gesicht seines Gegners hatte Sonnenberg irgendwo gesehen. Mehrere Gäste umringten die beiden Spieler, und jetzt erst erkannte der Untersuchungsrichter den Grund. Der junge Mann spielte mit dem Rücken zu seinem Gegner. Sonnenberg hatte den jungen Mann hier im Café gesehen, es war schon einige Zeit her, und dem Studenten war damals eine Figur zu Boden gefallen. Neugierig erhob sich der Untersuchungsrichter. *»Matt«*, sagte der junge Mann. Er drehte sich um und tastete nach seiner Brille auf dem Marmortischchen. Jemand applaudierte. Der Untersuchungsrichter besah sich die Stellung auf dem Brett. Es war augenscheinlich, daß der Dozent eine Figur übersehen hatte. Erregt lehnte er sich zurück und machte dabei eine Handbewegung: »Ein fürchterlicher Fehler!« rief er aus und warf die Brille des Studenten hinunter. Ein Reflex ließ den Untersuchungsrichter sich bücken und die Brille aufheben. Ein Glas war zersprungen, bemerkte Sonnenberg, und gab sie dem Studenten weiter. Der setzte sie auf und sagte nichts. Auch der Dozent sagte nichts.

Der Selbstmörder durchschaut nicht das »doppelte Spiel«, er ähnelt dem Idioten, weil er eindeutige Aussagen wünscht. Er wünscht Klarstellungen, wo es aber nur das Durcheinander gibt. Er kann nicht den Standort wechseln, den Point of view. Er erträgt nicht, daß es einen Zweifel gibt, der alles in Frage stellt – auch ihn. Er will genommen werden, wie er sich selbst sieht. Zuletzt vernichtet er sich, um entdeckt zu werden.

SONNTAG – FRÜHER MORGEN

Auf beiden Seiten der Grabreihen zogen sich Alleen hin. Es war noch früh, und der Untersuchungsrichter begegnete keinem Menschen. Von den Grabsteinen blickten Steinköpfe in das Nichts. Die Reihen waren mit kleinen, altmodischen Schildchen numeriert. Jetzt erst erkannte Sonnenberg den Sektionschef des Ministeriums. Er war ein großer, korpulenter Mann mit einem aufgeschwemmten Gesicht und Hornbrille. Sein Mantel mit dem Pelzkragen ließ ihn noch breiter erscheinen, Blick und Nase gaben ihm etwas Obszönes.

»Welches Geld?« fragte Sonnenberg erstaunt.

Der Sektionschef starrte ihn mißtrauisch an.

»Haben Sie es sich überlegt?« fragte er hierauf mit einigem Unmut.

»Nein«, antwortete Sonnenberg.

Der Sektionschef drehte sich hastig um und blickte die verschneite Allee hinauf, über die eine Krähe flog. Auch die Gräber waren von Schnee bedeckt. Niemand war zu sehen.

»Beeilen Sie sich«, stieß er hervor. »Oder haben Sie es nicht bei sich? – Wie? – Wollen Sie mich hineinlegen?« Er packte Sonnenberg am Mantel und begann ihn zu schütteln. »Sie wollen mich hineinlegen! Ich seh' es Ihnen an! Ihre Beförderung können Sie vergessen, Walberer, das schwör ich Ihnen, und wenn Sie den Mund aufmachen, sind Sie dran ...«
Sonnenberg riß sich los und ließ den Sektionschef über seinen Fuß stolpern.
»Sie verwechseln mich«, sagte Sonnenberg. Der Sektionschef starrte ihn an. Seine Augen waren verschleiert, und in seinem Schnurrbart hingen winzige Tröpfchen.
»Was wollen Sie?« quäkte er.
Sonnenberg ließ ihn los. Der Sektionschef drehte sich um und erhob sich umständlich. Er musterte Sonnenberg voller Verachtung.
»Mit wem habe ich die Ehre?« fragte er herablassend.
Dann warf er Sonnenberg einen schmierigen Blick zu und kniff die Augen zusammen. »Können wir uns einigen?«

AM SELBEN TAG

Im Naturhistorischen Museum wurden die schweren Leinenvorhänge in den Sälen zur Seite gezogen. Ein Metallgeräusch surrte im riesigen Gebäude, durch das Sonnenberg schritt. Wie an vielen Sonntagvormittagen suchte er das Museum auf, er zog es auch bei Sonnenschein einem Ausflug in den Wienerwald oder auf den Kahlenberg vor, weil er sich unter den

Sonntagsausflüglern verloren vorkam. Hier aber, in den geschlossenen, nach Parkettboden riechenden Sälen hatte er, obwohl nahezu allein, den Eindruck, es sei ein Wochentag. Die Meteoritensammlung war – wie immer – wegen Umbaus geschlossen. Sonnenberg hatte sie noch nie betreten, obwohl es die berühmteste des Museums war. In der Kuppelhalle des ersten Stocks blieb er vor dem Skelett des Dinosauriers *Diplodocus Cernegei* stehen, das weit entfernt von den paläontologischen und geologischen Schausälen auf dem Gang stand. Er beschloß, die paläontologische Sammlung aufzusuchen, die er seit mehr als zwei Jahren nicht mehr gesehen hatte. Versunken betrachtete er die Flora des Karbons aus den Kohlelagerstätten, Panzerfische und die Skelette von Ichthyosauriern und Flugsauriern. In einem anderen Saal das Skelett eines Nashorns, das man östlich von Wien gefunden hatte, und Schnecken und Muschelfossilien aus dem Wiener Becken. Als er durch den Saal mit der mineralogischen Sammlung hinausging, mehr oder weniger in die eigene Kindheit versunken, sah er in einer Gruppe von Patienten der Anstalt Steinhof, die begleitet von mehreren Wärtern einen Ausflug machte, den stummen Schizophrenen, den er wegen des Mordes am alten Ehepaar verhören hatte wollen. Sonnenberg bemühte sich, hinter ihm zu bleiben, obwohl ein anderer Patient stehengeblieben war und ihn anstarrte. Der Schizophrene beugte sich über die Pultvitrinen mit verschiedenfarbigen Kristallen (wobei gleichzeitig mein Bleistift die tollsten Kapriolen niederschreiben möchte: durch die Fensterscheiben brechende belaubte Äste mit rasch wachsenden Blättern, die sich unter der Decke ausbreiten und langsam zu Boden sinken, oder Lichtphänomene, die Sonnenberg blenden und verwirren – es geschah jedoch nichts dergleichen). Die Patienten trugen Privatkleider, sahen aber doch aus wie eine ungeheuer rasch gealterte Schulklasse. Die Aufsichtsorgane mit Schildmützen betrachteten sie mit halbgeschlossenen Augen wie müde Nachtportiere. (Und doch möchte mein Bleistift es nicht bei der Schilderung des Kommenden belassen und Sonnenberg in die Köpfe der Patienten sehen lassen, wie zu Beginn des Buches, aber der Untersuchungsrichter war an diesem Tag zu ausgeglichen, um tyrannische Mütter mit großen Küchenmessern zu sehen, die ihre Kinder wie Hühner abstachen, oder fleischige Väter, die sich an ihren Töchtern vergingen, verschämt das Leintuch mit den ersten Blutfleckchen abziehend.) Plötzlich stürzte einer der Patienten lautlos zu Boden. Man hörte nur den klatschenden Knall, als sein Hinterkopf aufschlug, wie eine auf einen Steinboden fallende Melone. Sonnenberg machte auf den Absätzen kehrt, aber im Weggehen warf er einen Blick auf den Schizophrenen, der noch immer über die Pultvitrine gebeugt stand und ihn mit einem Wiedererkennen in den Augen anschaute.

EINE WOCHE SPÄTER

Der Untersuchungsrichter, frisch rasiert, saß an einem Tisch, auf dem die Pistole, versehen mit einer Identifikationsnummer, und Fotografien des Leichnams sowie des Tatorts, ferner gerichtsärztliche Befunde lagen, die die vermutliche Todesart und Todeszeit des Opfers beschrieben und ein Gutachten über das im Körper aufgefundene Geschoß und die Blutflecken am Tatort enthielten. Ein Anruf vom Büro des Gerichtspräsidenten forderte ihn auf, in den Vorführraum zu kommen. Vermutlich hatte man den Täter gestellt... Er öffnete die Tür zum Saal und erkannte, daß der Gerichtspräsident bereits anwesend war. Aber es war nicht nur der Gerichtspräsident, der ihm sein Gesicht zudrehte, in einem zweiten, rotsamtenen Klappstuhl lehnte der Sektionschef mit halbgeöffnetem Mund. Vor der Glaswand waren mehrere Monitore aufgebaut, und im Augenblick, als Sonnenberg sich setzte, verlosch das Licht, und auf den Monitoren liefen Videobänder an. Zu seiner Überraschung erkannte Sonnenberg, daß sie in seinem Büro aufgenommen worden waren und ihn selbst darstellten. Als nächstes erkannte er den Vierzehnjährigen, der seinen Vater erschossen und seine Mutter schwer verletzt hatte. Plötzlich schien der Untersuchungsrichter einzuschlafen. Er sank in seinem Stuhl zurück, mit geschlossenen Lidern, und schwieg, bis der Jugendliche von einem routinemäßig kontrollierenden Wachebeamten abgeführt wurde. Dann sah er sich mit dem Gerichtspräsidenten vor der Schrebergartenhütte. Die Aufnahmen mußten vom Wagen aus gemacht worden sein, anders war es nicht möglich. Er sah, wie der Chauffeur den Kanister Benzin über der Hütte ausleerte und sie anzündete und wie das brennende Krokodil herausgekrochen kam und verendete. Einige Ziffern sprangen über die Bildschirme. Nach einer kurzen Störung lief das nächste Band ab. Es war in der öffentlichen Toilette aufgenommen worden, in der man Sonnenberg die Waffe unter der Trennwand durchgeschoben hatte. Sonnenberg sah sich von oben auf der Porzellanmuschel sitzen und mit dem Papier die Stirne abwischen, sodann das Päckchen vor seine Füße rutschen ... Wieder huschten Ziffern über den Bildschirm, hierauf ging das Licht an. Der Untersuchungsrichter schwieg. »Sie können gehen«, sagte der Gerichtspräsident nach einer Weile.

Mehrere Wochen hielt der gelbe Nebel an. Das Wartezimmer Dr. Kremsers war voller hustender Kranker.
»Wie sieht es aus?« fragte der Untersuchungsrichter, als Kremser mit der Untersuchung fertig war.
Kremser zog sich hinter den Schreibtisch zurück und wartete Sonnenberg einen Cognac auf. Er hätte, dachte der Untersuchungsrichter, einen guten Leichenbestatter abgegeben.
»Ich darf Sie nicht mehr krank schreiben«, sagte Dr. Kremser rasch.
Der Hund fing an, im Nebenzimmer zu bellen, und Dr. Kremser nahm seine Brille ab und klemmte mit Daumen und Zeigefinger die Nase. Sonnenberg entdeckte jetzt auf dem kleinen Diwan Flecken und verspürte ein Gefühl der Verachtung in sich aufsteigen. »Dieser kleine Scheißkerl«, dachte er.

Der Voyeur ist nicht der Überzeugung, daß *nichts* hinter den Dingen steckt, sondern ein Geheimnis. Das Verbotene existiert, so weiß oder ahnt er zumindest, auf einer zweiten Ebene. Darum lebt sein Denken in einem System von der Rückseite her, durchsichtiger Spiegel. Der Voyeurismus ist eine Massenbewegung gegen die Leere. Der Glaube, daß *hinter* den Eindrücken eine *verborgene* Welt steckt – gleich welcher Art –, hat etwas Religiöses (etwas von verzweifelter Hoffnung). Die fragmentarische Wahrnehmung von *sich-unbeobachtet* glaubenden Menschen setzt sich im Kopf zu einer neuen Weltsicht zusammen. Das ist auch der Erfolg der Illustrierten. Eine in diesem Sinne verfahrende Illustrierte müßte fortlaufend an die Grenze des sogenannten guten Geschmacks stoßen und diese übertreten. Was aber herrscht, ist eine *Vortäuschung* von Enthüllungen. Der *verborgenen* Welt wird eine *scheinbar* verborgene Welt wie ein Paravant vorgeschoben, und diese oft kunstvoll bemalte *spanische Wand* wird *gezeigt*, um die dahinterliegende nur *noch sicherer* abzuschirmen. Der dem Voyeur enthüllte Paravant ist also in Wirklichkeit keine *Enthüllung*, sondern *der Schutz vor der Enthüllung*. Was bleibt dem Voyeur übrig, als auf eigene Faust Erkundigungen einzuholen? Ihm genügen die alltäglichsten *Einblicke*, unschwer schließt er vom Einzelnen auf das Ganze; wie unrichtig es auch sein mag, es ist kaum falscher als das, was ihm mit viel Aufwand als Allgemeingültiges vorgestellt wird. Der Voyeur, obwohl in jedermann zumindest partiell vorhanden, wird als *Aufgedeckter* verachtet, weil er sich nicht an die (unausgesprochenen) Absprachen hält und das tut, was alle tun wollen. Schon ein voyeuristisch erspähtes Geheimnis *bestätigt* dem Späher, daß er von der Welt, wie sie sich zeigt, *pausenlos hintergangen* wird. Er ist zumindest für »Augenblicke« schlauer als die Täuscher. Würde der Voyeur nicht bloß die Leere spüren, sondern auch vom *Nichts dahinter* überzeugt sein, das sich selbstverständlich erst *hinter* der *verborgenen* Welt auftut, so würde er es einstellen, nach Geheimnissen zu fahnden. Der Voyeurismus als Massenbewegung hat längst den Glauben an *Tatsachen* unterhöhlt. Jedermann weiß, daß man ihn *hintergeht.* Er ist aber nicht in der Lage, mit diesem Bewußtsein zu existieren. Zu wissen, daß er in einem fort *betrogen* wird, ohne es ändern zu können, *erträgt* er nicht. Er will, daß die Welt anders ist, deshalb *hintergeht* auch er sie. Der Kreis schließt sich, sobald man den Voyeurismus als *Glaubensbewegung erkennt,* die zum *Scheitern* verurteilt ist, weil sie auf dem Axiom des betrogenen Betrügers aufbaut und der einzelne sich wie immer aus dem Erkenntnisprozeß ausschließt. Der einzelne hat von sich eine abstrakte Vorstellung, vergleichbar etwa dem künstlichen Schicksal einer Person in einem Kinofilm. Er hat demnach auch eine romantische Vorstellung von sich, allerdings, *um sich nicht umbringen zu müssen.* (Die Katze stürmt mit dem erbeuteten Vogel herein, von dem nur Schnabel und Beine grotesk aus ihrem Maul ragen. Schleicht sie ins Freie, zwitschern die Vögel aufgeregt im Garten, lasse ich sie herein, miaut sie klagend durch die Räume streifend. Selbst die schweren Gewitter bringen sie nicht mehr aus der Ruhe, sie hat sich daran gewöhnt. Manchmal, nach einem heftigen Wolkenbruch, legt sich ein Licht über die Landschaft, als sei diese eine alte, hellbraune Fotografie. Unter dem

Bett im Zimmer liegen die Überreste des Vogels. Es ekelt mich vor ihnen. Auf seinem Schnabel krabbelt eine Ameise, um mit dem Werk des spurlosen Verschwindenlassens zu beginnen.)

DER UNTERSUCHUNGSRICHTER

Perioden, in denen ich das Manuskript als abgebrochen betrachte. Der Sommer liegt schwerfällig brütend über dem Gras, die Blätter im Garten leuchten wie verborgene Lichtquellen. Natürlich spiele ich nicht nur mit dem Gedanken, die Arbeit abzubrechen, ich habe den Wunsch, vollständig mit dem Schreiben aufzuhören, weil ich mich selbst verachte. Die Erleichterung, ein Lebenskapitel als abgeschlossen zu betrachten.

Vor der stillgelegten Farbenfabrik befand sich eine Gärtnerei. Lange Formationen von Glashäusern erstreckten sich über ein Feld, auf dem Arbeitskräfte Kohl ernteten. Sonnenberg stand am Küchenfenster und schaute auf das Grün des Kohlfeldes. Er hatte eine Fensterscheibe im Parterre eingeschlagen und sich auf diese Weise Zutritt verschafft. Anfangs hatte er aufgeatmet, aber allmählich setzten ihm die Ameisen zu, die aus dem Boden, den Wänden und Türstöcken krochen. Allerdings belästigten sie ihn kaum, denn sie hatten ihre festen Straßen, die sie benutzten. Nicht weit von der Farbenfabrik, in einer kleinen Siedlung, fand Sonnenberg ein Beisel, in dem er zu Abend oder mittags aß, ohne sich in ein Gespräch verwickeln zu lassen. Hinter der Eingangstür hing ein Vorhang gegen die Kälte. Aus dem Kofferradio, das der Wirt zu jeder Stunde einschaltete, kamen die Nachrichten, der Hund gähnte im Tanzsaal. Der Wirt arbeitete in einem Arbeitsmantel hinter der Theke. Seine Frau, dick, mit Brille und einem Oberlippenbart, brachte Sonnenberg Gulasch und Bier. Sie hüteten einen Vorgang, von dem sie nicht einmal ahnten, daß es ihn gab.

In der Nacht machte Sonnenberg Licht, um zu sehen, ob die Ameisen mit der Dunkelheit verschwanden, aber sie liefen unbeirrt über den Kasten, die Wand und den Fußboden. Im Haus herrschte Stille, Sonnenberg war der einzige, der Geräusche verursachte. Am Morgen, es war schon hell, erwachte er, weil die Tür zu seinem Zimmer aufsprang und sich ein Stück von selbst öffnete. Sonnenberg war so erschrocken, daß er sich nicht bewegte. Die Tür ging noch einen Spalt weiter auf. War der Fabriksbesitzer zurückgekehrt? Erst Minuten später erhob sich der Untersuchungsrichter und schaute nach. Er mußte die Tür schlecht zugemacht haben, denn er entdeckte nichts. Er wickelte sich wieder in die Decken ein, die Schuhe an den Füßen, und wartete.
Als er angetrunken vom Beisel zurückkam, brannte Licht in seinem Zimmer... Vorsichtig betrat er den Flur des Hauses. Sonnenberg war sich bewußt, wie grotesk die Situation war: Ein Eindringling drang in das Haus des Eindringlings ein. An der Stimme hatte er erkannt, daß es sich um eine Frau handelte. Sie war groß, schlank und trug einen Stoffmantel. Auf dem Kopf hatte sie einen Hut, der den Großteil ihres blon-

den Haares verdeckte. Rasch ging der Untersuchungsrichter voran. Die Frau blieb zuerst in der Tür stehen und setzte sich dann zögernd auf einen Stuhl. Zu Sonnenbergs Überraschung gestand sie ihm den Mord an dem Studenten, dessen Leiche Sonnenberg in der Kohlenhandlung gesehen hatte. (Auf welche Weise die Waffe, mit der der Mord begangen worden war, zu ihm in die Toilette gelangt war, konnte sie nicht beantworten.)

»Wie haben Sie mich gefunden?« fragte Sonnenberg.

Anstelle einer Antwort klappte die Frau ihre Handtasche auf, zog eine Pistole heraus und richtete sie auf Sonnenberg. In Erwartung des Schusses fielen dem Untersuchungsrichter die Ameisen ein, die unberührt von dem, was geschehen würde, weiter über den Fußboden eilen würden.

Plötzlich nahm die Frau die Waffe in den Mund und drückte ab. Sonnenberg blieb stehen. Die Frau lag regungslos vor ihm. Sie trug schwarze Handschuhe, und die Pistole, aus Stahl, schimmerte vor seinen Füßen. Das Röcheln verstummte. Sonnenberg kniete sich vor die Frau hin und lauschte. Ein Blutschwall schoß aus ihrem Mund. Die Ameisen kletterten über ihren Arm, die Brust und das Gesicht, als wollten sie einen Schleier darüber ziehen.

AM NÄCHSTEN TAG

Sonnenberg ging die Straße mit den vielen kleinen Geschäften, Espressi und Beiseln entlang. Ein Schild zeigte einen Schuh. Arbeiter schlugen mit

Hämmern Reifen auf Fässer. Andere Fässer lagen auf einem abgestellten Lastwagen, dessen Motor lief. Aus dem Weinhaus schwankte eine Frau mit Stock und ließ sich auf einen herbeigetragenen Stuhl nieder, in Erwartung des weiteren. Natürlich bedeutete der Schuh, daß man hinter ihm her war. Sonnenberg hatte nicht beachtet, daß die Farbe eine Spur darstellte, und zwar eine blutige. Möglicherweise, schoß es ihm durch den Kopf, war er selbst damit gemeint. Da er ohnedies nicht ins Büro ging, konnte er auch an einem Wochentag das Naturhistorische Museum besuchen. Dort würde er über das Weitere nachdenken, denn er konnte den Schuh auf dem »blutigen« (wie er dachte) Schild nicht mehr aus dem Kopf kriegen. Noch immer hämmerten die Arbeiter hinter ihm die Reifen auf die Fässer. Sonnenberg registrierte, daß die Frau auf dem Stuhl Filzpatschen an den Füßen hatte, dann war er auch schon an ihr vorbei. Ein Doppeldeckerbus bog vor ihm ab, und wieder sah er die Farbe Rot. »Natürlich«, dachte Sonnenberg. Durch das Naturhistorische Museum wanderten Schulklassen, sie beachteten ihn nicht. Sonnenberg beneidete die Jugendlichen um ihre Unbekümmertheit und Neugierde. Er kannte alle Schausäle, er wußte sogar, daß auf dem Dachboden die Skelette großer Wale lagerten. Er ging an den hohen Schaukästen aus Nußholz vorbei, die wie Glasveranden in den Sälen standen und sich in den parkettbodenbelegten Fluren verloren. Heute würde er die Vogelsammlung aufsuchen. Würde man als erstes im Leben einen Vogel sehen, würde man annehmen, alles flöge, die ganze Welt, dachte er.

AM NÄCHSTEN VORMITTAG

Im ersten Stock des Grauen Hauses fiel Licht durch die Bögen der Fenster, die von unten durch den Fußboden heraufreichten. Sonnenberg betrat den Gerichtssaal, in dem der Mord an einem Polen verhandelt wurde. Dieser war mit einer Eisenstange angeblich auf offener Straße niedergeschlagen worden und hatte sich in einen Hausflur geschleppt, wo er gestorben war. Neben den beiden Angeklagten saß ein blonder Polizist mit Schnurrbart, der dagegen ankämpfte, daß ihm nicht die Augen zufielen. Der Verhandlungssaal war hell und nicht sehr groß. Ein glatzköpfiger Gutachter erklärte, daß der Hieb mit großer Wucht geführt worden sein mußte. Noch fünf Zentimeter unter der Hirnhaut habe man Haarbüschel gefunden. Übrigens sei das Gehirn des Polen an zwei Stellen ausgetreten. Die Täter, Vater und Sohn, sahen sich ähnlich, trugen beide eine Brille und waren muskulös und von großem Wuchs. Angeblich hatte der Sohn den Polen festgehalten, während der Vater zweimal zugeschlagen hatte. Als nächster erschien der Revierinspektor, der, wie er sagte, »nach der Auseinandersetzung die Amtshandlung vorgenommen« hatte. Dabei hatte er die Brille des Angeklagten im Hausflur gefunden, der Beweis, daß zumindest einer der Angeklagten im Hausflur gewesen war und dort den Polen erschlagen hatte, was beide bis dahin abgestritten hatten. Sonnenberg wußte, daß die Geschworenen ungeübt im Zuhören und durch die Schnelligkeit, mit der Fragen gestellt und beantwortet wurden, vollständig überfordert waren. Dazu kamen noch die Plädoyers, die Fotografien des Opfers und die ganze Erfahrungslosigkeit in juristischen Angelegenheiten. Der Richter öffnete einen Akt und verlas die Vorstrafen der Angeklagten. Mehrfach waren Vater und Sohn mit anderen in Raufhändel verwickelt gewesen. Der Sohn hatte einmal auf der Straße einen Mann mit einem Kleinkalibergewehr bedroht, ein anderes Mal die Gäste eines Cafés mit zwei Schreckschüssen eingeschüchtert, außerdem hatte er einen Gleichaltrigen mit einem Streifschuß verletzt. Der Vater hatte seine Frau vor seiner Scheidung geschlagen, zuvor eine andere Frau, weil sie Streit mit seiner »Gattin« hatte. Außerdem hatte er in die Decke eines Kinovorraumes geschossen, die Scheibe in einem Gasthaus eingeschlagen, einmal war er der Tochter eines Bekannten mit einem Flobertgewehr und geöffnetem Springmesser »zur Hilfe gekommen«, wie der Angeklagte die schwere Körperverletzung entschuldigte. Während weitere Vorstrafen verlesen wurden, verließ Sonnenberg den Gerichtssaal. Unten auf der Straße gingen Menschen vorüber. In einer Nische des Ganges lag ein zusammengefalteter Feuerwehrschlauch in einem Behälter. Der nächste Raum war im Gegensatz zum vorangegangenen nicht renoviert worden. Auf einem geölten Bretterboden standen der Tisch des Richters und das Pult des Verteidigers, im Hintergrund Holzbänke mit Lehnen. Der Richter: das Gesicht eines leberkranken Rauchers, nach rückwärts frisierte Haare und Mundfalten. Sonnenberg kannte ihn. Der Angeklagte hatte einem ihm Hörigen das Geld für eine Tabaktrafik herausgelockt, nur durch einen Verwandten des Geschädigten war der Fall überhaupt bekannt geworden. Der Richter hatte den Angeklagten mit Genuß »in die Zange genommen«. Die Betrüger, die sich *schwache* Opfer nahmen, haßte man aus einem unbekannten, richtigen Wissen heraus, wußte Sonnenberg. Aber ebenso deren bösartige Richter, die zuerst drei Fragen, die Unterstellungen waren, an den Angeklagten richteten, bevor sie eine stellten, die womöglich berechtigt war. Sonnenberg hatte beide Fälle, den Mord an dem Ausländer und den Betrugsfall, für die Gerichtsverhandlung bearbeitet, aber er erkannte sie nicht wieder. In den letzten Jahren war es nie vorgekommen, daß er einer Gerichtsverhandlung gefolgt war, für die er die Unterlagen geliefert hatte.

In seinem Büro fand er eine Nachricht aus der Anstalt Steinhof. Die Ärztin der Aufnahmestation teilte ihm mit, daß man Namen und Herkunft des Patienten, den er habe verhören wollen, in Erfahrung gebracht habe. Der Patient hieß Lindner und stammte aus Obergreith in der Steiermark. Außerdem lag ein Bündel Akten auf dem Tisch mit neuen Anklagen, Verdächtigungen, Feststellungen ... nicht die Akten machten Sonnenberg krank, sondern daß sie unaufhörlich erschienen, ohne daß sich jemals etwas änderte. Er blickte aus dem Fenster. Die Menschen auf der Straße – waren sie nicht noch gleichgültiger als er? Er kam sich abgetrennt von ihnen vor, wie ihm auch die Menschen *abgetrennt* von den anderen vorkamen.

EINE WOCHE SPÄTER

Sonnenberg war in den samtbraunen Morgenmantel geschlüpft und hatte in seinem Polsterstuhl Platz genommen, um dem Erkennungsdienst nicht im Weg zu stehen. Die Bücher waren aus den Regalen entfernt und auf den Fußboden gestellt, die Kleidungsstücke wurden auf Blutspuren untersucht, die Türschnallen und Gebrauchsgegenstände auf Fingerabdrücke. Sonnenberg nahm Schinken aus dem Eisschrank, Bier und öffnete den Brotkasten, um Weißbrot herunterzuschneiden. Dabei rief einer der Mitarbeiter: »Lassen Sie sich nicht stören.«

Er dachte an jenes Kapitel der *Reise eines Naturforschers*, in dem Darwin einen Leguan als ein häßliches Tier, »unten von einer gelblich-orangen, oben von einer bräunlich-roten Färbung« beschreibt, das »infolge seines niedrigen Gesichtswinkels ein eigentümlich dummes Aussehen« hat, als er den Gerichtspräsidenten hereinließ. Mit dem Satz: »Schachspielen ist eine Krankheit«, ließ dieser sich in das Fauteuil fallen. Sonnenberg mußte sich einen Stuhl aus der Küche holen. Aber kaum hatte er Platz genommen, da verlangte man in der Küche den Stuhl zurück, die Untersuchungen waren noch nicht abgeschlossen. Ungeduldig wartete der Gerichtspräsident, bis Sonnenberg das Schachbrett geholt hatte. (Tatsächlich hatte er jetzt ein eidechsenartiges Gesicht.) Sonnenberg wollte das Spiel rasch beenden und machte einen Zug, von dem er wußte, daß er damit in eine ausweglose Situation geriet. Der Gerichtspräsident aber scharrte mit den Füßen, warf

Sonnenberg einen blitzenden Blick zu und lehnte sich zurück.
»Was bezwecken Sie damit?« fragte er scharf. Dann beugte er sich wieder über das Brett und dachte lange nach. »Ich glaube, wir werden heute nicht mehr zu einem Ende kommen«, seufzte er zuletzt und erhob sich. Ein Beamter des Erkennungsdienstes bückte sich zum Fußboden und zündete den Teppich an. Sonnenberg kleidete sich rasch an. Dann wartete er mit dem Gerichtspräsidenten und den Beamten, bis das Zimmer in Flammen stand.

EINE STUNDE SPÄTER

Der Untersuchungsrichter nahm den Revolver in die Hand und prüfte sein Gewicht. Er war schwarz und kühl. Der Verkäufer erklärte ihm beflissen die Funktionen. »Sie haben ein Magazin für vierzehn Patronen«, führte er aus, »jetzt ist die Waffe entsichert... Dazu gibt es ein Schulterholster, damit Sie die Waffe schneller ziehen können... Der Tragegurt ist aus Hirschleder – ganz weich... wollen Sie den Holster umgeschnallt lassen oder soll ich ihn mit der Pistole zusammen einpacken?« In verglasten Waffenschränken hingen Schrotgewehre und Repetierbüchsen in endlosen Reihen, als warteten sie darauf, ein Blutbad anzurichten. Sonnenberg legte den Waffenschein auf das Glaspult, und der Verkäufer prüfte ihn kurz.
»Wieviel Schuß Munition darf ich Ihnen geben, Herr Untersuchungsrichter?«
Er stapelte ein paar Pappschachteln vor ihm auf:

»Wir haben Packungen zu 50, 100 und 250 Stück.« Er war noch eine Spur beflissener als für gewöhnlich. Das Waffengeschäft war in braunem Holz gehalten und so wuchtig gegen die Straße hin gebaut, daß kein Motorenlärm hereindrang. Sonnenberg konnte durch die Auslagenscheibe, die in großen Buchstaben mit dem Namenszug des Geschäftsinhabers geschmückt war, auf einen Kastanienbaum und vorbeifahrende Fahrzeuge blicken. Vor der Auslage stand eine Gestalt mit Sturzhelm und schien interessiert die Waffen zu betrachten. Sonnenberg kam der Verdacht, jemand verfolge ihn. Er drehte sich um und verlangte einen weiteren Revolver zu sehen. Der Verkäufer nickte und zog aus einer Lade eine silberglänzende Waffe, die er mit einer bereitliegenden Münze in ihre Bestandteile zerlegte.

»Diesen Revolver können Sie in wenigen Sekunden in seine Hauptteile zerlegen. Ein Ruger-Double-Action ... Sie sehen: Die Trommel ... der Abzug ... die Abzugfeder ...«

Abermals drehte Sonnenberg sich um. Der Mann betrachtete noch immer die Waffen in der Auslage. Sonnenberg konnte sein Gesicht nicht erkennen, da vor ihm der Schriftzug die Auslagenscheibe bedeckte.

»Das Griffstück ... der Schlaghebel.« Er schob die Teile über die Glasplatte. »Sie läßt sich auch leicht wieder zusammensetzen ...«, fügte er hinzu und dachte nach. »Wenn Sie wollen, zeige ich Ihnen eine Magnum ... einen Colt Python oder den Colt Detektiv Special ...« Er legte die beiden Colts vor den Untersuchungsrichter, der sie in die Hände nahm. Die Magnum wog doppelt so schwer und kam dem Untersuchungsrichter wegen des langen Laufes unhandlich vor.

»Dazu gibt es die passenden Futterale«, führte der Verkäufer weiter aus, »die Holster sind mit weichem Silikonleder gefüttert.« – Er warf jetzt mit Fachbezeichnungen nur so um sich. Die Aussicht, im Untersuchungsrichter einen zahlungskräftigen Kunden zu finden, beflügelte ihn. »Darf ich Ihnen noch die Smith & Wesson zeigen.« Er zog eine andere Schublade heraus: »Modell 38 Chiefs Special, 5schüssig.« Er legte sie behutsam wie ein Juwel auf die Glasplatte.

»Vielleicht ist Ihnen mit einem Schrotgewehr gedient?« Der Verkäufer öffnete rasch die Tür zu einem Waffenschrank und nahm zwei Doppelflinten heraus, die er wiederum auf das Pult legte. »Eine Baku-Doppelflinte, Kaliber 12/70. Läufe aus Spezialstahl, innen hartverchromt, Purdey-Verschluß, System Anson & Decley, die andere –.« In diesem Augenblick wurde die Tür geöffnet, und der Mann trat ein. Er trug eine Jacke mit hochgestelltem Kragen und den dunkelblauen Sturzhelm, dessen Visier hinaufgeschoben war.

»Ich habe mich schon entschlossen«, sagte Sonnenberg. »Ich nehme die Pistole.«

»Und den Revolver? Und das Schrotgewehr?«

»Danke.«

Eifrig stellte der Verkäufer die Flinten zurück in den Waffenschrank. Sonnenberg bezahlte und verließ das Geschäft. Kaum hatte er die Straße überquert, als er bemerkte, wie auch der Mann aus dem Geschäft trat und ihm folgte.

Ich erlebe diesen Sommer vom Inneren des Hauses aus. Manchmal in der Einsamkeit überfällt mich ein Schrecken, ich glaube, die Wände würden explodieren, ein Knall die Türe oder Fensterscheiben zerstören, es ist aber nur die Stille. Vor zwei Tagen habe ich mit einem Besucher den wilden Wein mit Nägeln und Bastschnüren am Haus befestigt, um seinem Wachsen eine Form zu geben. Ich lenke die Pflanzenarme um die Fenster herum, zum Giebel hinauf, über die Haustüre habe ich Drähte zur Tenne hingespannt, damit sie ein Dach bilden. Sie schlingen sich an den Drähten fest, überall suchen und finden sie Halt. Oft liege ich nur auf dem Bett und blättere in den Büchern mit Zeichnungen und Gemälden van Goghs. Die Zeichnungen sind seine Taubstummensprache. Sie sind ohne Laute. Nachdem er die Dinge vom Zwang ihrer Farben befreit hat, erkennt er ihre Struktur. Er spricht nicht mehr, sondern *fühlt* mit ihnen. Er versteht jetzt, *warum* ihr Leben Erscheinung ist. Ihr ganzer Sinn liegt in der Erscheinung, sie ist gleichzeitig ihr *Handeln*. Er begreift auch, daß eine Skizze der *verborgene* Blick ist, als ob man in einen gläsernen Bienenstock schaut. Zwar weiß er nicht, was in diesem Bienenstock vor sich geht, aber er sieht das Gewimmel von Zeichen, die sich wie von selbst ordnen. Und er ahnt, daß sie über ihn herfallen und ihn zu Tode stechen können. So verhält er sich ruhig. Er sitzt schutzlos vor den Dingen. Jedes Zeichen hat nur ganz bestimmte Wege – will er sie erfassen, muß

er sie in ihrer Bewegung festhalten. Aber je mehr er in sie eindringt, desto weniger kann er sich auf sein Denken verlassen. So werden seine Bilder farbige *Zeichnungen.* Denn je genauer er der Bahn der Zeichen folgt, um so mehr entziehen sich ihm die Dinge. Es ist der Zwiespalt, den er nicht lösen kann. Kam er auf die Idee, die Dinge neu zu erfinden? Oder erschien ihm die Erfindung nur eine Ausflucht zu sein, weil alles wieder nur aus seinen eigenen Eigenschaften bestehen konnte?
Zweifelsohne erschütterte ihn das Phänomen der Auflösung. Er drang immer tiefer in eine Welt ein, die sich permanent *auflöste*! Dadurch entglitten ihm die Dinge aber, die Welt entglitt ihm, und wollte er diese sich auflösende, immer weiter auflösende Welt begreifen, mußte er ihr folgen und sich zwangsläufig selbst auflösen.

Als Kind besaß ich ein Schaukelpferd. Ich weiß nicht, was diese Erinnerung bedeutet. Sie fällt mir ohne Zusammenhang ein. Eines Tages war es mir nicht genug, ich stellte es auf den Gartentisch und erkletterte es. Jetzt sah ich die Welt von oben. Ich sah sie wie ein Reiter – das also wollte man mir verheimlichen, dachte ich. Aber es konnte noch nicht *alles* sein, nur, daß ich nicht *hinauf*blickte. Ich wußte, daß ich etwas Gefährliches unternahm, indem ich das Pferd in Bewegung setzte. Im nächsten Augenblick stürzte ich. Als ich aufstand, war mein linker Arm verdreht, die Innenfläche der Hand schlenkerte außen, ich dachte, ich lebte nicht mehr. Ein anderes Mal schluckte ich die Sucherlinse eines Fotoapparates. Meine Mutter bügelte in der Küche, und ich riß erstickend an ihren Kleidern. Sie beachtete mich nicht, sie war in das Hemd meines Vaters vertieft, dessen Ärmel vom Tisch baumelte. Ich schwankte in das Nebenzimmer, in dem mein asthmatischer Großvater auf dem Bett lag und eine Injektion erhielt. Er lag in dem hohen, braunen Doppelbett, und auch sein Arm hing herunter. Der Ärmel und der Arm schienen mir kalt die Ausweglosigkeit meines langsamen Erstickens vor Augen zu führen. Ich gurgelte und zerrte verzweifelt an der Hose meines Vaters, der die Spritze in den Arm meines Großvaters drückte. Bevor ich die Besinnung verlor, packte er mich an den Beinen und *drehte mich um*. Sein Finger schaffte sich mit Gewalt einen Weg durch meinen Mund und riß die Fotolinse heraus, wie einen Angelhaken aus dem Maul eines Fisches. Ich schluchzte. Erschöpft und naß lag ich auf dem kalten Teppich. Noch oft habe ich an diesen Moment zurückgedacht, immer mit Entsetzen. Und sofort springt meine Erinnerung an den Sommertag zurück, als ich mit meinem älteren Bruder, nachdem wir die Lichtspiele, die Kreise, die huschenden grellen Flecken des Sonnenlichts im Wasser beobachtet hatten, in die Badewanne stieg und ich gewaltsam seinen Kopf untertauchte und sein Gesicht betrachtete. Seine Haare schienen sich im Wasser aufzulösen, die aufgerissenen Augen starrten mich entsetzt an, und aus seinem Mund strömten Luftbläschen. Er wehrte sich verbissen, aber ich drückte ihn mit aller Kraft auf den Wannenboden. Ich wollte wissen, was geschehen würde, ich war besessen von dieser Neugierde. Da riß meine

Mutter mich zurück, ich hörte sie schreien, aber ich begriff nichts. Nichts von dem, was sich in mir erinnert, begreife ich wirklich. Auch die Demütigungen kann ich nicht anders verstehen als über ihre Unausweichlichkeit. Als wir, mein Bruder und ich, zur ersten Kommunion gingen, zerschnitt meine Mutter ihr Kostüm und schneiderte daraus zwei Anzüge mit kurzen Hosen. Wir gingen *aufgeregt* zur Kirche, die Haare bis zum Schädeldach kurz geschoren und die widerspenstigen Büschel naß frisiert. An die erste Kommunion selbst kann ich mich nicht erinnern. Ich weiß nur, daß ich mich in der Kirche fürchtete, sie war ein gefährlicher Boden. Hier hatte ich in der Beichte zu *gestehen*, hier herrschte eine Macht, vor der ich nichts *verbergen* konnte, hier war ich *entdeckt*. Ich war heilfroh, als wir wieder im Freien waren. Auf dem Nachhauseweg gingen wir stumm an einem ausgelassenen Fischteich vorbei und hatten plötzlich den Einfall, den Teich zu betreten, den Grund, auf den man sonst nicht den Fuß setzen konnte, weil er vom Wasser bedeckt war. Ich verlor eine Sandale im Schlamm und kam nur mit der anderen nach Hause. Zusammen mit meiner Großmutter gingen wir die fehlende suchen, aber sie fand sich nicht mehr. Ich weinte ihr nicht nach. Ich haßte meine Kleider, meine Schuhe, die immer zuerst mein älterer Bruder getragen hatte, die Strumpfbandgürtel, die wir anlegen mußten, mit ihren Gummiknöpfen, die selbstgestrickten Badehosen, die juckten und die Haut aufrieben, während der Gummi um den Bauch sich immer mehr dehnte und nur durch weitere Knöpfe, die ich verzweifelt hineinflocht, der Hose einen Rest von

Halt gab. Aussichtslos wie meine Existenz war auch meine Liebe zur Volksschullehrerin, einer schönen, blonden Frau, die an den Ringen schaukelte und uns mit vor Anstrengung gerötetem Gesicht hoch im Turnsaal schwingend zulächelte. Ich schrieb mir selbst die Belobigungen mit Rotstift in das Heft, ich gab mir ihre Zuneigung. Als die Hefte eingesammelt wurden, wußte ich, daß ich meine Hoffnung begraben konnte. Ich legte einen Maulwurf auf den Schienenstrang der Eisenbahn, die hinter unserem Haus vorüberfuhr, und fand nur noch einen klebrigen Blutschleim. Vor meinen Mitschülern mußte ich mich entschuldigen, daß ich mir selbst erstklassige Noten ausgestellt hatte. Aber ich gab nicht auf. Ich stahl das einzige Schmuckstück meiner Großmutter, die nach dem Krieg aus Rumänien geflohen war und bei uns im Haus wohnte, und meldete zu Beginn des Unterrichts den Fund einer Brosche. Sie war aus Gold und besaß einen Rubin in der Mitte. Meine Großmutter hatte sie nur an Feiertagen getragen, sonst lag sie in einer Vitrine, wo der Stein, wenn ihn ein Sonnenstrahl traf, funkelte. Aber anstelle einer Belobigung wurde ich verhört. Der Volksschuldirektor wollte wissen, von wem ich die Brosche *gestohlen* hatte. Ich leugnete und beschrieb statt dessen immer wieder das Wegstück, an dem ich sie *gefunden* hatte. Ich wollte, daß meine Ehrlichkeit belohnt würde, meine beispielhafte Aufrichtigkeit. Meine Eltern, als ich nach Hause kam, hatten den Verlust der Brosche bemerkt und forschten den ganzen Nachmittag herum, wer sie entwendet haben könnte. Zuletzt fiel der Verdacht auf mich. Sofort fing das Verhör auch zu

Hause an, so lange, bis ich keinen anderen Ausweg mehr fand, als mich ohnmächtig zu Boden fallen zu lassen. Meine Großmutter tröstete mich und verbat, daß man die Brosche zurückverlangte. Als meine Eltern in die Schule gerufen wurden, stritten auch sie ab, daß die Brosche ihnen gehörte. Aber nie erhielt ich eine Belobigung der Lehrerin für meine Ehrlichkeit, sie nahm die Brosche in Verwahrung, und zehn Jahre später, als ich die Matura abgelegt hatte und mich eine Sehnsucht zurück in die Volksschule trieb, um die geliebte Lehrerin wiederzusehen, trug sie sie auf ihrer Bluse, unwissend, daß es das Geschenk meiner unendlichen Zuneigung für sie gewesen war. (Es gibt keinen Zweifel, daß Kinder heftiger, inniger und inbrünstiger lieben als Erwachsene und dadurch ihre ersten Unterweisungen im Leiden erhalten. Aber weshalb überfällt mich dieser Sturz an Erinnerungen? Und warum gerade jetzt? Auf einmal tauchten sie so heftig vor mir auf, daß ich das Bedürfnis empfand, sie niederzuschreiben. Würde ich nicht aufstehen und aufhören, würden sie aus mir herausströmen und mich verletzen wie unzählige Glasscherben.)

Der Gerichtspräsident saß hinter seinem Schreibtisch und hatte den Ton des Videorecorders abgestellt, als Sonnenberg sein Büro betreten hatte. Auf dem Bildschirm lief ein pornographischer Film, der Sonnenbergs Aufmerksamkeit auf sich zog.
»Natürlich haben wir diesen Film beschlagnahmt«, sagte der Gerichtspräsident.
Sonnenberg war überzeugt, daß eine Kamera ihn

aufnahm und Überwachungsbeamte in einem dunklen Raum dem Gespräch folgten.
Der Gerichtspräsident hatte die Augen geschlossen und saß in seinem dunklen Anzug da wie ein ausgewanderter Mandarin. Nie hatte ihn Sonnenberg anders gesehen als glattrasiert und mit gebügelter Hose. Seine Zähne hatten vom Rauchen einen Belag, und die Haare an der Stirne waren schütter.
Das Telefon läutete, der Gerichtspräsident hob ab und hörte einen Bericht. Er sprach kein Wort und verzog keine Miene. Als er den Hörer auflegte, erhob er sich. Der Gerichtspräsident setzte fort: »Glauben Sie mir, wir wissen, was wir tun. Ohne Unterlaß *registrieren* wir und ziehen aus Tausenden von Berichten, Meldungen, Bemerkungen unsere *Schlüsse.*«
Als Sonnenberg zu Boden blickte, erkannte er im Teppich und seinem Schuh, der darauf stand, das Schild wieder, das er gesehen hatte.
»Gehen wir«, sagte der Gerichtspräsident.
Auf der Straße wartete schon der Chauffeur mit dem Wagen. Er las gerade die Abendzeitung, aus dem Radio erklang eine Nummer der Hitparade. Auf der Fahrt sprach niemand ein Wort. Sie hielten vor einem Haus in der Innenstadt mit marmornen Treppen und einem mit Drahtmaschen umgebenen Liftschacht. Der Lift kam mit Getöse und quietschenden Bremsen. Als sie ausstiegen, las Sonnenberg den Namen des Sektionschefs an der Tür. Wortlos begann der Chauffeur, die Tür aufzubrechen. Er kümmerte sich nicht darum, ob er mit dem Lärm, den er verursachte, eine Hauspartei aufmerksam machte, aber es erschien niemand. Holz splitterte, und das Messing-

schloß fiel nach innen. Der Chauffeur stieß die Tür auf. Gasgestank schlug ihnen entgegen. Sie liefen wieder hinaus und warteten, bis sich der Gestank verzogen hatte.
»Kein Licht!« rief der Chauffeur. Er hielt sich das Taschentuch vor den Mund und verschwand neuerlich in der Wohnung. Sonnenberg hörte, wie ein Fenster geöffnet wurde.
»Die Sauerei ist in der Küche«, keuchte der Chauffeur, als er zurückkam. Der Gerichtspräsident und Sonnenberg zogen jetzt ebenfalls ihre Taschentücher heraus, preßten sie vor den Mund und folgten dem Chauffeur. In der Küche, deren Tür geöffnet war, erkannten sie die schemenhaften Umrisse der Möbel. Der Sektionschef lag auf zwei Stühlen, mit dem Kopf im Bratrohr.
»Er war einer unserer Besten«, sagte der Gerichtspräsident.

Das Tor zur Anstalt stand offen, und Sonnenberg parkte den Wagen vor dem Neubau. Das Pflegeheim war außen von Patienten bemalt worden, eine Wand mit einem großen Herz, eine mit einem blauen Stern und einer Sonne und eine mit einer langgezogenen Figur. Es war gerade Mittag, und die Insassen hockten um einen gedeckten Tisch. Sonnenberg suchte das Zimmer des Gerichtsstenographen auf, der ein langjähriger Freund seines Vaters war. Ein Mitpatient im Trainingsanzug stapelte Spielzeug vor einer Kommodenlade. Als er Sonnenberg eintreten sah, stopfte er den Plastikfrosch und ein ferngesteuertes Auto in den Kasten, aus dem ein Gummiball vor

Sonnenbergs Füße rollte. Das Zimmer hatte einen Spannteppichboden und war mit Stahlrohrbetten möbliert. Der Gerichtsstenograph schlief. Sonnenberg fragte den Mitpatienten nach dem Befinden des Schlafenden. Der Angesprochene zuckte die Achseln.
»Schlecht«, sagte er beleidigt.
Sonnenberg nahm einen Stuhl und setzte sich neben das Bett. Rasch verließ der Mitpatient den Raum. Eine Weile saß Sonnenberg da und betrachtete das Gesicht des Alten.
Im Freien war es beißend kalt. Eine Frau mit einem Hut kam durch die Tür eines Gebäudes. Sie war so dick, daß sie seitlich heraustreten mußte. Ihr Begleiter trug einen Plastiksack über der Schulter, den er immer wieder abstellte, um nachzuschauen. Geduldig wartete die Frau auf ihn. Sonnenberg überholte sie, aber kaum war er wenige Schritte an ihnen vorbei, als sie an ihm vorüberhasteten, als könnten sie es nicht ertragen, von jemandem überholt zu werden. So ging es den Hügel hinunter. Einmal öffnete sich das Fenster des Kinderpavillons, und ein Schreien war zu vernehmen, ohne daß sich jemand zeigte. Als er auf der Rückfahrt über die Reichsbrücke fuhr, sah er, daß am Arm neben der Donauinsel das Wasser gefroren war und Menschen auf der Fläche Schlittschuh liefen. In der Ferne sah er den Kahlenberg mit den Weingärten, der Kirche und dem Sender. Er bog zu den niederen Häusern nach Stammersdorf ab, die schon inmitten von Weingärten lagen. Die Straßen waren schmal, zwischen den Häusern gingen Äcker mit Schneeflächen nach hinten. Gegen die

Erhebung hin war die Straße mit Pflastersteinen bedeckt und mündete in einen Hohlweg, der von einer Böschung umgeben war. Lößerde schaute unter dem Schnee hervor. Auf der linken Seite reihte sich ein Weinkeller an den anderen. Sonnenberg hielt an, stieg aus und kletterte die Böschung hinauf. Hinter einer Mulde erstreckte sich ein Schweinestall aus Holz, aus dem ein Grunzen und Quieken ertönte. Das dazugehörige Haus lag etwas abseits davon, die Balken waren geschlossen. Der Untersuchungsrichter betrat den Schweinestall. In einer Ecke bellte ein Hund, er wedelte mit dem Schweif und zerrte an der Kette. Sonnenberg öffnete sein Lederhalsband, und der schwarze Hund sprang an ihm hoch.

IN DER DARAUFFOLGENDEN NACHT

Im Fernsehen lief Werbung. Sonnenberg nickte auf der Couch ein und wurde am frühen Morgen durch das Telefon geweckt. Der Fernsehapparat flimmerte, es rauschte. Man hatte einen Mann aufgefunden, der erstochen und beraubt worden war. Sonnenberg drehte den Fernsehapparat ab und ging auf die Straße, um auf den Dienstwagen zu warten. Der Tote lag in der Fußgängerpassage. Nachtschwärmer umstanden den Körper, der mit Packpapier zugedeckt war. Sonnenberg beugte sich hinunter und hob es auf. Der Tote war jung. Auf der Nase und dem Mund standen Schaumblasen, die Kleidung war zerrissen. Sonnenberg legte das Packpapier zurück. Hinter ihm

stand der Gerichtspräsident und starrte ihn an. Langsam wurde es hell.
Sie gingen durch den Park, die Bäume waren nahezu miteinander verwachsen und bildeten einen Tunnel, an dessen Ende ein Ziegelgebäude sich erhob.
»Sie denken, Sie seien krank«, sagte der Gerichtspräsident. »Sie sind es aber nicht. Lassen Sie sich Zeit.«

Gewissenhaft kam Sonnenberg seiner Arbeit nach. Seine Vernehmungen waren exakt, sein Gedächtnis ließ ihn nicht im Stich. Er entlehnte Videokassetten, die er nicht spielte, er legte Platten auf, ohne sie zu Ende zu hören. Selbst der schwarze Hund war für ihn eine Belastung, er vermied es, mit ihm zu sprechen, aus Angst, *wirklich verrückt* zu sein. Mitunter schaltete er Sportübertragungen im Fernsehen ein, Fußballspiele, einen Boxkampf, ein Autorennen. Es kam vor, daß er an Nachmittagen durch die Stadt wanderte, vor einer Ampel hielt, Auslagen anschaute und sich etwas kaufte, das er zu Hause achtlos zur Seite legte. Er wolle nicht die Kontrolle über die Ereignisse verlieren, sagte er sich. Dieser Wunsch vertiefte sich, als er an einer U-Bahn-Station von einem Mann um eine Zigarette angeschnorrt und ihm gleich darauf von einem zweiten die Geldbörse gestohlen wurde. Er verspürte nur einen Schlag, aber als er nach einer Münze suchte, wußte er augenblicklich, was geschehen war.

Als ich wegen des Umzuges meiner Eltern aus der Vorstadt in das Universitätsviertel die Schule wechseln mußte, lehnten mich die neuen Kollegen ab. Ich wurde wegen meines Haarschnitts und meiner Kleidung verspottet. Aus dem Spott wurde bald ein »Abfotzen«. Ich fürchtete weniger den körperlichen Schmerz als die Demütigung, die damit verbunden war. Auch wenn ich sie schweigend hinnahm, konnte ich dadurch nicht die Zuneigung meiner Mitschüler gewinnen. Lachte ich, reizte ich sie noch mehr, lief ich davon, stellten sie mir nach, schlug ich zurück, fielen weitere über mich her. In meiner Angst verwickelte ich den Stärksten in eine Rauferei. Von da ab ließ man mich in Ruhe. Am schlimmsten war das Gefühl der Aussichtslosigkeit gewesen. In meiner Bedrängnis hatte ich in winzigkurzen Gefühlsgedanken zu dem *Unbekannten* gebetet, von dem ich mir Hilfe erhoffte. Solange ein stummes Gebet naheliegender ist als alle philosophischen Erkenntnisse, sagte ich mir auch später nach ausgestandenen Ängsten, so lange ist die Philosophie nicht mehr als eine geistige Übung – von Gesunden geschriebene Ansichten der Welt für *Gesunde*. Sie erreicht nicht die *Verzweifelten*. Diese werden immer tiefer in sich *versinken*, in die Wort- und Begrifflosigkeit, wohin ihnen niemand folgen kann, der nicht durch dasselbe Leid mit ihnen verbunden ist. Sie werden müde werden, hungrig und *begierig nach blinder Zuneigung*, ihre Umgebung aber wünscht *ungestört fortzufahren*. Vielleicht muß eine neue Philosophie erst entstehen, vielleicht in Irrenhäusern, in Gefängnissen oder in Hospitälern, denn nur die verzweifelten Menschen erkennen den *Schwindel*, der um sie herum stattfindet und unausrottbar in der Sprache steckt, weil die

Sprache *gegen den Selbstverrat gebaut ist,* wie alles in der Natur zuerst für die *Selbstbehauptung* entwickelt ist – auch das Denken. Die verzweifelten Menschen aber *erfahren* den Schwindel des sogenannten »richtigen Denkens« als eine Methode der Selbstsucht und Gleichgültigkeit, die aus der Welt das Schlachthaus gemacht hat, das sie ist, auch wenn wir es gerade nicht bemerken. Wir haben, wie seit Beginn, nur die Würde des Idioten zu verteidigen, der *sehnsüchtig* sagen möchte, was er will, es aber nicht kann, denn wir sind gefangen in einer Strategie, in die wir nur in *hellen Momenten* Einsicht haben – wenn wir *nicht ganz bei uns sind.*

Nach dreizehnjähriger Arbeit vollendet Gerhard Roth seinen großen Romanzyklus »Die Archive des Schweigens«

Gerhard Roth

Die Archive des Schweigens

Band 1: Im tiefen Österreich
Bildtextband. 212 Seiten mit 65 vierfarbigen und 125 schwarz-weiß Abbildungen. Leinen

Band 2: Der Stille Ozean
Roman. 247 Seiten. Leinen und als Fischer Taschenbuch Band 11402

Band 3: Landläufiger Tod
Roman. Illustriert von Günter Brus. 795 Seiten. Leinen und als Fischer Taschenbuch Band 9164

Band 4: Am Abgrund
Roman. 174 Seiten. Leinen und als Fischer Taschenbuch Band 9195

Band 5: Der Untersuchungsrichter
Die Geschichte eines Entwurfs
Roman. 172 Seiten. Leinen und als Fischer Taschenbuch Band 11405

Band 6: Die Geschichte der Dunkelheit
Ein Bericht. 159 Seiten. Leinen

Band 7: Eine Reise in das Innere von Wien
Essays. 288 Seiten mit 20seitigem Bildteil. Leinen

S. Fischer Verlag

fi 131/9

Günter de Bruyn
Zwischenbilanz
Eine Jugend in Berlin

380 Seiten. Leinen

Diese Autobiographie ist ein literarisches Ereignis. Sie läßt die schwierigste Zeit unseres Jahrhunderts mit eindringlicher Intensität wieder aufleben. Sie ist Entwicklungsroman und Epochenpanorama in einem – ein Werk von seltener Kraft, Klarheit und Anmut. Günter de Bruyn erzählt von seiner Jugend in Berlin zwischen dem Ende der zwanziger und dem Beginn der fünfziger Jahre. Die Stationen sind: seine Kindheitserfahrungen während des Niedergangs der Weimarer Republik, die erste Liebe im Schatten der nationalsozialistischen Machtwillkür, seine Leiden und Lehren als Flakhelfer, Arbeitsdienstmann und Soldat, und schließlich die Nachkriegszeit mit ihrem kurzen Rausch anarchischer Freiheit und die Anfänge der DDR. Wie nur wenige Schriftsteller versteht es Günter de Bruyn mit wenigen Worten Charaktere zu skizzieren, Szenen zu entwerfen und die Atmosphäre der Zeit spürbar zu machen. Das Buch spiegelt den Lebenslauf eines skeptischen Deutschen wider, der sich nie einverstanden erklärte mit den totalitären Ideologien, die sein Leben prägten. Schutz vor der oft schwer erträglichen Gegenwart fand er in der Familie, der Literatur und schwärmerischen Jugendlieben. So ist dieses Buch, allem Ernst zum Trotz, auf wunderbare Weise gelassen und heiter.

S. Fischer Verlag

suffit de reculer vers le poète tué par l'influenza et l'on n'entend plus que le souffle du mistral dans les cimes des cyprès.

Ignorant le secret de ces vies muettes, je suis intrigué par une curiosité « grammaticale » : la particule « de » ajoutée à certains noms russes. Un « Ivan de Barténeff », une « Maïa de Kirsanoff »... Serait-ce une volonté dérisoire de s'anoblir ? Ou bien le désir, tout aussi inconsistant, de se montrer davantage « francisé » ?

C'est par un jour lumineux, à la fin d'octobre, que je reviens ici. Le vent est soutenu, l'éblouissement solaire égalise toutes les couleurs, ne laissant que le noir et l'or. Le cimetière, perché au-dessus de la mer, donne l'illusion de basculer dans un ailleurs autrefois entrevu, bien loin de ce qui se passe en bas, dans la ville.

Une rafale apporte un effluve de cigare. Sur un banc, près du portail de l'entrée, il m'est déjà arrivé de croiser un vieil homme qui paraissait grisé par l'éclat du soleil.

Je le vois maintenant se soulever avec effort, s'appuyant sur sa canne. Soudain, son bras faiblit, le bâton lui échappe et il se laisse retomber, l'air d'avoir changé d'avis... Discrètement, je ramasse la canne qui a glissé à ses pieds, m'assieds moi aussi, cherchant à rendre moins gênante sa tentative de se redresser.

Il murmure avec un sourire : « Ouf, ce mistral ! Un jour, il me jettera à la mer. Pas besoin d'une tombe… »

Nous évoquons les personnages, plus ou moins connus, que ce cimetière héberge : un décorateur ayant travaillé pour les ballets de Diaghilev, un général qui a failli reprendre la Crimée aux bolcheviques… Il cite des lieux que seul un familier de la Russie pourrait connaître.

Je lui confie ma perplexité : certains patronymes russes exhibent la particule française qui leur donne un aspect farfelu. Tous ces « *de* Volnoff » ou « *de* Gorine »…

Mon ignorance semble le réjouir.

« Venez, je vous montrerai l'une de mes trouvailles ! »

Il se lève, avec plus d'entrain, pressé de m'instruire. Nous revenons sous l'ombre des cyprès et je me dis que le poète mort en 1919 pourrait intéresser mon guide – le nom d'Igor *de* Lévitsky pèche par la même prétention à la noblesse. Mais le vieil homme me mène vers un recoin où je ne me suis jamais aventuré.

Ici, on trouve des tombes « internationales ». Sépultures de Britanniques, avec leur prédilection pour la Bible – des mots dans un anglais archaïque, jurant avec les dates de décès qui, après tout, ne remontent qu'au début du vingtième siècle. Des inscriptions en allemand, en lettres gothiques, des vies brèves, consumées par la tuberculose.

Le nom sur cette dalle-là me fait cligner comme devant une insolente mystification.

« Olga de Dostoïevski »... Morte en 1938.

Un pareil gallicisme dynastique fait penser à un plaisantin qui se serait amusé à offrir une descendance à l'auteur de *Crime et Châtiment* ! Mais, après tout, ce nom de famille, sans être courant, a été porté par d'autres personnes en Russie. Je souris en disant qu'à bien y chercher, je pourrais peut-être trouver les traces d'une jolie brochette de classiques.

Le vieil homme ne partage pas mon ironie.

« Cela paraît un peu saugrenu, ces particules accolées aux noms russes. Mais... il s'agissait des exilés qui ne possédaient plus rien et ceux qui avaient un titre de noblesse s'y accrochaient tels des mendiants à leur sébile. D'où ces ajouts – simple rappel de leur vie d'avant la révolution. Un réflexe d'apatrides... »

Nous redescendons vers la sortie et c'est alors que j'ose enfin l'interroger : « Pardonnez-moi... mais vous avez un proche qui... repose dans ce cimetière ? »

Il ne répond pas et je crois que le vent a emporté mes paroles, dites à mi-voix.

Arrivant à son banc, il s'assied, la canne entre ses genoux. « Je vais souffler un peu, avant de rentrer », me dit-il et son ton trahit l'espoir que je ne parte pas tout de suite. Il rallume son « cigare » – une feuille de tabac enveloppée dans du papier à rouler, la senteur semble lui suffire. Et, soudain, il répond à ma question.

« Non, je n'ai personne à revoir par ici. D'ailleurs, ceux qui ont laissé leurs noms sur ces tombes ne sont plus dans ce cimetière ! Non, d'aucune façon ! »

Pour répliquer à la véhémence inattendue de ses paroles, je murmure avec un soupir de moraliste :

« Oh, vous savez... Il nous faut toujours un vestige matériel, un symbole. Un endroit où nous recueillir... »

Il me jette un regard où je verrais de l'hostilité s'il n'y avait dans ses traits cette mélancolie apaisée.

« Tout ce qu'il me faut, c'est cette lumière et... ce chuchotement, écoutez ! Oui, les branches qui parlent sous le mistral. La mer au loin, et aussi cela – l'amertume du tabac. Je ne fume pas mais cette odeur me sépare de celui que je suis maintenant... »

Je me dis qu'il s'agit d'un vieillard égaré dans le crépuscule des années. Ses lèvres frémissent sur un chuchotis qu'il adresse à quelqu'un de lointain, au fond de ses yeux mi-clos. Je devrais le laisser deviser avec ses chers fantômes.

Revenant à lui, il me jette un coup d'œil confus, s'en voulant de m'avoir oublié derrière sa rêverie.

« La femme que j'aimais ne demanderait rien d'autre – ce vent ensoleillé et la ligne de la mer entre les cyprès. Désormais, cela nous suffit pour être vivants... »

Il se met à parler lentement, sans chercher à m'impressionner, et son récit exprime la fragile vérité que j'avais lue sur une dalle : « Ne dites jamais, avec reproche : ce n'est plus ! Mais dites toujours, avec gratitude : ce fut. »

I

Au mois d'août 1913, Valdas allait avoir quinze ans et c'est alors que les décors du monde tombèrent.

Tout paraissait pourtant si calme à l'Alizé, la grande maison de son père, Guéorgui Bataeff, une bâtisse mauresque (« tatare », disaient les jaloux), agrémentée d'un vaste jardin et de plans d'eau, « à l'andalouse ». La Crimée vivait dans une lenteur agréablement provinciale et seuls les jeunes invités des Bataeff apportaient de l'excitation – électrique – le mot devenait alors à la mode. Le père recevait des artistes et des avocats libéraux, ses confrères.

Les soirées se terminaient tard, les vins de Crimée se mêlaient aux alcools venus de France et d'Italie, répondant au chassé-croisé des langues européennes qui résonnaient sur la terrasse. Valdas n'était plus renvoyé dans sa chambre, comme les étés précédents. « Ça y est, je suis adulte ! se disait-il. Ils ne pourront plus rien me cacher... »

Dans ce que les autres auraient voulu dissimuler, il y eut ce regard : au milieu des invités, sa belle-mère,

Léra, bien plus jeune que le père de Valdas, échangea un coup d'œil avec Tomine, un peintre connu pour son « fauvisme ». Une brève rencontre entre leurs yeux – un enlacement visuel, un aveu plus certain qu'un baiser...

Léra démentait les clichés d'une marâtre maltraitant l'enfant « du premier lit ». Elle se montrait d'une vraie tendresse et Valdas, qui avait perdu sa mère quand il avait six ans, s'était épris de cette nouvelle présence – enjouée, hospitalière, festive.

En épousant Léra, le père avait lui-même rajeuni, oubliant la mort de son épouse, une baronne balte – d'une beauté glaciale, hiératique, celle d'un « camée de nacre », selon le poète Lévitsky. Une « beauté d'orchidée à la tige brisée », soupirait l'un de ses sonnets « décadents ».

Le prénom lituanien Valdas fut l'héritage que la mère avait laissé à son fils.

Le regard échangé entre Léra et Tomine marqua la première faille dans l'unique existence que Valdas connaissait : la vie de leur famille dans un vaste appartement à Saint-Pétersbourg, ses études dans le meilleur lycée de la ville (parmi ses condisciples, on comptait un neveu du tsar !), le pas pesant de l'empire qui ne tolérait pas la moindre perturbation.

Plusieurs rêves tentaient Valdas : une carrière militaire, la bruyante camaraderie estudiantine, ou encore le passe-temps de la bohème qui gravitait autour de sa belle-mère. C'était surtout le déguisement qui l'attirait

– l'uniforme de la garde impériale, sinon l'élégant manteau, galbé et galonné, des étudiants. Ou bien, cette veste de velours violet que portait Tomine.

Valdas écrivait des vers qui disaient son impatience de vivre, sa fébrilité de futur amant et, encore davantage, l'attente d'un renouveau pour sa patrie assoupie, du « progrès » que clamaient leurs invités.

Mais en cette année 1913, le pays paraissait plus figé que jamais. Le grand jubilé du tricentenaire des Romanov le confirmait : Nicolas II ne trouva rien de mieux que de s'affubler en tsar du dix-septième siècle ! Les appels au « renouveau » résonnèrent alors avec une aigreur dépitée.

Les vacances en Crimée calmaient l'irritation des novateurs. Dans la belle villa Alizé, le père oubliait ses plaidoiries et la jeune Léra concoctait de savants panachés d'invités, mêlant les vieux birbes, parmi la clientèle de son mari, et les artistes, prudemment rebelles.

Dans les dîners, le choix de vins dépassait ce qu'on pouvait trouver à Saint-Pétersbourg, le poisson était livré vivant, les baignades donnaient aux corps un reflet d'Italie et d'Espagne. Et les conversations sur la nécessité du progrès, adoucies par le farniente, devenaient ironiques : sur le même littoral, le tsar Nicolas goûtait à la villégiature, dans son palais de Lévadia. Il s'y prélassait en compagnie de son épouse Alexandra, une Allemande neurasthénique haïe par le peuple. Quant à « l'ami de la famille » (tout le monde se mettait à glousser), oui, Raspoutine, il suscitait des quolibets que Valdas ne comprenait qu'à moitié. Ou plutôt, il n'en saisissait pas le sel jusqu'à ce mois d'août 1913 où tout allait changer.

Cette année-là, comme d'habitude, sa belle-mère Léra lança une « saison théâtrale ». Il ne s'agissait pas d'aller à Yalta ou à Sébastopol et de voir une troupe en tournée. Elle aménageait une scène sur la terrasse et une demi-douzaine d'invités interprétaient des saynètes, souvent tirées des récits humoristiques de Tchékhov.

Dès que tombait le rideau, Valdas était obligé de monter dans sa chambre, emportant les échos des répliques : quiproquo entre jeunes amants, médicastres s'acharnant sur leurs patients, hobereaux aux manières mal équarries… Le joyeux petit monde tchékhovien.

En cet été 1913, Léra monta un spectacle où jouait un trio : un mari âgé, sa juvénile épouse et ce voyageur que le couple croisait dans une auberge. Les punaises ne les laissant pas dormir, le mari engagea une conversation avec leur voisin, à travers la mince cloison qui séparait les deux chambres. L'homme lui répondit et se déclara médecin. Une aubaine ! La jeune femme souffrait d'une « oppression dans la poitrine » et l'époux supplia le docteur d'examiner cette frêle patiente. Le charlatan se retrouva en tête à tête avec la charmante personne très peu vêtue... À l'issue de la « consultation », et de la palpation, il rédigea une ordonnance : cinq gouttes de *Sic transit*, une dose de *Gloria mundi*, le tout mélangé à une cuillerée d'*aquæ distillatæ*... Malgré ses protestations, le mari le rémunéra généreusement. Le lendemain, arrivés à destination, ils se rencontrèrent de nouveau. Au tribunal ! L'époux s'avéra être juge et le faux médecin, le prévenu dans un procès en bigamie...

Sa dernière réplique fut chuchotée avec frayeur : « J'écris ces notes pendant une suspension de séance. Le juge va prendre la parole ! »

Les comédiens furent longuement applaudis et, pour la première fois, on autorisa Valdas à poursuivre la soirée. Il but du champagne, puis une liqueur qui laissa dans sa bouche un lent embrasement torréfié. Les voix des invités lui parvenaient à travers un voile d'ivresse. Au salon, les collègues de son père parlaient de la réforme de la Justice et, sur la terrasse, deux groupes d'artistes s'opposaient – les uns ne jurant que par l'avant-garde européenne, d'autres s'extasiant devant « la floraison tardive de la décadence ».

Mais le meilleur sujet de conversation fut le spectacle qu'ils venaient de voir et où le père de Valdas jouait un rôle qui lui « allait comme un gant » : un avocat était bien placé pour interpréter un juge. Léra, elle, avait été parfaite pour camper la jeune épouse, c'est-à-dire elle-même. Enfin, le peintre Tomine s'était moulé, avec brio, dans la peau d'un bigame.

Grisé par les boissons et son basculement vers la vie adulte, Valdas se cala dans un fauteuil en rotin, au fond de la terrasse – là où les comédiens avaient laissé leurs costumes : l'habit noir du juge, la chemise de nuit de la voyageuse auscultée…

Les bruits de la soirée le berçaient – des notes de piano, des toasts, des rires… Soudain, il intercepta cet échange de regards : sa belle-mère, les lèvres entrouvertes, fixait le visage de Tomine. Curieusement, l'homme se montrait essoufflé, tout en demeurant immobile, appuyé sur la balustrade.

Valdas se hâta de faire taire le soupçon, préférant croire que Léra et le peintre vivaient encore dans leur émotion théâtrale : un faux médecin qui allait « examiner » une jeune épouse faussement naïve…

Pourtant, le doute persista. Ce qui, auparavant, lui semblait désuni forma un tableau dont les fragments s'emboîtèrent d'un coup. Il se souvint qu'une nuit, au début d'août, un grincement l'avait réveillé : il était allé à la fenêtre et avait aperçu un reflet de lumière dans la gloriette du jardin, en face de l'Alizé. Le père était absent – parti à Sébastopol, pour assister aux funérailles d'un client. Et Léra, restée à la maison, se disait souffrante… Le matin, Tomine viendrait prendre le petit déjeuner – « en voisin ». En fait, il avait passé la nuit à l'Alizé !

L'infidélité de sa belle-mère avait une certaine logique. Le père avait trente ans de plus qu'elle, il était chauve, bedonnant et, à table, assourdissait tout le monde de sa voix de plaideur. Tomine, lui, ressemblait à l'un des acteurs du cinéma naissant, ces bruns ténébreux qui palliaient leur mutisme avec une gestuelle expressive. Oui, un parfait comédien.

Valdas allait découvrir d'autres « coulisses » de la vie adulte. Les peintres fulminaient contre la richesse des bourgeois, tout en espérant vendre leurs œuvres à ces mêmes « rupins ». Léra jouait les entremetteuses : les riches s'offraient une aura de mécènes, les artistes, une réserve d'admirateurs pour leurs vernissages.

Tout cela n'était donc que du théâtre ! Un jeu dont il démêlait, de mieux en mieux, les arcanes : l'attirance des corps, le pouvoir de l'argent... Deux forces qui faisaient tourner ce monde. Mariages, carrières, manœuvres de séduction, postures de nababs pour les uns, grimaces de génies artistiques pour les autres. Et, à l'église, un beau choix de postures hypocrites.

Son brusque dessillement le fit souffrir. Il aurait voulu revenir à l'inconscience de l'été précédent, redevenir cet enfant qu'on envoyait dormir après les spectacles, le petit rimailleur qui croyait aux poèmes sur les « orchidées à la tige brisée ». Oublier les comédiens qui enlevaient leurs costumes au milieu des décors badigeonnés à la va-vite.

Un soir, ses doutes reçurent une réponse inattendue : cette feuille de papier où l'un des peintres, peut-être Tomine lui-même, griffonna un dessin. Les artistes se le transmettaient les uns aux autres, en poussant des rires étouffés. Quand les notables qui prenaient un digestif dans le salon sortirent sur la terrasse, la feuille disparut et les conversations prirent un tour moins persifleur…

En descendant dans le jardin, Valdas ramassa ce dessin jeté dans l'herbe et reconnut facilement les personnages caricaturés : une jeune femme, en belle robe avec traîne, se laissait enlacer par un gros bonhomme hirsute dont le pantalon moulait un sexe démesuré, tandis qu'un freluquet leur tournait le dos, une canne à pêche à la main. Un détail indiquait de qui il s'agissait : le pêcheur portait une couronne. Et le malotru qui étreignait la femme exhibait la barbe de Raspoutine…

L'image reprenait les rumeurs sur la passion de la tsarine pour ce rustre. Encore récemment, l'allusion aurait choqué Valdas – il était attaché, aussi benoîtement que la plupart des gens, à la personne du tsar. À présent, il éprouva la mauvaise joie d'avoir eu raison : tout n'était qu'un jeu, y compris ce trône qui pouvait être approché, semblait-il, par des individus aussi répugnants que ce moujik barbu. La famille impériale se prêtait donc aux mêmes intrigues qui agitaient la petite société des vacanciers. Courtisanerie, adultères, déguisements.

Rien n'échappait à la logique théâtrale de la vie !

Sans doute espéra-t-il trouver une issue à ce vaudeville humain quand, le lendemain soir, au moment où les invités s'apprêtaient à prendre congé, il fit semblant de monter dans sa chambre et, par le portillon au fond du jardin, quitta l'Alizé.

Il traversa le quartier des villas, longea la mer et, une demi-heure plus tard, arriva à un ancien baraquement de fumage. L'odeur du bois boucané le saisit – si différente de ce qu'il respirait à l'Alizé. Les écailles de poisson, recouvrant les galets, crissèrent sous ses pas.

En dépassant cette fumerie à l'abandon, il atteignit un endroit où il n'était jamais venu : au milieu des rochers, une suite de criques que la lune bleuissait d'un éclat trompeur. Il grimpa sur une barrière de granit et ne put retenir un frisson – sa propre ombre se découpa sur une falaise, telle une bête sortant d'une caverne. Les petites vagues s'égaraient dans les dédales de pierre et s'en retiraient avec un soupir guttural. Une odeur amère le surprit, rappelant les cigares que fumaient les invités de l'Alizé, mais plus âpre, venant d'un monde inconnu.

Valdas allait rebrousser chemin quand, entre deux rochers, une lueur tremblota, s'éteignit et, aussitôt, se ralluma. Il entendit le battement des rames, puis la secousse d'une barque sur les galets…

Les histoires de contrebandiers, racontées pendant les dîners, lui firent imaginer des corsaires qui préparaient l'une de leurs razzias. On disait que ces bandits venaient du littoral caucasien ou même des côtes turques… Le père modérait la portée de ces légendes : c'étaient des aventuriers « bien de chez nous », des trafiquants s'adonnant à la revente du tabac. Pourtant, on savait que ces gens n'hésitaient pas à tuer pour dissimuler leur commerce.

Inquiet, Valdas se mit à reculer, en espérant quand même apercevoir l'un de ces hors-la-loi… Soudain, un faisceau puissant balaya les falaises, frôla la berge, fouilla les recoins de la baie. Les hommes qui agitaient les lampes portaient un uniforme. Valdas se courba, se déplaça en crabe, ne cherchant plus qu'à se dépêtrer de la course-poursuite entre contrebandiers et gendarmes.

C'est alors qu'un jet lumineux se dirigea vers lui…

Monté sur un replat de roche, il n'eut pas le temps de descendre. D'une violente poussée, quelqu'un l'entraîna dans une chute. Hébété de frayeur, il se figea, écrasé par un corps. Celui qui le retenait était recouvert d'une large cape sombre.

Valdas eut envie de repousser l'agresseur, de se présenter aux forces de l'ordre, de prouver son innocence. C'est ce qu'il aurait fait si, soudain, il n'avait pas noté l'étrangeté du corps qui le dominait comme dans une lutte immobile.

C'était une femme !

Grande, puissante et dont la force, malgré la brutalité de sa pesée, laissait deviner la volonté de ne pas faire mal à cet adolescent qu'elle empêchait de se lever. D'une certaine façon, elle le protégeait, lui interdisant de se trahir et de les trahir, elle et ses compagnons.

Au-delà de tout ébahissement, Valdas sentit la chaleur des seins qui touchaient sa poitrine et, serrée contre son front, la joue de la femme qui prévenait ainsi tout mouvement. La large cape sombre les dissimulait, se confondant avec le relief des roches. Il humait la senteur du tabac qui imprégnait le tissu, l'odeur de la peau, de l'effort... Le corps de la femme bougea, elle souleva la tête, voulant voir si les gendarmes avaient mis fin à leur traque. Des pas résonnèrent sur les galets – elle reprit sa pose immobile, ses lèvres touchèrent la tempe de Valdas.

Il se rendit compte que tout était fini au moment où, d'un brusque cambrement de hanches, elle se redressa et, pliant sa cape, chuchota : « Rentre vite, il n'y a plus personne. » Sous la luminescence lunaire, il vit la silhouette de l'inconnue se fondre dans le noir.

Il passa une minute sans bouger, comme si ce qu'il venait de vivre avait pu durer sans fin : ces lèvres effleurant son visage, le poids tendre des seins, une étreinte où il n'y avait rien de passionnel et qui pourtant avait exprimé tous ses rêves d'amour.

Il s'en alla en somnambule, se trompant de route,

piétinant dans les couches d'écailles de poisson le long de l'ancienne fumerie, et arriva à l'Alizé par une voie jamais empruntée, comme dans une maison inhabitée.

Le choix n'existait plus : l'idée de revenir dans la baie exprimait tout ce qu'il avait envie de connaître et de vivre.

Désormais, la routine estivale de l'Alizé lui semblait niaise, enfantine. Ce monde des adultes qui, à peine quelques jours auparavant, renfermait des activités importantes et complexes, se transforma en une suite de cabotinages, de jacasseries – l'incessant vaudeville dont Valdas croyait être capable de prédire chaque mot.

« En fait, ils ne vivent pas, ils jouent... », se disait-il.

Un soir, Léra refit le spectacle qui avait eu tant de succès – toujours cette historiette calquée sur un récit de Tchékhov : un faux médecin, un mari crédule, une jeune épouse, à la fois hypocondriaque et coquette...

Valdas entendit les mêmes bravos et, plus tard, dans l'attroupement de poètes et de peintres, une voix téméraire, prise de boisson, qui caquetait : « Il faudrait montrer cette pièce à notre potiron couronné ! C'est lui, ce mari cocufié... » D'évidence, ils parlaient du tsar Nicolas et des ébats de son épouse dans les bras de Raspoutine. Ces rumeurs qui circulaient depuis des années ne provoquèrent pas, chez Valdas, l'habituel rejet. Juste de la tristesse : des adultes, en garnements boutonneux, s'excitaient à de petites blagues salaces.

Il se réveilla au milieu de la nuit et, avec une certitude qui venait de l'éblouir, murmura comme pour répondre à quelqu'un d'hésitant : « Non, la vie ne se passe pas ici. Elle est ailleurs. Et je sais où ! » Il imagina des rochers bordés par une mer nocturne, la dorure pâle de la lune… Et, se détachant d'une falaise, une femme qui venait à sa rencontre.

Le lendemain, se plaignant d'un mal de tête, il monta dans sa chambre, attendit le départ des invités. Leurs adieux se turent, l'escalier grinça sous le poids du père qui bâillait en parlant à Léra. On entendit le va-et-vient de la cuisinière qui desservait la table. Puis, le claquement de la porte de service.

Valdas quitta l'Alizé avec l'impression de glisser souplement, à quelques pouces du sol.

Sur le rivage, la lune encore basse éclairait les rochers d'une lumière rasante. Il retrouva la crique où, trois jours auparavant, s'étaient affairés les contrebandiers. Et ce raidillon où avait voltigé la lampe qui leur indiquait la route.

Rapidement, il parvint à l'étroit promontoire sur lequel la femme l'avait fait tomber. Le souvenir resurgit avec une netteté poignante : il cherchait un appui pour descendre et, soudain, un corps l'avait renversé

– laissant deviner le désir, chez son assaillant, de ne pas trop le cogner contre les aspérités granitiques...

Valdas s'assit, puis s'allongea, comme pour s'imprégner de la pesanteur du corps qui l'avait dominé. La luminosité de la lune monta et lui fit croire que tout allait se répéter : les signaux envoyés aux contrebandiers, le froissement de la barque sur les galets, les cris des agents. Et, telle une fatalité magique, l'ombre de la femme qui viendrait étendre au-dessus de lui sa cape usée. Il sentirait la douceur des seins, la brève caresse des lèvres. Dans l'air, planerait l'amertume des ballots de tabac que les hommes jetteraient sur la rive...

Il s'imposa une longue patience, jusqu'au moment où le fraîchin du matin arriva avec la brise. Ce qu'il avait vécu en ce lieu paraissait déjà improbable, se mêlant à la somnolence qui le gagnait. Une course-poursuite, des sifflets, une panique sans issue, une cape de laine... Frissonnant, le dos endolori par la surface caillouteuse de son guet, il se crut ridicule – un enfant rêveur ramassant une pépite d'or qui, dans sa main, devient une tête d'épingle en laiton.

Il s'approcha d'un rocher baigné de vagues assoupies et ne vit aucun sillon marqué par une barque sur les galets. Aucune trace de son aventure... Rien.

Soudain, tel un ourlet brunâtre de varech – ce rouleau de feuilles de tabac ! Avant même de s'en emparer, il reconnut sa senteur amère. C'était une part du fardeau que les contrebandiers avaient perdue sur la plage. Donc, il n'avait pas rêvé.

Pendant une semaine, chaque nuit, il revint dans cette crique surplombée de rochers, veilla longuement, rattrapant, au retour, ses heures sans sommeil. Personne ne débarqua et pas la moindre lumière ne s'alluma au milieu des falaises. Sa rencontre avec la contrebandière semblait avoir été une chance unique, à moitié fantasmée. Bien trop belle pour se répéter.

Un soir, il repassa dans la baie sans plus espérer voir apparaître la femme – elle avait fini par n'être justement qu'une apparition ! Et la barque, un vaisseau fantôme.

Le ciel était brouillé sous une coulée laiteuse. Valdas avançait, contournant les amas de branchages rejetés par la mer…

Un bruit, lointain et sourd, remonta non pas de la passe exiguë que la barque avait embouquée, dix jours auparavant, mais plutôt de la baie voisine.

Malgré la peur de croiser les gendarmes, il monta sur le chemin de crête, sauta par-dessus un éboulis et, s'accrochant aux arbustes, se mit à descendre…

Le danger vint d'une direction imprévue. Plusieurs lampes-tempête s'éclairèrent sur trois barques qui, à la rame, glissaient vers la côte. Un encerclement ?

Valdas se serra contre une falaise, comprenant mal la logique de l'attaque qui se préparait. C'est seulement quand une voile se dressa au-dessus des vagues qu'il devina comment les fuyards comptaient se sauver : ils lancèrent leur bateau au milieu des rochers à fleur d'eau – un endroit que leurs poursuivants n'auraient osé traverser. Bien visible sous la lune, la voile des contrebandiers s'inclina fortement, répondant aux manœuvres du barreur, le bruit de la coque accrochant un écueil retentit, suivi de coups de feu venus des barques de l'encerclement. Le voilier gîta puis, captant un vent plus porteur, cingla dans le noir.

Les gendarmes débarquèrent pour vérifier si l'un des trafiquants ne se cachait pas dans les environs. La fusillade venait de montrer qu'il ne s'agissait plus d'un simple jeu de cache-cache. Valdas bondit de son abri et se précipita sur le sentier qui remontait vers la piste côtière.

La lune éclairait mal sa voie et, au bout de quelques pas, il comprit avec effroi qu'il s'enfonçait dans une étroite impasse entre deux falaises dont les parois se rapprochaient avant de se refermer.

Il n'eut pas le temps de rebrousser chemin. Quelqu'un, courant derrière lui, dut se rendre compte de ce cul-de-sac mais, au lieu d'en sortir, se figea, condamnant le retrait. Les voix hargneuses des agents ricochaient sur les versants des rochers, leurs bottes remuaient les galets, s'éloignant, revenant.

Dans un brusque vertige, Valdas reconnut le corps féminin serré contre le sien et le carré de laine qui les recouvrait en dissimulant le recoin où ils étaient cachés.

La femme n'était pas grande : la première fois, c'est l'angoisse qui avait créé cette illusion… Le frôlement de leurs corps le fit tressaillir, son visage s'embrasa sous la caresse d'une longue boucle.

Quel mot aurait pu dire ce qu'il éprouvait ? Un éveil sensuel ? L'apprentissage de la virilité ? Ces réflexions viendraient plus tard, montrant à quel point ce verbiage était en deçà de ce qui lui arrivait. Seule la senteur de la laine qui les enveloppait lui offrait plus de bonheur que toutes ses attentes amoureuses.

Quand, sur la rive, une voix donna l'ordre du départ, il le vécut comme le bannissement d'un éden auquel il n'avait pas encore trouvé de nom.

La femme dut sentir chez lui l'écho d'un songe qui se brisait. Mais au lieu de plier sa cape et de s'en aller, elle attira Valdas vers elle, l'empêchant de bouger. Il oublia alors ce qu'il était, n'existant que dans cette étreinte…

Un appel résonna sur la plage : « Sergent, ils ne sont plus là, ces bandits ! Tiens, ils ont abandonné deux ballots de tabac. De quoi pétuner pendant un mois. »

Les tolets des rames grincèrent et c'est alors que la femme rabattit son carré d'étoffe. Elle connaissait le stratagème des agents : mentir, en annonçant le départ, faire semblant de prendre la mer et piéger les malfaiteurs qui ressortiraient de leurs caches. Un vieux truc d'argousins.

Valdas allait le comprendre plus tard. Mais au moment de leurs adieux, il ne vit que l'expression, à la fois tendue et triste, de ce visage féminin. Un visage bien plus jeune qu'il ne l'avait imaginé et à qui la lune donnait le reflet argenté d'une gravure.

Ils marchèrent jusqu'à l'ancienne fumerie et, trop

ému, Valdas ne remarqua pas l'instant où la femme s'effaça, laissant l'écho d'un murmure : « Ne reviens plus par ici ! C'est dangereux. Va vivre ta vie ! »

Il resta seul, les yeux fixés sur le sentier où la silhouette de l'inconnue venait de s'estomper. Cet endroit semblait marquer une frontière bien plus essentielle que celle qui séparait les pays et les continents.

À l'Alizé se poursuivit une existence légère, insouciante, pimentée d'idées révolutionnaires. Le temps se gâta et la vie se concentra dans le salon où Léra présenta une nouvelle comédie : les tribulations d'une fiancée qui se faisait voler ses vêtements et devait se cacher dans un étui de contrebasse. Le futur mari la découvrait en costume d'Ève… Léra remplaça la nudité par une combinaison très moulante et l'on regrettait que Tchékhov, décédé quelques années auparavant, ne pût assister au spectacle, lui qui avait souvent séjourné non loin de l'Alizé…

Désormais, Valdas écoutait leur babil telle une langue étrangère. Les volutes des havanes lui rappelaient ses nuits clandestines, le danger, l'obscurité odorante sous un carré de laine et les battements du cœur dans la poitrine serrée contre la sienne.

Il imaginait une barque que les contrebandiers tiraient sur la berge. Et la femme qui cachait des ballots de tabac. À ce moment même, sous les rafales enragées !

Sa belle-mère Léra entra et, avec l'intonation d'un crieur aux portes d'un chapiteau, déclara : le spectacle allait commencer plus tôt que d'habitude, vu les « conditions météorologiques ».

Les invités retournèrent leurs fauteuils pour être en face de la « scène ». Derrière les rideaux accrochés sur les battants d'une large porte vitrée, retentit l'arpège d'une contrebasse qu'on remettait dans son étui.

Valdas monta dans sa chambre, décrocha un ciré et se sauva par la porte de service.

Dans sa poche, il emportait plus de vingt roubles, une petite fortune accumulée pour l'achat de son premier fusil de chasse. Il n'avait qu'une envie : revoir l'inconnue, lui offrir cet argent et… Qui sait ? Peut-être, grâce à ce pactole, allait-elle pouvoir, pendant un mois ou deux, abandonner ses trafics dangereux… Il n'avait rien d'autre à lui proposer ! Juste ces instants de tendresse qu'ils avaient vécus, par accident, sans aucune suite possible.

La nuit n'était pas tombée et revoir les mêmes lieux dans un crépuscule blafard créait l'impression d'un paysage retouché, délavé.

Valdas marcha le long du rivage encombré d'herpes marines – un tronc de bois flotté, un bout de carène rongée par des tarets et, parfois, un vieux vêtement lesté de sable, enrobé d'algues, pareil au corps d'un noyé.

La mer parvenait jusqu'à l'ancienne fumerie, battait les épaisses planches des murs. Il dut la contourner par l'arrière et c'est là, pendant un répit entre deux ressacs, qu'il entendit un cri de colère. Une réplique résonna – éreintée et triste. Il crut reconnaître cette voix !

Par la faille entre deux planches, il épia ce qui se passait à l'intérieur. Trois hommes entouraient une femme courbée et la criblaient de reproches.

« Arrête de te justifier ! cria celui que Valdas avait entendu en premier. C'était à toi de cacher les sacs ! Quoi, les douaniers ? Mais ils étaient en mer, tu avais le temps de courir à la grotte, au lieu de te sauver comme un rat ! On a perdu deux ballots à cause de toi. Vingt-quatre pacsons ! Tu sais combien ça va me coûter ? »

L'homme claqua du poing dans sa main comme pour anticiper la correction que la femme allait recevoir.

Son acolyte intervint, jouant à calmer le jeu.

« Bon, Ivan, elle a fauté, notre Taïa, c'est sûr. Mais avec cette flicaille aux fesses, difficile de faire mieux. Déjà, ils nous ont tiré dessus comme sur des taulards… »

Le troisième homme maugréa : « Écoutez, la marchandise est fichue et si le patron l'apprenait, il ne voudrait plus jamais avoir affaire à nous. Donc, ou bien elle nous rend le prix des ballots ou bien… »

Valdas le vit indiquer la mer d'un coup de menton. Au soupir que poussa Taïa, l'homme s'emporta :

« Trop tard pour chialer ! Moi, je ne plaisante pas. Je te foutrai à la mer ! Qu'est-ce que tu crois ? Qu'on va te laisser filer ? Et si tu nous balances aux flics pour sauver ta peau, hein ? »

Il la poussa dans un coin de la baraque et se retira au fond avec les deux autres, pour décider comment récupérer leur mise.

D'une démarche d'automate, Valdas se dirigea vers l'entrée de la fumerie, ne cherchant même pas à dissimuler le bruit de ses pas.

Surgissant dans la porte, il se figea, sans rien dire. Cette attitude le sauva. S'il avait commencé à parler, en prenant la défense de Taïa, les hommes l'auraient roué de coups et, probablement, poignardé pour se défaire d'un témoin. Mais il se dressait, immobile, muet, paraissant bien plus grand dans son ciré. La peur qu'il éprouvait atteignait un tel degré que son visage effraya les hommes, comme le faciès d'un revenant.

L'un d'eux tira un couteau et Valdas, malgré sa stupeur, nota que les mains du contrebandier tremblaient un peu. Un autre craqua une allumette mais sa flamme ne rendit la physionomie de l'intrus que plus sinistre encore.

« Qui… qui es-tu ? » souffla celui qui paraissait être le meneur. Sa voix n'était pas assurée. « Qu'est-ce que tu viens faire par ici ? »

C'étaient des hommes guidés par des superstitions et l'abondance des menaces imprévisibles de la mer. Ce mort-vivant immobile les effrayait.

« Je viens… pour le tabac. » Valdas improvisa ces

mots que lui souffla l'odeur venant d'un sac posé à l'entrée.

À cette réponse, les hommes se détendirent, le couteau disparut dans une poche.

« Quoi, "le tabac" ? Tu veux en acheter ? »

Valdas parla d'un ton ferme – l'instinct lui suggérait que c'était son unique façon de rester en vie.

« Non, du tabac, j'en ai déjà. Les deux ballots qu'elle m'a donnés. Là, je viens pour régler… »

En disant « elle », il eut un hochement de tête en direction de la femme qui se tenait contre un mur, le regard baissé.

Le chef s'anima, reprenant ses réflexes de trafiquant.

« Ah-ah, je vois… C'est elle qui, en douce, t'a refourgué la marchandise. Hé-hé, la maligne ! Et moi qui voulais déjà la foutre dans la flotte ! Bon, parlons affaires. Il y avait deux ballots, douze pacsons dans chacun. Ce qui te fait… Oui, vingt-quatre roubles et pas une écaille de plus ! Le pognon, tu l'as sur toi, j'espère ? »

Hypnotisé par leurs regards, Valdas plongea la main dans sa poche et, sortant les billets, eut du mal à garder sa voix endurcie. Son ton commençait à trémuler :

« J'en ai seulement vingt et un, plus deux roubles en pièces de quinze et de dix. Rien d'autre… »

Le chef saisit les billets, les compta, en crachotant sur ses doigts, puis secoua la monnaie avec un sourire aigre.

« Bon, tu nous rendras le reste plus tard, sans faute.

La prochaine fois, il t'en faudra combien ? Deux ballots ? »

Valdas bredouilla, sentant que celui qu'il avait réussi à camper l'abandonnait :

« Oui, deux ballots. Ça doit pouvoir me suffire… »

Les hommes échangèrent un coup d'œil : ce drôle d'acheteur maîtrisait mal leurs codes de marchandage.

L'un d'eux poussa un ricanement fielleux :

« Tu as de toutes petites mains, toi. On dirait une bonne femme. Tu n'es pas par hasard le fils du gouverneur ? »

Tous les trois s'esclaffèrent : fournir en tabac le dignitaire suprême de la province, ç'aurait été le comble !

La joie d'avoir récupéré l'argent les dissuada d'avoir trop de soupçons. Ils ramassèrent leurs sacs et quittèrent la fumerie. Le chef se retourna, déjà sur la berge.

« Nous reviendrons à la fin du mois. Un dimanche, vers minuit. Quand les flics dorment le mieux. Passe au Vulcain, à côté du marché, une gargote où cette garce fait la serveuse. Elle te dira où chercher tes ballots… »

Il toisa la femme et parla avec un dédain moqueur :

« Et toi, essaye encore une fois de cacher du tabac sous ta jupe. Je te ferai traverser Yalta, les fesses nues ! »

Ils disparurent dans les embruns du crépuscule. On entendit un éclat de rire et des grognements satisfaits.

Avec une lenteur indécise, Taïa alla vers la porte,

s'arrêta comme pour qu'il puisse la rejoindre et ils marchèrent, sans accélérer, soucieux d'éviter les hommes qui les avaient précédés. Ou bien, voulait-elle prolonger ces minutes ?

À l'endroit où le chemin bifurquait, ils s'arrêtèrent : Valdas allait remonter vers le quartier des villas, tandis qu'elle redescendrait dans le lacis des venelles, près du port.

Le visage de Taïa, aux pommettes fortes et aux yeux légèrement bridés, présentait des traits fréquents en Crimée, dans une population de Tatars, de Russes et de Grecs. Mais il nota surtout l'apaisement qui la gagnait, une expression de tendresse, libérée de la peur.

Elle devait être âgée d'une vingtaine d'années, c'est-à-dire très éloignée de l'adolescent qu'il était. Et c'est grâce à cet écart qu'elle trouva le seul geste sans fausseté : elle l'attira vers elle et l'embrassa sur la tempe, ne disant rien, ne souriant pas. Puis, s'en alla.

Il la vit s'effacer dans la brume, sans ressentir aucune émotion. Le seul départ de cette femme, sa seule absence semblait pouvoir remplir une très longue vie, sur une autre planète.

En rentrant à l'Alizé, il entendit des applaudissements et, dans une brève illusion, crut qu'on saluait ainsi son retour. Après tout, il avait tenu tête aux contrebandiers !

Non, personne ne remarqua son arrivée. Sur une scène aménagée entre deux salons, les comédiens s'inclinaient devant les spectateurs qui les acclamaient. Léra, en combiné audacieux, soutenait l'étui béant d'une contrebasse. Tomine, les yeux exorbités, manifestait la stupeur de trouver sa fiancée à la place de l'instrument.

Ce qui frappa Valdas, ce fut l'infini éloignement des instants où Taïa et lui marchaient côte à côte, seuls dans une galaxie inconnue. Et ce baiser sur sa tempe – il touchait sa peau qui paraissait d'une sensibilité insolite.

Tout ce qu'il avait vécu « là-bas » n'avait donc duré que le temps d'une piquante petite comédie inspirée de Tchékhov !

La nuit, il passa des heures à réfléchir aux détails qui lui avaient permis de jouer sa comédie à lui, face aux trafiquants. Oui, sa voix qui avait entamé la mue et résonnait avec une rugosité mâle. Et cet imperméable doublant ses gabarits. Et aussi son état somnambulique, la certitude de jouer son va-tout.

Pourtant, au-delà du succès de ce jeu trompeur, il était conscient d'avoir séjourné dans une vie affranchie des lois de ce monde.

Les jours qui suivirent, il pensa au destin de Taïa : à l'égal des hommes, elle affrontait la mer et les traquenards montés par la police. Et aussi la violence de ses camarades qui pouvaient la punir pour un accostage raté ou la perte d'un ballot de tabac.

L'Alizé profitait de l'opulence des riches, tandis que la misère poussait le peuple à voler, à tuer ou, au mieux, à travailler dans une gargote où venaient ceux que le père de Valdas appelait les « bas-fonds ».

Un soir, au moment où les invités se préparaient à voir un nouveau spectacle, Valdas décida de partir à la découverte de ces « classes populaires » qu'il n'avait jamais eu vraiment l'occasion de côtoyer.

Dans sa poche, se lovait un petit Browning qui, même déchargé, pouvait être dissuasif en cas d'agression.

C'est ainsi qu'il imaginait les quartiers malfamés : des bagarres dans des ruelles encombrées de mendiants, des infirmes s'arrachant une croûte de pain, des femmes dépenaillées et criardes – en fait, des images de misère qu'il trouvait dans ses livres – cours des miracles à Paris, taudis sur les rives de la Tamise…

Le monde des exclus se présenta brusquement : un malfaiteur, chemise sale et pantalon rapiécé, trébuchait dans la poussière, entraîné par deux gendarmes. Sa maigreur démontrait l'abîme entre les bien nourris et les affamés. Deux classes séparées par un mur étanche.

S'approchant, Valdas fut très étonné de voir que le représentant des « bas-fonds » était en réalité un ivrogne, jurant et empestant l'alcool tout au long de son passage.

Dans les rues censées abriter les miséreux, la vie se déroulait avec une tranquillité déroutante. Une femme, assise sur un tabouret, glissait ses mains dans les mailles d'un filet de pêche qu'elle réparait. Sa voisine arrosait des tiges recourbées sous le poids des tomates. Étaient-elles suffisamment pauvres pour mériter la compassion due aux « bas-fonds » ?

Il tourna dans une rue qui descendait vers le port. Une forte odeur d'algues précéda deux hommes qui marchaient pieds nus et se courbaient sous des fardeaux dégoulinants. Des chiffonniers écrasés sous des sacs de déchets ? Il se retourna et vit qu'il s'agissait de pêcheurs qui venaient de débarquer avec leur prise. La frontière entre deux sociétés était bien là : des mariniers qui gagnaient leur pitance dans la tourmente des vagues et les riches qui allaient manger ce poisson, l'accompagnant de vins très chers et de bavardages mondains. Mais ces nantis étaient-ils plus… heureux que les deux compères qui s'éloignaient en lançant des plaisanteries à propos d'une amie poissonnière ?

À l'entrée d'une impasse, il distingua un vieux Tatar, enveloppé d'un caftan aux couleurs déteintes. Les yeux mi-clos, l'homme ne bougeait pas, seuls ses doigts tournaient un chapelet. Il était certainement pauvre, vu l'état de ses vêtements. Cependant, son calme souverain semblait le hisser au-dessus de sa condition. Une autre qualité, difficile à saisir, paraissait plus importante : cette humble aptitude à la sérénité et au bonheur.

Le marché était déjà fermé et l'emplacement du Vulcain s'annonça avant que Valdas n'en remarque l'enseigne – l'odeur des grillades, de l'ail et de la bière.

Il se préparait à voir une salle secouée par une rixe entre matelots ivres, des volées de jurons et le bruit des chaises renversées. Mais au lieu de cette scène empruntée aux romans, il vit une large pièce à moitié vide et d'où parvenait le chevrotement d'un gramophone. Un chant pleurait « l'amour, emporté comme une mouette par un vent d'hiver ». Valdas eut envie de s'installer à côté des clients qui mangeaient du poisson servi avec des pommes de terre et du piment. Mais il n'avait plus d'argent, et entrer juste pour demander où il pouvait trouver Taïa risquait de dénoncer le trafic auquel elle prenait part. Et aussi son rôle à lui : il avait négocié avec les contrebandiers, devenant ainsi l'un des leurs.

Il observa donc la salle par une fenêtre ouverte : une longue table, sans nappe, des guirlandes de fleurs en papier et le pavillon béant du gramophone – une serveuse vint changer le disque, tourna la manivelle. Elle portait un tablier taché de graisse et, sur sa tête, un foulard délavé – une gargotière au maintien grossier, aux gestes lourds.

Soudain, dans l'angle de la pièce, il aperçut une autre serveuse… Non, c'était la même ! Elle se tenait là, les yeux fixés sur le soleil tardif entrant par la porte.

Le patron apparut et dissipa ce dédoublement :

« Taïa, suffit de flemmarder, va laver la vaisselle ! »

Il lui tapota le dos, sous les lacets du tablier, provoquant des quolibets grivois des clients. Elle alla ramasser les assiettes, évitant les bras qui se tendaient vers elle et, avant de quitter la salle, jeta un coup d'œil sur la clarté du couchant.

Valdas crut que, par le même regard, elle apercevait ce jeune homme – lui-même – posté au milieu de la rue.

S'égarant dans les passages du port, il déboucha vers un bassin de radoub où une vieille barcasse se trouvait encastrée. Un bateau qui ne reprendrait jamais la mer…

Les cris d'une dispute fusèrent, tout près de lui – angoissé, il toucha le pistolet dans sa poche. Des appels vengeurs semblaient le viser : « Vas-y, casse-lui la gueule ! Tire-lui dessus ! Mais tire ! »

Valdas s'arrêta devant une foule qui hurlait sa colère. Dans un chapiteau, le propriétaire d'un cinéma ambulant était en train de projeter son film, évidemment muet. Les spectateurs qui avaient payé la séance se trouvaient à l'intérieur. Les autres, les garnements du quartier, se bousculaient devant les trous percés dans la bâche.

Lui aussi colla son œil à une déchirure et vit un grand jardin où une jeune fille en crinoline repoussait les assauts lubriques d'un forban en casquette. Un héros providentiel, vêtu d'un smoking, agitait un revolver dont le mutisme était suppléé par les « pan-pan » que les jeunes gosiers exhalaient avec hargne. Étrangement, au voyou dont ils étaient socialement plus proches, ces spectateurs sans ticket préféraient le gentleman gominé qui parvint à secourir l'héroïne, juste avant qu'elle ne subisse l'irréparable…

Sur le chemin du retour, Valdas pensa à l'engouement du peuple des « bas-fonds » pour la vie des riches. Et aussi, à la passion du spectacle – la même que chez les invités de l'Alizé.

Ces questions l'aidèrent à oublier la serveuse qu'il venait de voir dans la salle du Vulcain : une existence trouble et triste, pour laquelle il éprouvait du dégoût. L'odeur de graillon, un tablier graisseux, l'eau de la plonge, chargée d'arêtes. Et, autour d'elle, un magma de corps tassés, des voix qui écorchaient les mots dans un jargon qu'il avait peine à comprendre. Oui, les « bas-fonds »…

Comme pour éviter le contact des ruelles sordides qui traversaient le quartier du port, il fourra ses mains dans les poches et… il ne trouva pas son Browning ! Pendant qu'au milieu des jeunes, il suivait le film, ils l'avaient délesté de ce pistolet et aussi d'un mouchoir brodé de ses initiales.

La découverte le fâcha et l'amusa en même temps. Le cinéma rejoignait le réel : un va-nu-pieds se rêverait désormais en beau gandin, sauveur d'une jeune aristocrate moussant de dentelles.

Le salon de l'Alizé, où les invités étaient en train de goûter des liqueurs de Crimée, le frappa par un mélange délicat d'arômes spiritueux et de parfums. Après la puanteur des quartiers populaires, il eut l'impression de pouvoir enfin respirer. Propreté, tabac affiné… Et les mots qui semblaient aussi avoir un goût différent.

Valdas s'endormit avec le sentiment d'avoir traversé un lieu de perdition, pareil à l'eau stagnante du bassin de radoub, un monde où il n'aurait plus jamais à revenir.

Deux jours plus tard, son exploration ratée des « bas-fonds » eut une suite troublante.

En quittant l'Alizé pour aller se baigner, il aperçut Taïa ! Elle remontait la rue, s'arrêtait devant les entrées, levait les yeux vers les fenêtres… Le cherchait-elle, lui ?

L'idée l'effraya. Reculant, il se glissa derrière le portail, puis courut à la maison. La visite de Taïa parut logique. Elle voulait retrouver celui qui avait commandé deux nouveaux ballots de tabac. Justement, elle avançait, un lourd cabas au bras. Oui, elle venait lui livrer sa marchandise !

Il monta dans sa chambre et, se cachant derrière les rideaux, surveilla la jeune femme qui s'approchait de la villa voisine – Poseidonia.

La peur diminua devant les arguments qu'il parvint à enchaîner : les contrebandiers ne connaissaient pas le nom qu'il portait et encore moins son adresse…

Mais peut-être l'avait-on pris en filature, le soir où il était venu au Vulcain ? Les clients de la gargote pouvaient très bien faire partie de la bande ! Cette supposition en suggéra une autre, à la fois flatteuse et angoissante : Taïa voulait le revoir, renouer avec ce qu'ils avaient vécu ensemble !

L'idée d'une tendresse retrouvée lui coupa la respiration. Mais plus violente fut la crainte de voir cette femme entrer dans le grand salon de la villa où il devrait la présenter à ses parents. Ils auraient entendu sa façon de s'exprimer – un sabir de mots russes et tatars qu'on parlait autour du port. Il imagina cette « femme du peuple » s'asseoir à leur table, toucher leurs couverts avec ses mains qui devaient sentir l'eau de la plonge.

Taïa s'arrêta à leur portail, écarta une branche de rosier qui recouvrait la plaque d'émail. Valdas laissa son regard courir sur les meubles avec l'intention risible de se cacher sous son lit. Une sonnerie retentit, plus effrayante qu'un coup de tonnerre...

Non, ce n'était pas celle de leur clochette ! En regardant dehors, il se mit à souffler comme sur un thé trop chaud. Ouf... Devant une villa, du côté opposé de la rue, Taïa était en train de parler avec une domestique qui tenait un baquet où bougeaient de gros poissons tachetés.

Tout devint clair. La serveuse du Vulcain venait achalander le garde-manger d'un voisin.

Taïa essuya ses mains contre le torchon qui recouvrait son cabas, glissa l'argent dans la poche de son tablier et s'en alla. En marchant, elle murmurait des mots silencieux, dans une succession de petits sourires tristes.

De nouveau, il crut distinguer en elle la femme qu'il avait entrevue sur le rivage…

Cette fois, ce qui les séparait n'était plus leur différence d'âge ou de statut, mais cette peur honteuse qu'il venait d'éprouver, son refus d'échanger avec elle une simple parole. Elle n'aurait rien demandé d'autre.

Pendant de longues années, il allait être hanté par ces minutes de lâcheté qui l'avaient empêché de descendre en hélant Taïa, de marcher avec elle jusqu'à la mer, en espérant revivre une vie nocturne dont il n'avait connu que le tout premier instant.

Sa découverte des « bas-fonds » l'aida à mieux apprécier le monde de l'Alizé.

Son père avait déjà regagné Saint-Pétersbourg où il allait défendre dans un procès un député « progressiste » de la Douma. Valdas profitait de cette absence pour rester à la plage jusqu'au coucher du soleil, d'autant que la saison théâtrale de Léra venait de prendre fin.

Ce soir-là, revenant d'une baignade tardive, il passa comme souvent par l'arrière du jardin.

Au milieu des pins, il aperçut un reflet de lumière dans la fenêtre du petit pavillon recouvert de rosiers. Seule sa belle-mère Léra y venait parfois, après le dîner, pour préparer les mises en scène de son théâtre amateur.

Tout ce qu'il ressentait pour cette femme de trente-six ans s'éveilla avec une force nouvelle : il était désormais celui qui, en pleine nuit, avait enlacé une inconnue, se cachant avec elle sous une cape de laine.

Non, il ne ressemblait plus à ce timide adolescent qui scribouillait, en catimini, des vers romantiques.

Il s'approcha de la gloriette, sans avoir à se dissimuler. De l'intérieur, on ne pouvait pas le distinguer dans l'obscurité, au milieu des feuillages.

Tomine, le peintre, était assis dans un fauteuil, un verre élégamment tenu entre deux doigts et une chemise de soie ouverte sur la poitrine. Il balançait la tête comme pour exprimer un doute. Léra, installée sur un pouf, souriait avec une mine de conspiratrice.

Valdas s'en souviendrait dans son insomnie. Mais, pour le moment, il ne voyait que le corps de Léra, la provocante cambrure de son combiné noir – la guêpière qu'elle portait au moment où, sur scène, elle se cachait dans l'étui d'une contrebasse.

Une femme prête à se donner et son amant qui connaissait l'art de la lenteur amoureuse... Respirant par saccades, Valdas devinait que c'était déjà le début de l'accouplement, une étreinte de regards.

Tomine se redressa, étreignit Léra, en froissant son bustier. Elle fit entendre un petit rire : « Laisse-moi, je vais me déboutonner... Va fermer les volets ! »

L'homme s'exécuta et Valdas aperçut, avant que la fenêtre ne devienne aveugle, le haut de ce corps féminin, la finesse des clavicules et les aréoles sombres de ses seins...

Il passa la nuit à imaginer ce qui se déroulait dans la gloriette. Son désir cédait devant une jalousie féroce, puis une adoration exaltée mais aussi l'envie de déchirer la guêpière de Léra, d'écraser ses seins, de foncer sur elle comme l'avait fait Tomine. Tel un rapace !

Quand la tourmente se calma, il crut comprendre le secret de l'existence prospère que lui offrait l'Alizé. Bien plus que l'appartenance à la classe des privilégiés, on y goûtait la complexité des sentiments, la délicatesse des manières, toute une grammaire de séduction, les gammes de vins, de parfums, mille nuances parlantes. Comme cette lenteur avec laquelle Léra et Tomine avançaient vers leur nuit d'amour. Et même les agrafes du bustier, malaisées à desserrer, devenaient nécessaires pour aiguiser la soif de la possession. Oui, un jeu théâtral, plus important que la réalité elle-même.

Il s'endormit avec une agréable certitude de vivre du côté ensoleillé du monde. Et pour que cette joie devienne sans ombre, il lui fallait oublier cette étrange Taïa condamnée à croupir dans la misère des « bas-fonds ».

II

À Saint-Pétersbourg, le froid figea rapidement la fièvre estivale. Les souvenirs ressemblaient déjà à un vieux récit fabulé : sa rencontre avec les contrebandiers, l'assaut des gendarmes et l'apparition de cette inconnue – une belle ombre nocturne qui se transformait en une serveuse essuyant ses mains rouges contre un tablier sale...

Chaque jour l'éloignait davantage de ce troublant épisode. Léra lançait des invitations, organisait des dîners et tenait un salon qui attirait la « fleur du milieu artistique de la ville », disait-elle avec satisfaction.

Valdas vivait d'une attente amoureuse, d'une espérance qui, un soir, s'incarna : devant lui, surgit un sosie de sa belle-mère, sa copie adolescente. Cette gracile Kathleen vint avec son père, un diplomate connu, au salon littéraire de Léra.

Sous le regard de la jeune fille, tout demandait à être redécouvert. Saint-Pétersbourg semblait être conçu pour eux, les deux amoureux aux gestes aussi platoniques que le frôlement des flocons de neige sur les cils. C'est ce que Valdas rimait dans ses vers : leurs longues promenades chastes, la sonorité des syllabes « Kath-leen » (tellement plus *stylish* que le « Katia » russe, son prénom d'origine), ses yeux « célestes », des perspectives bordées de palais, la saveur d'un vin très doux, dans un café tenu par un Français sur la Nevski.

En ce début de 1914, le souffle du pays mesurait la lenteur des jours bien prévisibles que rien ne pouvait troubler. Le père de Valdas venait de gagner un procès retentissant, les journaux saluaient le talent oratoire d'un « avocat démocrate ». Le salon de Léra rassemblait un élégant foyer de fronde qui vilipendait l'inaction du « tsar fainéant », son manque d'énergie politique.

Valdas préférait, au contraire, le calme ensommeillé des horloges qui, le long des douze mille kilomètres de l'empire, assuraient à la Russie une douce constance archaïque.

Le printemps vint comme si la ville n'avait jamais connu une telle saison. Peut-être à cause du regard de Kathleen, ce bleu pailleté qui se confondait avec l'éclat de la Néva en crue.

En juin, les parents de son amie invitèrent la famille de Valdas à passer une semaine dans leur « modeste datcha », sur une île au large d'Helsingfors.

Le dépaysement fut non seulement géographique (il ne connaissait pas la Finlande) mais « linguistique » : la famille de Kathleen pratiquait une subtile anglophilie. Le père diplomate s'interrompait parfois et, avec un sourire confus, s'excusait : « Ah, comment dit-on cela déjà en russe ? », en montrant que l'anglais lui était plus naturel et aussi très utile pour ne pas être compris par les domestiques.

Valdas se souvenait qu'à Saint-Pétersbourg, leurs invités employaient la même astuce mais en passant au français, ce qui ne l'avait jamais choqué. Ici, il vit un jour ce paysan venu avec un chargement de bois et qui n'entendait pas ces mots étrangers. La volonté d'exclure ces gens simples jurait avec le credo humaniste que les deux familles mettaient toujours en avant.

Il oubliait cette hypocrisie en rejoignant Kathleen. Leurs balades sur l'île marquaient les étapes d'un chaste rapprochement. Le voile bleuté de la Baltique, l'étagement nuageux du ciel, leurs pas sur la rive qui, dans sa tête, sonnaient en strophes…

À la fin de la semaine, il repartit avec ses parents pour Saint-Pétersbourg. Mais le rendez-vous était pris : au mois d'août, ils allaient tous se retrouver en Crimée ! L'été annonçait une promesse de fiançailles.

C'est pendant ces jours-là qu'il crut avoir composé ses meilleurs poèmes.

En juillet, il revit Kathleen à Saint-Pétersbourg. Sur le visage délicatement hâlé de la jeune fille, le bleu de son regard paraissait plus intense. Leur pudique amour se vivait au rythme des nuits claires, au bord des canaux, dans le reflet fluide des palais et des jardins où les rares noctambules avançaient à travers un songe éveillé.

Cette pâleur onirique allait bientôt s'effacer devant la lumière du sud. C'est là, en Crimée, que tout deviendrait pleinement réel ! Ils marcheraient le long de la mer, ramasseraient un galet de calcédoine ou l'éclat d'une amphore grecque, l'occasion pour lui de montrer son érudition. Puis, un soir, au coucher de soleil, il lirait à Kathleen un poème, une déclaration plus profonde que n'importe quel aveu.

Des années plus tard, Valdas penserait à la « ruse de l'Histoire » dont parlaient les philosophes. Mais à l'époque, ce ne fut pas une ruse mais une immense fourberie jouée par les soi-disant lois du réel.

Le 30 juillet, en réponse à l'agression germanique, la Russie annonça la mobilisation générale. La Première Guerre mondiale, la « Grande Guerre », allait commencer, même si personne n'employait encore ces noms.

La campagne promettait d'être brève et victorieuse. Les gens s'embrassaient dans les rues, prêts à aller « défendre nos frères slaves ». La rumeur insinuait que l'empereur Nicolas, velléitaire à son habitude, avait obéi au ministre des Armées : « Majesté, si vous essayez de négocier, le peuple ne vous suivra pas ! Et alors… »

Bref, le tsar devait choisir entre la guerre et la révolution. Qui aurait pu imaginer, en ce mois de juillet 1914, que bientôt l'une provoquerait l'autre ?

Pour Valdas, la conséquence la plus pénible fut l'impossibilité de partir en Crimée. Les patriotes devaient servir la cause sacrée qui souda et soûla toute la société. Seuls les bolcheviques se démarquaient de l'enthousiasme général et dénonçaient les capitalistes qui allaient s'enrichir sur les cadavres des travailleurs.

Le père de Valdas, qui avait toujours prôné le soutien aux « classes défavorisées », fulminait désormais contre les « Rouges », ces traîtres à la patrie.

D'autres « comédiens » avaient aussi changé de rôle. L'été précédent, en buvant du vin de Crimée, les poètes déploraient la « brutalité soldatesque du régime » qui ne tenait « qu'à la pointe des baïonnettes »… Dès le début de la guerre, ils se mirent à célébrer les « chevaliers en armure de lumière » et le tsar, « terrassant l'hydre teutonne ». Les rimes étaient souvent bancales, le pathos se révélait poussif, mais la sainteté de l'empereur-soldat primait la métrique.

C'est le père de Kathleen qui interpréta le « sketch » le plus inattendu. Un mois auparavant, il expliquait pourquoi l'Allemagne et la Russie ne se feraient jamais la guerre. Il exhibait même une preuve photographique : on voyait les deux empereurs, Nicolas et Guillaume, porter les uniformes qu'ils venaient d'échanger. Le Russe en officier allemand et l'Allemand en militaire russe.

Devant l'extraordinaire démenti que le « réel » avait apporté, l'homme changea d'avis : l'union entre les Slaves, les Gaulois et les « *Britons* » (il le disait en anglais) allait mettre fin à l'expansion des barbares prussiens.

Valdas imita cet élan et, quand les journaux commencèrent à publier les portraits des héros tombés « au champ d'honneur », sa décision fut prise : il entra dans une école des cadets, la pépinière des aspirants qui allaient remplacer les officiers tués.

S'il y avait quelqu'un qui, dans ces temps cruels, gardait son calme, c'était bien Kathleen. Elle posait sur lui un regard serein, faisait une petite moue de compassion lorsqu'il parlait de victimes et, en apprenant qu'il avait choisi la carrière des armes, ne manifesta aucune inquiétude. Ce manque d'émotion le troubla : il allait bientôt monter au front, s'exposer à la mitraille et Kathleen pouvait perdre l'homme qui l'aimait « plus haut que la vie », comme il disait dans l'un de ses poèmes. Un peu distraitement, elle lui demanda de « faire attention »...

Il préféra voir dans cette attitude une forme de sagesse.

Après les réussites militaires de 1915, la situation s'inversa, les Allemands lancèrent de grandes offensives et, une année plus tard, à l'automne 1916, l'unité de Valdas fut envoyée en première ligne, non pas pour se battre – ses camarades n'avaient que dix-sept ans – mais pour transporter les cadavres. Rentré en permission, il tarda à retrouver Kathleen, craignant de la « contaminer » par l'odeur de pourriture.

Sa fiancée devait rester à l'abri de ces horreurs !

En quelques mois, le tsar perdit son nimbe de souverain sanctifié, devenant le bouc émissaire de toutes les défaites. Et le « cher ami » de l'impératrice, le sinistre Raspoutine, finit par être assassiné ! Sa mort devait, espérait-on, sauver la dynastie.

En venant chez Kathleen, Valdas la surprit, un jour, en plein travail de broderie. Sur un grand cerceau qui tendait un carré de tissu, des aiguilles allaient et venaient, sans hâte, en recouvrant de fils colorés un paysage tracé au crayon : une prairie entourée d'arbres, un ruisseau et, en retrait, une jolie maison aux fenêtres fleuries…

Ce nid d'amour l'éblouit d'un attrait hallucinatoire : ils allaient bientôt s'installer dans un cottage semblable, admirer le vol d'hirondelles que Kathleen piquetait de son aiguille. Tout leur amour se refléta dans ce rêve.

L'année 1917 commença par une belle promesse : dans deux mois, tout allait être prêt pour leurs fiançailles ! Il partit au front avec la certitude de pouvoir, par sa bravoure, rapprocher le retour de la paix.

Mais, en février, le trône tomba. La révolution transforma l'empereur en « citoyen Romanov » comme il décida de se désigner. Les officiers n'étaient plus obéis, les généraux ressemblaient aux tribuns d'opérette. Des « comités de soldats » décidaient désormais de tout mouvement de troupes.

L'indignation que Valdas en éprouvait au début céda la place à une compréhension peinée : pourquoi ces soldats, en fait des paysans revêtus d'uniformes, devaient-ils tuer d'autres paysans, allemands ou autrichiens ?

Son rêve de « cottage brodé » devint une obsession. Chaque nuit, ce bonheur en fil de soie revenait dans son sommeil et le réveillait plus souvent que le bruit des explosions. Célébrer les fiançailles (au mois de mai, décidèrent-ils) devint un gage de survie : aucune balle ne pouvait le frapper avant que leurs mains ne s'unissent !

Au mois de mai, devant le danger d'une attaque allemande, le père de Kathleen expédia son épouse et sa fille dans leur maison de Finlande. Venu en permission à Saint-Pétersbourg, Valdas ne retrouva que l'écho de leurs promenades dans la pâleur des nuits. Et une ville (rebaptisée Petrograd) défigurée – les agitateurs bolcheviques tenaient le haut du pavé, le Gouvernement provisoire, très affaibli, faisait circuler les nouveaux billets de banque – petits rectangles miteux qu'un gamin aurait pu falsifier avec un pinceau et deux tubes de couleurs. La vie elle-même ressemblait à un jeu d'enfants, sauf que les joueurs étaient armés et prêts à tout pour s'emparer du pouvoir.

Valdas envoya plusieurs lettres à Kathleen et n'en reçut qu'une seule réponse. Il la lut et relut, émerveillé par la constance de leur attachement.

Les fiançailles furent reportées à plus tard – au mois d'août, espérait-il, imaginant une victoire proche, des vacances enfin possibles, le départ en Crimée…

Au mois de juillet, dans un bref combat de tranchées, il fut blessé – une balle l'atteignit de biais en arrachant la poche de sa vareuse où il gardait la dernière lettre de Kathleen : une boule de papier imbibé de sang.

En août, la situation empira. Le gouvernement tanguait, les soldats désertaient par centaines et Valdas comprenait que faire venir Kathleen était trop risqué.

Enfin, tout sembla s'arranger pour le mois d'octobre. Il allait obtenir une permission, sa bien-aimée traverserait la Baltique, ce serait plus sûr que de prendre le train. Dans une ville où les vivres commençaient à manquer, Léra (merveilleuse belle-mère !) réussit à trouver de quoi dresser une table à la fois bien garnie et modeste car il ne fallait pas « provoquer le ressentiment du peuple ».

Arrivé dans la capitale, Valdas attendit donc la venue de Kathleen. Deux télégrammes, envoyés d'Helsingfors, se démentaient l'un l'autre : oui, elle devait le rejoindre le 27 octobre, non, les liaisons maritimes n'étaient plus maintenues à cause des mines flottantes.

La veille de la date annoncée, il courut au télégraphe central pour la dissuader de venir : un grand désordre régnait dans la ville, le palais d'Hiver venait d'être mis à sac, le gouvernement s'était enfui et, d'ailleurs, l'immeuble du télégraphe était investi par les gardes révolutionnaires.

Le lendemain, il repartit au front – une fidélité bien saugrenue au serment militaire.

Plus de vingt ans après, à Paris, au cœur d'une autre guerre, il ferait la connaissance d'un prêtre qu'un jour il entendrait s'exclamer : « Peut-il y avoir une chose plus horrible qu'une guerre ? »

Après une seconde de réflexion, Valdas lui répondrait : « Oui, une guerre civile. »

Mais, en 1918, il discernait mal la frontière séparant les combats contre les Allemands et le début d'un conflit où les Russes commençaient à se massacrer entre eux.

L'armée avait défendu le tsar, puis le Gouvernement provisoire et, enfin, devenue « armée Blanche », lutta contre les Rouges. Mais au nom de quelle Russie ?

Il perdit vite le décompte des mois – sa vie d'avant paraissait un songe : la Crimée, le théâtre de Léra, la rencontre avec Kathleen, le projet de mariage… Aussi irréel qu'une maison brodée sur un bout de tissu.

En octobre 1919, son régiment prit part à une offensive qui parvint aux portes de Petrograd. Avec une précision fantasmatique, il imaginait Kathleen qui l'attendait dans cette ville assiégée. Savait-elle qu'il se trouvait à une journée de marche et allait bientôt défiler sur la Nevski ?

L'offensive des Blancs fut brisée par les « bandits rouges », comme disaient ses compagnons d'armes. Les Anglais, qui avaient financé la campagne du Nord, évacuèrent les vaincus. Valdas, lui, refusa de partir.

Son régiment, décimé, combattit sur le Don, repoussé encore et encore vers le sud. Les Rouges et les Blancs parlaient la même langue, portaient des noms semblables, venaient des mêmes villes et villages. Cela aurait dû atténuer la haine mais Valdas observait chaque jour que la parenté provoquait une violence bien plus féroce.

Arrivant sur les bords de la mer d'Azov, il traversait des hameaux dont les habitants avaient été assassinés avec une cruauté… « bestiale », pensa-t-il et aussitôt se ravisa : non, aucune bête n'aurait égorgé, écartelé, cloué à un mur ces corps suppliciés – femmes, enfants et même des vieillards grabataires. Il se rappelait l'insondable bêtise des invités de l'Alizé : ces artistes célébraient la bonté naturelle du peuple, la profondeur de son âme. C'est le même peuple qui sabrait à présent les poitrines comme pour en extraire cette « âme » introuvable.

À Berdiansk, un port de la mer d'Azov, un habitant lui indiqua l'endroit où les Rouges avaient fait couler une barge remplie d'officiers blancs ligotés. Valdas déclara qu'une fois le pouvoir rétabli, les auteurs de ces exactions allaient être jugés et fusillés. Mais, en vérité, qui était à la source de ce mal ? Le tsar manipulé par son épouse germanique ? Les Allemands qui avaient payé Lénine et ses sbires ? Ou bien tous ces « libres penseurs » qui jouaient avec les explosifs révolutionnaires, tels des enfants s'amusant à craquer les allumettes ?

Valdas n'y pensa plus. Sa tâche était d'épargner les vies de ses soldats et, en abandonnant une ville, de se retirer avec autant de dignité que leurs rangs clairsemés le permettaient.

Une lettre le rattrapa au nord de la Crimée. Un officier qu'il avait croisé durant la prise ratée de Petrograd lui transmit une enveloppe fatiguée qui avait beaucoup souffert des intempéries.

Et du retard aussi ! La missive, datée de janvier 1920, était vieille de neuf mois. Valdas pensa à Kathleen mais ne reconnut pas son écriture. Non, c'était Léra, sa belle-mère, et, dès les premières phrases, il comprit que ce courrier avait été précédé par deux autres qu'il n'avait pas reçus et qui racontaient ce qui s'était passé après son retour au front, en novembre 1917.

Ce que Léra disait ressemblait à un écho lointain : en décembre 1918, le père de Valdas mourut – elle mentionnait ce décès uniquement pour préciser un détail d'héritage (« On verra cela quand tu reviendras »). Elle-même se trouvait à Helsingfors et s'apprêtait à partir pour Stockholm, un lieu plus sûr : « Les Finlandais vont peut-être refaire leur petite révolution, en imitant nos bolcheviques. » D'ailleurs, en Suède, Kathleen pourrait l'aider à « se débrouiller » grâce aux relations de son mari, riche marchand d'art...

Valdas dut relire cette phrase plusieurs fois : oui, c'était bien « sa » Kathleen, sa fiancée qui, comme il l'avait toujours cru, devait attendre fidèlement son retour et leur mariage.

Plus tard, il apprendrait que leurs fiançailles avaient été rompues dès 1919 et qu'à l'époque, Kathleen vivait déjà à Stockholm, dans la villa de son futur mari...

À la lecture de la lettre, il sentit avec une évidence physique que le temps avait bifurqué : trois ans qui le séparaient du passé n'étaient qu'un flux de sang, de boue, de cris, de maisons aux fenêtres soufflées, de routes encombrées de cadavres. Et ces mêmes années avaient déployé, pour Léra, une multitude d'affaires à régler, d'importantes rencontres et de sollicitations, tout un « théâtre » qui avait permis à cette femme de quitter un pays en feu et de rejoindre l'ex-fiancée de Valdas.

Il aurait continué à ressasser son malheur, mais l'officier qui lui avait apporté la lettre en apprit la teneur et proposa de « noyer tous ces traîtres dans une bonne bouteille de muscat de Crimée ».

Valdas connaissait bien les paradoxes de la guerre : son cours meurtrier s'interrompait parfois, vous laissant dans une ville que l'ennemi venait d'abandonner. Un quotidien familier reprenait – magasins, cafés, spectacles et même, comme ici, un « établissement », à la fois restaurant, hôtel et maison de passe.

Ils s'enivrèrent vite, sachant que cette soirée pourrait être la dernière et que ceux qui les entouraient – les militaires, les trafiquants du marché noir et les « dames » – n'étaient pas à dédaigner car tout le monde se dépêchait de goûter à ce festin par temps de peste.

Valdas se réveilla avant l'aube et, ébahi, nota que la femme qui dormait à ses côtés ressemblait... à Kathleen ! Le même petit sourire et un sourcil joliment arqué. En réalité, il cherchait ses traits, naguère tant aimés, dans tous les visages... Habillé à la hâte, il laissa sur la table de nuit une liasse de billets, plus ou moins exotiques, imprimés par des gouverneurs de provinces, ces États qui se créaient et disparaissaient un mois plus tard.

Aux abords de la ville se faisait entendre un début de pilonnage d'artillerie.

III

La lettre de Léra rendait dérisoire le souci de survivre. L'armée, reprise en main par le général Wrangel, résista et les soldats se battirent vaillamment mais, à l'automne, leur retraite à travers la Crimée les accula à la mer. La presqu'île devint un piège.

Valdas rêvait d'une belle mort que Kathleen apprendrait, s'effondrant de honte, ses yeux « célestes » inondés de larmes. Il s'étonnait de voir que cette part d'enfantillages poétiques l'habitait encore, après des années passées à piétiner au milieu des corps éviscérés et des restes humains dévorés par les chiens.

Le tir qui l'atteignit n'avait rien de romantique – une giclée de mitraille qui le fit sautiller comme un pantin et le poussa dans une crevasse ouverte par un obus.

Il reprit connaissance sous une large tente qui abritait plus de morts que de blessés. Craignant de ne plus pouvoir remarcher, il bougea une jambe, puis l'autre. Intactes ! Le bras gauche répondit mais pas le droit, qu'une corde repliait contre sa poitrine. Il serra les doigts qui renvoyèrent une douleur vive à l'épaule. Un infirmier lui apporta à boire et murmura : « Lieutenant, il n'y a plus une goutte de morphine. Peut-être, ce soir... » Il tint sa promesse et Valdas sombra dans un silencieux paradis indolore.

À l'aube, c'est son sommeil qui le sauva. Les Rouges attaquèrent, massacrant tous les blessés de cet hôpital de fortune. Lui, plongé dans sa bienheureuse léthargie, fut pris pour un mort.

Les assaillants s'en allèrent et, se réveillant, Valdas perçut un calme insolite : aucun cri, pas d'explosions. Il se découvrit seul rescapé au milieu des corps sans vie et, dans l'indifférence de son épuisement, eut envie de se mêler à leur masse inerte. La soif le força à se traîner vers la table faite de caisses d'obus et sur laquelle il remarqua un seau. L'eau, saumâtre, sentait la mer, toute proche. Se recoucher à côté des cadavres lui parut non pas effrayant mais insultant pour toutes ces vies anéanties.

Dans un tas de vêtements abandonnés, il choisit un long manteau (celui d'un officier de cavalerie), coupa les insignes, sachant que l'anonymat lui éviterait d'être tué dès le premier regard jeté sur ces galons et chevrons.

En quittant la tente, il ramassa un grand étui vide, celui du pistolet Mauser qu'utilisaient les Rouges. La seule vue de ce gros triangle pouvait le protéger contre une agression. D'une efficacité également plutôt démonstrative fut le sabre qu'il enleva des mains d'un jeune Cosaque tué. La tête du cadavre bougea dans un mouvement qui rappela un salut d'adieu…

Valdas attacha l'arme à son ceinturon, se sentant incapable de la retirer de son fourreau et de frapper.

Son choix était clair : quitter ce lieu gorgé de sang, atteindre le littoral, se joindre aux unités que le commandement promettait d'évacuer par la mer.

Parfois, un danger surgissait : des maraudeurs en train de chaparder dans des maisons désertées. Valdas tapotait sur l'étui vide comme s'il allait sortir le pistolet ou, sans un mot, saisissait la poignée de son sabre. Les voleurs s'enfuyaient, croyant à l'arrivée d'un régiment.

Aux abords de la ville où, enfant, il passait ses vacances, il aperçut des combattants débraillés, des troupes commandées probablement par l'anarchiste Makhno, l'instable allié des bolcheviques. Valdas évita le centre-ville, se dirigea vers le quartier où se trouvait l'Alizé.

La rue était envahie de *tatchankas*, des calèches équipées d'une mitrailleuse – véhicules de combat qu'affectionnaient les Rouges. À l'entrée de la villa, il lut une inscription sur un carré de contreplaqué : « Comité d'épuration de classe de la région de Yalta ».

Le sérieux de la dénomination jurait avec ce qu'il observa par les fenêtres : une tablée de fêtards qui braillaient des toasts à la gloire de la révolution… L'un d'eux sortit, toisa Valdas – ce long manteau de cavalerie faisait penser à un officier blanc mais un sabre de Cosaque était plus susceptible d'être porté par un Rouge.

« Tu viens d'où ? bougonna-t-il, reculant d'un pas, comme pour rentrer et prévenir les autres.

— Je suis commissaire ! répondit Valdas, étonné par la rugosité de sa voix, peu utilisée depuis plusieurs jours.

— De l'état-major, c'est ça ? » demanda l'ivrogne.

Valdas hocha la tête et s'en alla, ne se risquant plus à poursuivre ce jeu de dupes. Un « commissaire »… Ce titre avait pris une grande importance depuis la révolution.

Il contourna le quartier du port et, dans une ruelle, réussit à acheter une galette et du poisson séché. La marchande lui livra ses achats en cachette – les vivres devaient être réquisitionnés au profit de l'armée. Il n'osa pas demander le gîte. Le manteau qu'il portait et sa façon de parler mirent la femme en alerte.

Un souvenir s'éveilla en lui : une ancienne fumerie, au bord de la mer, une baraque vétuste, éloignée de la ville. Le crépuscule rendait son uniforme moins visible et même les gardes postés près du port ne firent rien pour l'interpeller. La douleur le faisait parfois gémir mais il connaissait le triste avantage des corps souffrants : leur peine libérait le cerveau de trop de pensées inutiles.

Le hangar de la fumerie apparut à travers le brouillard, Valdas entendit le crissement des écailles de poisson sous ses pieds. Rien n'avait changé, depuis…

En quelles unités d'existence mesurer l'éloignement des étés qu'il passait dans cette ville ? Un gouffre de jours, de routes, de morts et tout ce qu'il avait perdu à jamais durant ces années sacrifiées.

Du côté de la mer, la fumerie se trouvait protégée par une rangée d'éclats de roche. Quelqu'un les avait disposés pour briser le ressac. Valdas s'approcha avec précaution et, serrant la poignée du sabre, poussa la porte.

Des visages éclairés par les braises d'un foyer se tournèrent vers lui. Des yeux apeurés, des gestes de retrait chez ceux que la guerre avait habitués à fuir. Une dizaine d'hommes et de femmes, des regards suspendus au verdict de cet intrus armé. Il s'approcha du feu, s'accroupit et sa pose inoffensive déglaça les paroles.

« Quoi de neuf dans la ville ? » demanda une femme.

Valdas répondit d'une voix volontairement banale :

« Je viens d'arriver, je n'ai rien vu encore. Pas de fusillades ni de pendus, c'est déjà ça… »

Les gens échangèrent des coups d'œil défiants

et c'est un vieil homme, habillé en moine, qui murmura :

« Les trois derniers jours, il n'y avait que cela, des fusillades. Les Rouges ont abattu tous les "éléments contre-révolutionnaires", comme ils disent. Des commerçants, des religieux, des policiers… »

Encouragés, les autres se mirent à raconter leurs misères. Valdas comprit que ce rassemblement de fugitifs n'avait rien d'organisé. Ils se cachaient là, puis chacun reprenait la route, espérant se fondre dans la foule d'une grande ville. Aucune solidarité n'existait parmi eux et, quand Valdas leur proposa de partager son pain, il aperçut dans leurs yeux un éclat d'incompréhension.

La femme qui avait parlé la première soupira : « Qui sait ? Demain, nous aurons peut-être du poisson frais… »

Il n'eut pas le temps de lui demander qui, parmi eux, irait pêcher. Une voix fusa : « Et si quelqu'un veut s'en aller, qu'il le fasse cette nuit ! Sinon, les Rouges sauront où nous nous cachons. Toi, tu voulais partir, non ? »

Un homme, plus jeune que les autres, se leva et répondit sur un ton conciliant :

« Tu as raison, ils peuvent venir demain nous choper dans cette souricière. Il faut que je me décide. Allez, en route ! Et sans rancune. »

Il quitta la fumerie, visiblement conscient que les risques d'être tué en marche ou dans cette baraque étaient plus ou moins égaux. Le départ offrait la chance d'échapper à une menace trop certaine.

Sans sa blessure, Valdas l'aurait volontiers suivi.

La nuit, réveillé par la douleur, il pensa à ce rivage où un adolescent avait croisé une femme qui l'avait caché sous une cape de laine… Il avait vécu alors bien plus qu'un premier élan d'amour – l'intuition d'une vie fabuleusement autre. À l'écart de la cruelle comédie du monde.

Désormais, il n'avait que ce souvenir pour résister à l'indifférente logique de la mort.

La journée s'écoula dans la peur des Rouges qui traquaient les « contre-révolutionnaires » embusqués.

Au crépuscule, un frôlement se fit entendre – une barque tirée sur la berge. Valdas se leva, s'écartant du feu. Les autres ne bougèrent pas, à croire qu'ils étaient préparés à la visite.

La porte s'ouvrit et, dans l'éclat du feu, apparut une carrure forte, chargée d'un sac. Une capuche ne laissait pas voir le visage. Une voix rude déclara : « Voilà du poisson. Grillez-le cette nuit, sinon on verra la fumée… »

L'inconnu rajusta la capuche d'un geste… « féminin », pensa Valdas. Oui, c'était une femme et qui, se tournant pour repartir, aperçut ce soldat adossé au mur.

Elle ne sembla pas effrayée, plutôt embarrassée.

« Un officier ? » demanda-t-elle, sans s'attendre à la réponse : quel fou aurait avoué son identité tout près d'une ville où sévissaient les Rouges ?

Valdas haussa les épaules, l'air résigné, et quand la femme s'en alla, il la suivit, ne parvenant pas encore à admettre la réalité de ce qui venait d'arriver.

Elle marcha le long de la mer et, remarquant qu'il lui emboîtait le pas, s'arrêta, le fixa avec méfiance.

« Elle n'a pas changé ! » pensa Valdas, mais avant même ce constat, il comprit que c'est lui qui avait vieilli de plusieurs âges accélérés par la guerre.

« Vous voulez de l'eau ? Il y a une source là, derrière la falaise… », murmura-t-elle.

Il ne savait pas comment se nommer.

« Je voudrais juste vous parler, Taïa… »

Cette fois, la femme eut un léger sursaut, fronça les sourcils. Sa voix lâcha avec fermeté :

« Je ne vous connais pas… Je n'ai jamais rencontré d'officiers blancs… »

Dans son ton, il y avait une note de justification – tout le monde devait être prêt à subir un interrogatoire. Valdas parla avec douceur.

« Il y a sept ans, je n'étais ni blanc ni rouge. Une nuit, dans l'une de ces criques, je vous ai surprise en train de… Enfin, j'ai vu des contrebandiers poursuivis par les gendarmes. Et vous m'avez protégé… »

Elle rabattit sa capuche. Ses yeux cherchèrent à revoir un autre visage sous les traits endurcis de cet homme, grand et fourbu.

« Non, je ne me souviens pas… Il est arrivé tant de malheurs depuis. Plusieurs gars ont été tués, d'autres sont allés en prison… »

Elle ne voulait pas s'alourdir de ce passé. Le présent était déjà trop dur à supporter. Soudain, avec une curiosité touchante, elle demanda :

« Mais c'était vraiment… vous ? »

Valdas s'inclina, frôlant la tempe de la femme d'un rapide baiser.

« C'est ce que vous avez fait, Taïa, au moment où nous nous sommes quittés. Je ne l'ai jamais oublié… »

Elle ferma les yeux pendant quelques secondes, puis parla d'une voix où vibrait l'écho du souvenir qu'ils venaient de partager.

« Ces gens, dans la fumerie, auront peut-être la chance de s'en sortir. Pas vous. Des officiers, il y en a eu déjà plein qui ont été fusillés… Partez maintenant ! Vous êtes armé, vous allez pouvoir vous défendre… »

Valdas voulut lui dire qu'il était blessé mais se ravisa, ouvrit son manteau : une longue plaque de sang séché marquait sa vareuse sous son bras droit.

« La douleur, ce n'est rien, Taïa, ça passera. Mais pendant une semaine je vais rester un peu manchot. Quant à mes armes, elles sont bonnes pour jouer sur scène, pas devant les baïonnettes des Rouges. »

Il tapota sur son étui vide puis, avec un sourire peiné, tenta de retirer son sabre dans un effort sans succès.

Le regard de Taïa s'éclaira d'un bref reflet de pitié.

« Une… semaine, soupira-t-elle. D'ici là, peut-être, le calme reviendra dans la ville. Ils ont déjà fait couler tant de sang. Ce n'est plus la mer Noire mais rouge… »

Ils se sentirent séparés des autres. Un crépuscule calme. Un silence approfondi par le bruissement de la mer. Et leur présence, infiniment étrangère à ce monde.

« Bon, venez… Nous trouverons une place. » Elle le dit et, sans regarder s'il la suivait ou non, longea la rive, dépassa les rochers qui bordaient la mer, puis se mit à monter sur un sentier entre deux falaises.

Dans l'obscurité, au sommet de la ligne de crête, Valdas distingua les ruines d'un phare. Ils s'arrêtèrent à la mi-montée pour le laisser souffler, et Taïa raconta qu'il n'y avait jamais eu de gardien dans cette construction exiguë – juste un escalier en colimaçon et une lanterne à pétrole. Le phare avait été bombardé par les Rouges, pour empêcher l'accostage des bateaux qui emmenaient des renforts aux Blancs et transportaient les blessés…

Ils reprirent leur ascension et, une minute plus tard, elle poussa une porte, entre deux rochers – un abri où le gardien passait, autrefois, les nuits de tempête.

Devant l'entrée, un vieux tonneau récupérait l'eau qui ruisselait sur les flancs de la falaise. L'intérieur de l'habitation ne comportait qu'un poêle en fer, une table, un lit et une étagère chargée de vaisselle et d'outils. Au fond du logis, le sol formait un renfoncement. Un peu confuse, Taïa expliqua :

« C'est là où je me lave… En été, on peut se baigner dans la mer. Mais avec ce froid… Je vais chauffer de l'eau. Vous verrez, cette crevasse dans la roche n'est pas large mais c'est utile pour prendre un bain. »

Elle alluma une bougie, remplit le poêle d'éclats de bois… Pendant qu'elle préparait le repas, Valdas se déshabilla, moins gêné par sa nudité que par la saleté de son corps. La coulée chaude contracta ses muscles, il poussa un geignement de plaisir et de douleur – enlevant de son bras des plaques de sang bruni et la crasse.

Ils dormirent côte à côte sur un lit en planches, deux corps qui reprenaient, pensa-t-il, presque la même position que sept ans auparavant : unis devant un danger. Dehors, un filet d'eau glissait dans le tonneau, murmurant une mélodie sonore. Dans le sol, la faille ouverte vers l'extérieur se remplissait parfois du bruit des vagues et Valdas imaginait leur gîte suspendu au flanc d'une falaise, un nid avec son habitacle fragile.

La senteur des feuilles de tabac vint le matin et il ferma les yeux tant cet arôme lui rappela le passé. Taïa rangea un ballot dans une remise accolée à leur maison. Donc, ses trafics continuaient, elle le faisait pour survivre mais aussi pour nourrir les fuyards qui se cachaient dans l'ancienne fumerie. Et le nourrir, lui !

Il voulut lui offrir de l'aide, mais le « manchot » pouvait à peine bouger son bras.

En quelques mots, Taïa lui raconta la prise de la ville par les Rouges, les tueries et l'activité de contrebande devenue plus dangereuse que sous le tsar. Les bolcheviques fusillaient sur place tous les « spéculateurs » qui « sapaient l'ordre révolutionnaire ».

Après le repas, elle descendit dans la baie. Valdas la vit mettre à flot une barque, ramer, étendre un filet de pêche. Une heure plus tard, elle remonta les marches taillées dans la falaise (« ah, il faut avoir de bonnes jambes ! » dit-elle en imitant l'essoufflement) et repartit, cette fois en passant par le haut, sur le sentier qui contournait le phare détruit. Valdas reçut la consigne de ne pas se montrer et de prêter l'oreille au bruit d'un seau renversé. Posée dans l'escalier, cette vieille ferblanterie pouvait piéger un rôdeur qui serait venu du rivage.

Valdas attendit de longues heures, imaginant Taïa dans la ville, la tête recouverte d'un gros châle pour échapper au désir des hommes armés et souvent soûls. Il eut envie de courir la retrouver, la défendre, ouvrir une brèche dans ce flot de haine où elle plongeait. Tournant son bras dans tous les sens, il lutta contre la douleur – non, ses gestes étaient encore trop gourds et les doigts trop faibles pour manier le sabre.

Quand, à la tombée du jour, résonna un double sifflement, leur signal convenu, la première image qui lui sauta aux yeux c'était cette écharpe claire que Taïa avait nouée autour de sa chevelure.

Avant le dîner, elle recouvrit la table d'une nappe brodée qu'elle avait obtenue, au marché, contre un rouleau de feuilles de tabac. Valdas se sentit à la fois touché et coupable : c'est son statut de « bourgeois » qui avait poussé la femme à cet effort d'embellissement.

Il tenta de lui dire que la villa Alizé n'avait rien de princier et que sa belle-mère pouvait donner un coup de main à la cuisinière et au jardinier. Taïa sembla surprise surtout par le nom :

« Alizé ? J'y suis venue plusieurs fois pour livrer du poisson. Quant au jardinier, c'était un sacré lascar ! Il m'achetait du tabac et après il fallait attendre des semaines pour qu'il me règle… J'avais aussi travaillé chez un Grec, dans un… restaurant, sur la place du marché. Les Rouges y ont ouvert une cantine pour leurs soldats… »

Il se retint de lui avouer un secret : un soir, par la fenêtre de cette gargote, il avait vu une femme dédoublée : une serveuse portant un tablier sale et une autre – une Taïa qui regardait l'effacement du couchant dans l'embrasure de la porte…

Pendant leur repas, il remarqua qu'en parlant, elle s'imposait un langage qu'elle n'avait pas l'occasion de pratiquer. Oui, celui de la « bonne société ».

Il chercha à expliquer qu'il n'appartenait plus à sa caste de riches. Des années passées à piétiner au milieu des corps déchirés l'avaient fait l'égal de ses soldats…

Très vite, il comprit qu'elle tenait à la brillance de cette vie d'autrefois – l'élégante oisiveté des femmes, la souriante courtoisie des hommes. Un rêve naïf, pensa Valdas, mais pas si faux, car ces « riches » savaient se montrer généreux, surtout en paroles, à l'égard du peuple.

Le soir même, elle installa un rideau de batiste qui

séparait leur « bain » du reste de l'habitation. Et le lendemain, sur la nappe, il vit des couverts en maillechort, certes dépareillés, mais qu'elle avait astiqués avec de l'argile ramassée dans les fissures des falaises.

Chaque soir, remontant à leur logis, Taïa racontait les nouvelles des fuyards cachés dans l'ancienne fumerie. Elle ne leur témoignait aucune compassion particulière, exprimant même du dépit : ils gênaient son commerce de contrebande. En outre, elle était obligée de pêcher davantage pour nourrir tout ce monde.

« Je ne peux pas les abandonner. Mais en fait chacun d'eux, si on l'arrêtait, pourrait nous trahir. Oui, montrer aux Rouges où se trouve… notre maison. »

Ses paroles trébuchèrent sur ce « notre » qui renvoya un écho tendre et secret. Une sonorité plus parlante qu'un échange de confidences ou un geste d'intimité.

Deux jours plus tard, un orage arriva, rare en ce début d'automne, un souffle chaud venu de la Turquie, des éclairs et des coups de tonnerre enroués.

Taïa fut saisie d'une panique qui la rendit haletante,

fouettée de frissons. Valdas crut même que, par jeu, elle simulait les superstitions des contrebandiers.

Non, sa frayeur n'était pas feinte, son visage s'altérait, tiraillé de grimaces, ses dents claquetaient, répondant aux saccades de sa respiration. Recroquevillée dans leur lit, elle ne répondait pas à Valdas qui tenta de la rassurer, imitant avec ironie les détonations de la foudre. La serrant contre lui, il constata que ne pas voir les éclairs la calmait. Et dès qu'il s'écartait, Taïa se remettait à frissonner. C'est en essayant de retenir ces spasmes qu'il embrassa son front, ses tempes, puis ses lèvres qui, une fois effleurées, se détendaient, répondant à ce baiser comme pour éviter de trembler.

Un souvenir insignifiant les marqua tous les deux : le tintamarre d'un seau qui, poussé par un coup de vent, roula sur les marches de la montée – le piège disposé dans l'escalier. Le bruit retentit, ils interrompirent leur étreinte, prêts à se lever, à se défendre, puis s'unirent de nouveau, comprenant que c'était une bourrasque qui avait fait dégringoler le seau. Ce retour à l'enlacement devint, allait-il se dire des années plus tard, le vrai début de leur amour.

Son bras blessé le faisait encore souffrir mais chaque nuit apportait un peu plus d'apaisement et aussi le sentiment de vivre ce qui n'était pas destiné à ce monde-là, ni à l'homme qu'il croyait être. Dans cette maison suspendue au milieu des rochers, ils retrouvaient l'écho de leur première rencontre. Pardessus l'insondable abîme du temps.

Au bout d'une semaine, il put descendre sur le rivage, aider Taïa à porter les filets de pêche. Et deux jours plus tard, c'est lui qui se chargea des ballots de tabac. Les trafiquants évitaient d'accoster et transbordaient leur charge en mer.

Le lendemain, en rentrant de la ville, elle oublia de lancer le double sifflement, gravit vite l'escalier et se mit à raconter ce qu'elle avait vu dans les rues. Or, justement, il n'y avait pas grand-chose à voir : les troupes venaient de partir ! Les bandes anarchistes, alliées des Rouges, avaient rompu l'union et, désormais, les uns et les autres se pourchassaient, tout en se battant contre les Blancs. Les caprices stratégiques d'une guerre civile.

Ce renversement des alliances avait, provisoirement, rendu la paix à la ville, laissant apparaître, ici ou là, quelques passants apeurés.

Valdas y revint avec Taïa et ils marchèrent, comme à travers un théâtre déserté par les comédiens. Le vent faisait tournoyer des bouts d'affiches couvertes de slogans révolutionnaires.

Sans choisir leur destination, ils remontèrent la rue qui, de la mer, menait à l'Alizé…

Les vitres de la villa étaient cassées, des traces de balles ponctuaient la façade mais aussi les murs du salon. Valdas y entra seul, épargnant à Taïa ce qu'il ne tarda pas à voir : un homme allongé, la tête contre une commode, les cheveux couverts de sang.

Le cadavre ne l'impressionna pas, il en avait trop vu à la guerre. Seulement, il savait que dans cette commode, Léra, sa belle-mère, gardait les carnets où elle notait les idées de ses spectacles : un faux médecin examinant une jeune voyageuse, une fiancée nue cachée dans l'étui d'une contrebasse, les sautillantes intrigues empruntées à Tchékhov…

Ressortant dans la rue, il vit la pancarte « Comité d'épuration de classe » et aussi l'annonce d'un « conseil militaire », le 7 novembre.

« C'est dans deux semaines. On a le temps de souffler », plaisanta-t-il. Taïa sourit, gênée de le détromper :

« Non, le 7, c'est aujourd'hui… »

Valdas se tapota le front, poussant un petit rire.

« Je ne m'habituerai jamais à ce nouveau calendrier ! »

Il se souvenait vaguement d'une avancée de deux semaines qu'en 1918 les Rouges avaient imposée à la chronologie, passant du calendrier julien au calendrier grégorien, pour renouer avec « le temps dans lequel vivaient les pays civilisés », selon Lénine. Ce temps « civilisé », pensait Valdas, n'avait pas empêché tous ces beaux pays, fiers de leur culture, de s'entre-tuer pendant cinq interminables années…

Ils retraversèrent la ville, toujours aussi déserte, puis longèrent le bord de mer et arrivèrent à la fumerie où il ne restait plus personne : profitant de la retraite des Rouges, les réfugiés avaient quitté leur gîte.

Après quelques minutes de marche, Valdas ralentit le pas et, s'arrêtant près d'un rocher, demanda :

« Tu te rappelles ? C'est là où nous nous sommes vus la toute première fois… »

Leur vie s'abrita dans le temps de l'ancien calendrier, le nébuleux retard qu'avaient supprimé les hâtifs constructeurs de l'avenir radieux.

Ces jours « en retard » se réduisaient aux expédients de survie et à ce que ni l'un ni l'autre n'avaient jamais vécu – une tendresse où chaque geste semblait secrètement espéré. Le temps était rythmé par le souffle de la mer et les cicatrices qui se refermaient sur le bras de Valdas.

Les contrebandiers cessèrent leur trafic – les habitants n'avaient plus d'argent ou bien craignaient de voir revenir l'« ordre révolutionnaire ».

Les matins sans houle, Taïa mettait sa barque à l'eau, posait ses filets et quand, à travers la brume, sa silhouette réapparaissait, Valdas savait que chacune de ces minutes exprimait la totalité de leur amour.

Les nuits d'orage, il comprenait que cette femme, prise de panique, était tout ce qu'il devait défendre dans le sanglant chaos du monde. Serrer ses épaules, souffler doucement dans les boucles noires comme pour les réchauffer, effacer d'un baiser les grimaces des frissons.

Un jour, quand le tonnerre se mit à pousser ses grognements, elle avoua d'où venaient ses craintes.

Dans une tempête, son père pêcheur, tentant de sauver un filet, avait été entraîné dans les vagues. Pour survivre, la mère dut frayer avec les contrebandiers et, une nuit, glissant sur un rocher, se noya – « allant rejoindre son mari », soupiraient les voisins. C'est presque par pitié que les trafiquants engagèrent Taïa, toute jeune encore, dans leur commerce. Pendant qu'ils allaient chercher la marchandise, elle travaillait comme serveuse au Vulcain. L'homme qu'elle y connut, un matelot ballotté entre Yalta et Trabzon, « lâcha vite les amarres », disaient les mauvaises langues, se moquant de cette fille, ni vraiment mariée ni tout à fait libre…

Autrefois, Valdas croyait que de telles histoires étaient inventées par des romanciers populaires pour faire pleurer dans les chaumières. Mais pendant la guerre, il avait croisé bien des âmes mutilées, ces « bas-fonds » qui se montraient souvent plus nobles et généreux que les invités de l'Alizé.

« Quand tout ce cauchemar finira, dit-il un jour à Taïa, nous partirons. Les militaires sont évacués vers la Turquie, je le sais. Tu voyageras avec moi ! »

Silencieusement, elle pleura, imaginant le départ vers une vie qu'elle avait toujours manquée.

Parfois, remontant vers le phare détruit, ils s'arrêtaient dans un champ de blé ravagé sous les obus et les sabots de la cavalerie. Taïa connaissait un endroit, au bout des sillons, où des épis malingres conservaient encore leurs grains. En rentrant, elle les broyait et préparait des galettes qui remplaçaient le pain.

Un jour, ils revinrent faire leur « récolte » dans cette plaine qui contenait plus d'acier que de semences. Le temps était doux et, au loin, la mer découvrait son immensité argentée qui donnait le vertige. La tiédeur rappelait le printemps, le renouveau d'une vie. Ils auraient pu, pensaient-ils, ne jamais quitter ce champ des derniers épis. Ou, mieux encore, emporter son calme loin du nouveau calendrier, de ses mensonges et de sa brutalité.

Ébloui de soleil, Valdas murmura, une main sur l'épaule de Taïa : « Il faudrait bien calfater ta barque et partir ! En ramant à tour de rôle, nous pourrions longer la côte, jusqu'en Roumanie… Mon bras ne me fait presque plus mal. Alors, on essaye ? »

Elle sourit, consciente que le défi dépassait leurs forces. Quelques centaines de kilomètres, sur une mer qui ne resterait pas toujours étale.

Un regret que Valdas porterait en lui toute sa vie – il imaginerait une barque s'avançant sous la poussée fatiguée des rames, un soleil pâle réverbéré par la houle et, au loin, la ligne brumeuse de l'estuaire du Danube.

Pourtant, en pensant à cette chance évanouie, il se dirait que l'essentiel avait déjà été vécu dans cette claire journée d'automne. Une vision qui n'appartenait plus au monde des autres. À la frontière du champ, il voyait la silhouette de Taïa dans le voile bleuté de l'air marin. Elle marchait lentement vers lui, un bouquet d'épis à la main. Cet instant semblait durer dans un temps insoucieux de marquer les jours et les années.

Leur oubli du monde se mesura à la disparition de la vigilance : le seau troué que, depuis plusieurs jours, ils négligeaient de poser sur les marches de l'escalier.

Une nuit, bien avant l'aube, les voix qu'ils entendirent ne parurent pas menaçantes. C'est l'odeur du brûlé qui les fit bondir du lit. Habillés à la va-vite, ils coururent dehors : un feu s'élevait, sur la berge, au-dessus de leur barque incendiée. Le balayement d'une lampe-tempête les aveugla, ils allèrent s'enfermer dans leur abri.

Des crosses de fusil s'abattirent sur la porte et, dans la trouée entre les planches qui cédaient, on aperçut la manche d'une veste en cuir et ce brassard rouge.

Un commissaire… Valdas tira son sabre, frappa. Les assaillants n'avaient pas prévu de résistance, ils reculèrent, des coups de feu partirent mais désordonnés, éraflant les murs du logis.

Sans chercher à tuer, Valdas cingla les bras qui pointaient leurs fusils. Un bruit vint aussi du haut de la montée – un autre groupe descendait du côté de l'ancien phare. Le ricochet d'un tir atteignit Valdas à la tempe, un autre lui incisa la joue. Il cria : « Ne sors pas, Taïa ! » À l'intérieur, elle avait un peu plus de chances de survivre.

Sous la menace de son sabre, les Rouges s'écartèrent, hésitant à fuir. Ceux qui remontaient de la berge rechargèrent leurs armes. Il les repoussa et, se retournant, vit un fusil qui le braquait. Cette fulgurante lenteur dans un combat rapproché lui était connue : une longue seconde avant la première douleur.

Soudain, dans l'obscurité, quelqu'un s'élança vers lui, le fit tomber, le protégeant contre le coup de feu. Plusieurs détonations résonnèrent d'un rocher à l'autre. Étendu sous le poids de ce corps qui lui évitait d'être tué, Valdas sentit les battements d'un cœur qui s'arrêtait de pulser… Toute sa vie, il se rappellerait cette cadence.

Assommé par des crosses de fusil, il ne sut jamais comment le corps de Taïa fut arraché au sien.

Le « commissaire », content de pouvoir interroger un Blanc, surtout un officier, lui accorda un sursis. Conduit à la ville, Valdas fut vite transformé en un amas de chairs suppliciées. Son lieu de détention se trouvait en face du Vulcain et, pendant les tortures, il entendait le bruit des cuillères dans la cantine des gardes rouges.

Le soir, alors qu'il se préparait à être fusillé, un tintamarre d'écuelles renversées éclata, suivi par des échanges de tirs. Il pensa à une bagarre – souvent, les factions des Rouges se défiaient ainsi. Mais cet affrontement-là fut réellement guerrier : l'un des derniers régiments de l'armée Blanche venait de lancer un assaut. Ses combattants, brisés et pauvrement armés, n'espéraient plus vaincre, cherchant uniquement à se frayer le passage vers un port pour quitter le piège de la Crimée.

Libérée, la ville rassembla une maigre flottille sur laquelle s'embarquèrent les militaires et les rares civils épargnés par les massacres.

Valdas se joignit à leur précaire exode.

IV

Pendant la traversée, il découvrit en lui un isolement qui sembla définitif. Ses compagnons de voyage maudissaient l'abandon de la terre natale, promettaient de reconquérir le pays, de chasser les « bandes rouges ».

Valdas n'y pensait pas, insensible à l'impétuosité de leur précoce nostalgie.

Seuls les jours vécus avec Taïa échappaient à ce théâtre humain.

Ses étapes d'exil suivirent le chemin commun à des millions de Russes : Constantinople, Gallipoli, Belgrade ou Berlin pour les uns, Paris ou New York, pour les autres.

L'envie de rompre cette course lui venait déjà sur le bateau, au milieu de la grosse mer de novembre. Enjamber le garde-fou, plonger, disparaître, étant sûr que personne ne remarquerait son absence.

La pauvreté des premiers mois, en Serbie puis en France, ne fit qu'exacerber le désir de mettre fin à sa survie d'émigré dans l'indifférence des grandes villes. À Paris, le nombre de ponts, le froid et la faim rendaient au suicide son attirance de douce panacée des vaincus.

C'est une pensée très claire qui le retenait. Certes, il n'était plus rien et le monde qui l'entourait ne dissimulait même pas son dédain envers ce paria loqueteux. Mais il n'avait pas le droit de se tuer car sa part la plus précieuse appartenait à Taïa. Dans leur ancien calendrier, elle l'attendrait tant qu'il aurait la force de vivre, avec le souvenir du champ des derniers épis.

Il imita ses compagnons d'exil qui, devenant chauffeurs de taxi, incarnaient l'une des figures symboliques de ce Paris russe.

Le métier, harassant et répétitif, avait l'avantage de lui offrir une présence effacée : il travaillait la nuit, ses clients sommeillaient, hébétés d'avoir trop bu, ou bien, au contraire, s'épanchaient devant ce chauffeur-confesseur qui savait si bien acquiescer à tout propos : « Mais, bien sûr, madame, j'allais vous le dire ! », « Ah, monsieur, c'est comme ça, aujourd'hui, on n'y peut rien… ».

Mois après mois, toute une galerie de tempéraments défila sur la banquette arrière : des rieurs, des taciturnes, des coléreux, des mélancoliques, des prétentieux, des riches radins et des pauvres généreux ou vice versa. Ce travail allait faire de lui un bon physiognomoniste, se disait-il en souriant. D'un seul coup d'œil, il évaluait quel aveu allait lui être confié et quelle réaction – bonasse ou revêche – il subirait à cause d'une rue en travaux.

Il voyait des couples qui s'embrassaient et d'autres qui échangeaient des demi-mots cassants – échos d'une dispute amorcée avant la course. Parfois, un homme aidait une femme à monter puis s'en allait, lâchant un soupir d'adieu, et sa compagne pleurait tout au long du trajet. Une autre passagère, dans la même situation, se mettait à se maquiller et, à un carrefour, changeait de destination. Allait-elle voir un amant ? Ou bien voulait-elle prolonger sa fête ailleurs ? Et cet homme au visage blême, aux pupilles dilatées ? Un cocaïnomane ? Un décavé qui venait de perdre le reste de sa fortune ? Ou peut-être un aliéné qui, pour ne pas trahir sa démence, parlait une langue soigneusement rythmique et policée ?

Au bout d'un an, lui vint l'impression de lire un grand livre nocturne où les héros reprenaient les mêmes rôles et paroles. « Les mystères de Paris », pensait-il avec ironie. Des histoires banales ou extravagantes, les chagrins qu'on cherchait à partager, des larmes, des mines d'ennui, des souvenirs formés et déformés qu'il aidait à faire surgir chez les noctambules épuisés. Ces fuyants spectacles l'intriguaient de moins en moins.

Même l'attitude des femmes, un peu pompettes, qui

essayaient quelquefois de le séduire ne le surprenait plus. L'une d'elles, à chaque tournant, se tortillait en laissant remonter sa jupe et en poussant de brefs gémissements, moitié appels, moitié reproches. Une autre, passablement avinée elle aussi, se lança dans un récit improbable de sa lignée, oubliant ce qu'elle disait plus tôt, usurpant un titre supplémentaire, de vicomtesse devenant comtesse puis duchesse, et lui proposant de l'engager comme « chauffeur de maître »... Valdas l'écoutait, respectueusement crédule, touché par cette suite d'improvisations dont sa passagère, une femme vieillissante et sans doute esseulée, interprétait le baroque pot-pourri. À l'arrivée, en ouvrant la portière, il annonça avec une parfaite déférence : « Si Madame la duchesse veut bien descendre... » Dans le regard de sa cliente, il capta de la gratitude – celle de la comédienne pour un spectateur bienveillant.

Un soir, une tout autre « comédienne », une Russe, prit place dans sa voiture. Une femme aux gestes résolus et qui, à peine le trajet entamé, lui fit comprendre qu'il n'avait pas intérêt à allonger le parcours. Valdas venait de se relever d'une méchante grippe et conduisait dans un état de faiblesse hypnotique, ses mains reposant sur le volant comme sur une bouée de sauvetage. Il répondait à travers un brouillard de lassitude et de faim – deux semaines sans travail avaient creusé un cratère dans ses maigres finances. Le ton autoritaire de la femme (« on dirait un sous-officier cosaque », pensa-t-il sans méchanceté) lui donna envie de se laisser guider vers une existence mieux balisée – comme l'itinéraire que sa passagère lui imposa.

Leur rencontre fut suivie rapidement d'un début de vie commune. Ce n'était pas dû aux origines de Zinaïda. D'autres compatriotes étaient déjà montées dans son taxi. La force de cette femme tenait à sa capacité de rendre inévitable tout ce qu'elle projetait de faire.

Peu de temps après la course « boulevard de Magenta – rue Lecourbe », ils s'installèrent dans un deux-pièces de location, Zinaïda escomptant trouver tôt ou tard « un pavillon avec un jardinet, à Billancourt ».

Une autre raison pour laquelle il préféra ce changement fut moins facile à expliquer. On croisait alors un grand nombre de mutilés – l'écho de sa propre guerre. La capitale, redevenue dansante et chantante, se hâtait de balayer les fantômes de ces blessés.

La rencontre avec Zinaïda dissimula la convalescente Europe qui festoyait sur un sol lesté de cadavres. Grâce à cette femme, il découvrit un quotidien où l'on pouvait s'amuser des cabrioles d'un chat qu'elle brossait chaque soir. Valdas espérait oublier le passé et les morts, ne pensant qu'à son travail de taxi et aux horaires de Zinaïda qui travaillait dans une boutique de prêt-à-porter. Lire les journaux, parfois aller au cinéma, rejoindre la vie des autres, leur présent, leur « nouveau calendrier ».

Les événements lui donnèrent raison. En 1924, on apprit la mort de Lénine – une époque se refermait, celle de la révolution, de la guerre civile, de l'ancienne Russie. Et, comme pour bien marquer la nouvelle chronologie, la France reconnaissait l'Union soviétique.

Le pays où il était né et pour lequel il s'était âprement battu n'existait plus. Zinaïda allait donc l'aider à s'éloigner de ces ombres inutiles.

Contrairement aux autres émigrés russes, elle ne se montrait pas trop affectée par l'effacement de l'ancienne patrie. L'esprit pratique la poussait à être plus « ouverte à l'égard des soviets ».

« Enlève tes œillères, Valdas, enjoignait-elle. Bientôt, il va y avoir plein d'opportunités à saisir ! »

Tout ce qu'il pouvait opposer à cette « ouverture d'esprit » avait l'air sentimentalement démodé et ressemblait aux vieilles photos que les Russes accrochaient dans leurs petits appartements. Un jour, il tenta de lui raconter son enfance, la vie de Saint-Pétersbourg, les baignades en Crimée… Dans les réponses de Zinaïda, se fit entendre une logique novatrice, assez convaincante, devait-il avouer. En URSS, disait-elle, les maisons de vacances n'étaient plus réservées aux riches. C'était plutôt exact.

Un an plus tard, ils finirent par se séparer – sans scènes de ménage, sans fracas. Incapable de saisir les « nouvelles opportunités », Valdas s'en alla et, avant de trouver où loger, passa plusieurs nuits sur la banquette arrière de son taxi – une situation pénible mais vraie : la réduction de « sa » Russie à cette petite surface usée, dans une voiture garée à la périphérie de la ville.

La femme qu'il rencontra un mois plus tard se révéla le contraire de Zinaïda. Cette passagère, russe elle aussi, s'appelait Sophia et vouait un culte exalté à l'armée Blanche et à la vieille Russie.

Selon ses proches, elle et Valdas avaient « tout pour s'entendre ». Il découvrit une patrie reconstruite par la dévotion, un charmant mirage en plein Paris, une topographie familière : églises, magasins, restaurants russes, longues causeries, le soir, autour d'un thé.

Sans trop d'efforts, il se plia aux rites de la communauté, écouta les anciens militaires : les batailles qu'ils auraient pu gagner, les plans de l'imminente reconquête…

Sophia portait des vêtements de deuil et en Valdas elle aimait surtout son passé d'officier blanc. Il n'osait pas avouer que sa jeunesse à lui n'avait rien à voir avec cette Russie confite dans la foi tatillonne et l'héroïsme sacrificiel. Il se souvenait des petites comédies que mettait en scène sa belle-mère Léra et qui se poursuivaient dans la vie, mélange de gaudriole, d'insouciance balnéaire, de fantaisies révolutionnaires.

Avait-il fallu aux Russes traverser l'enfer de la guerre civile pour fantasmer un paradis peuplé de saintes éplorées et de soldats-paladins ?

Valdas crut trouver la réponse dans les livres. Sophia avait toute une bibliothèque de romans contemporains, le moyen pour elle de modérer son ardente piété rétrospective.

Souvent, il lui empruntait un volume et les attentes, entre deux clients, se remplissaient alors d'aventures picaresques ou de vibratos passionnels... La course accomplie, il se remettait à lire en éprouvant un tiraillement de doute. Le trop-plein d'intrigues et de fioritures psychologiques révélait dans cette prose un étrange vide qu'il ne savait pas définir.

Venait alors le souvenir de quelques semaines passées au bord de la mer Noire, au moment où l'ancien calendrier venait d'être aboli et où le nouveau n'avait pas encore affirmé sa cadence. La vie avec Taïa...

Il se traitait de naïf : pourquoi un romancier aurait-il choisi d'écrire sur un jeune officier éclopé errant le long d'un rivage désert ? Non, les livres exploraient de vastes sujets sociaux, des états d'âme alambiqués. Une capricieuse Amber ou un mystérieux Ulrich se débattaient dans un tumulte de passions ingénieusement embrouillées, étalaient leurs penchants dépressifs et, en pleine crise de nerfs, invoquaient même une mystérieuse « psychanalyse ».

Un jour, Valdas devina enfin ce qui lui manquait dans ces gros volumes verbeux : un simple lieu, bien plus modeste que les décors fastueux de ces romans. Une plaine abîmée par la guerre et dont le soleil d'automne faisait apparaître la beauté originelle, ce champ où Taïa ramassait les derniers épis et à travers lequel elle venait vers lui.

Ses rapports avec Sophia changèrent. Elle remarqua qu'il ne croyait pas à la sainte Russie recréée à Paris, à ces plaintives réminiscences qui rassemblaient les émigrants dans une atmosphère de douces funérailles. À quelqu'un d'autre, elle aurait reproché un manque de sensibilité et d'élans nostalgiques. Mais lui, jeune ancien combattant de l'armée Blanche, n'avait pas de leçons à recevoir.

Le métier de taxi facilita, encore une fois, la séparation, la « prise de distance », c'était bien le mot, tout y était mesuré en distances parcourues.

Ses passagers nocturnes récitaient, comme avant, leurs monologues essoufflés auxquels Valdas prêtait une oreille distraite, connaissant par cœur leur ronde : prix en hausse, impéritie des gouvernants, dépits amoureux, félonie d'une maîtresse qui, hélas, comme toutes les femmes…

Dans l'imagerie des nuits ambulantes où plus rien ne l'étonnait, surgissait parfois une silhouette qui parvenait encore à le toucher. Cet invalide sortant d'une maison close, rue Blanche : il avait un rictus édenté sous les balafres qui retroussaient sa lèvre. « L'homme qui rit… », pensa Valdas, chassant ce rappel littéraire de son enfance. Non, ce « poilu » balafré était bien plus à plaindre : son bras gauche était coupé au coude et deux doigts manquaient à sa main droite.

« Un de mes frères d'armes… », pensa Valdas avec émotion. Une heure après, dans cette même rue, une prostituée monta dans son taxi. C'est elle peut-être qui venait d'offrir au soldat mutilé une étincelle de douceur. Une atroce et risible simplicité qu'un écrivain aurait dédaignée : un corps et un visage abîmés, l'insupportable solitude, un peu d'argent pour s'offrir une brève chaleur humaine. Trop simple pour une loquace machinerie d'émois psychologiques.

De temps à autre, son métier routinier subissait les effets de l'actualité. Au printemps 32, en détectant son accent russe, un client l'injuria et ne voulut pas prendre place. Les passagers nocturnes, souvent éméchés, avaient habitué Valdas à leurs sautes d'humeur…

Le matin, en terminant son service, il apprit la nouvelle : un certain Pavel Gorgoulov (un émigré qu'il avait croisé, un soir, chez Sophia) venait de tuer le président Paul Doumer. L'assassin, visiblement dérangé, prétendait avoir été guidé par une énigmatique « troïka verte »… Il allait être guillotiné.

Ce qui surtout fit de la peine à Valdas, c'est de savoir que Doumer, un vieil homme respectable, avait perdu quatre de ses cinq fils ! Non, la littérature n'était pas faite pour aborder, sans emphase, un chagrin pareil : un vieillard dont la guerre emportait les enfants l'un après l'autre.

Les semaines qui suivirent ne furent pas faciles à vivre : on voyait dans chaque Russe un Gorgulov potentiel. Mais Valdas savait que cette actualité-là allait être remplacée rapidement par une autre : grèves, remaniements ministériels et, bientôt, des combats de rue – le sang dont il dut contourner, en conduisant, les flaques sur le macadam. Des ligues, des manifestations, le Front populaire. Ensuite, des guerres en Asie, en Afrique, en Espagne... On oublia vite que tous les Russes méritaient la guillotine.

Une nuit, sa cliente, se disant accompagnée, lui montra le volumineux étui de son violoncelle.

Originaire de Riga, Iana ne ressemblait pas aux émigrés qu'il avait connus jusqu'ici : elle était rieuse, coquette, d'une légèreté qui aurait mieux convenu à une danseuse qu'à une musicienne jouant du répertoire classique. Une nouvelle génération, libérée de la pesante mélancolie qu'affectaient les exilés plus âgés.

Très vite, elle provoqua une camaraderie vaguement amoureuse et leur relation allait durer presque un an, rappelant à Valdas une pièce jouée dans la villa Alizé. Oui, une fiancée cachée dans l'étui d'une contrebasse… Et quand Iana lui parla de son prochain départ pour les États-Unis, il ne comprit même pas si elle voulait fuir la banalité de leur liaison ou bien craignait le « vent mauvais venu d'Allemagne », comme elle disait.

En cadeau d'adieu, elle lui laissa un peu de son insouciance et ce reproche amical : « Tu gâches vraiment ta vie avec ce boulot ! Quand même, tu sais faire autre chose que de ramasser tous ces fêtards qui puent l'alcool... »

En apprenant qu'il maîtrisait le dessin technique, elle s'exclama : « Mais j'ai un oncle qui a son cabinet d'architecte ! Il m'a dit qu'il cherchait quelqu'un pour lui faire des plans... »

Valdas alla voir cet oncle et, après une « période probatoire », fut recruté. À ce moment-là, Iana devait déjà jouer dans un orchestre, à New York ou à Boston.

Son nouveau métier lui permit de quitter Montrouge et de s'installer dans un « immeuble bourgeois », près de la gare Saint-Lazare. La facilité avec laquelle son amie venait de lui offrir ce nouveau départ trouva un écho tout aussi inattendu, un effet de prestidigitateur.

Dans le cabinet de l'oncle, s'accumulaient des piles de revues spécialisées : concepts d'architecture, photos de bâtiments aux profils innovants... Un soir, resté au bureau pour terminer son dessin, Valdas se prépara un café et feuilleta ces albums illustrés. L'un d'eux présentait des villas, en détaillant leurs styles : constructiviste, mauresque (Valdas se souvint de l'Alizé), néoclassique et même cette « folie » conçue par un Italien – tout en fanfreluches rococo. Les photos montraient, çà et là, les « heureux propriétaires » fiers d'exposer l'élégance de leurs choix esthétiques.

Il s'apprêtait déjà à revenir à sa table à dessin quand un cliché attira son regard. Une belle villa de deux étages, au format savamment éclectique. La légende expliquait que l'architecte avait réuni « des éléments de cottage anglais et la richesse du style romantique scandinave ».

La famille qui y logeait s'était laissé photographier autour d'une grande table de jardin – les parents, une fille aînée et deux filles cadettes, apparemment jumelles.

La reconnaissance fut immédiate ou, plutôt, une méconnaissance. La jeune fille (dix-sept ou dix-huit ans) n'était autre que Kathleen ! La fiancée éphémère de Valdas...

Une seconde après, il constata son erreur et put identifier la vraie Kathleen – cette mère, assise au centre, une femme replète, aux traits épaissis, et qui serait passée inaperçue s'il n'y avait pas eu, à côté d'elle, sa fille : le reflet de celle que Valdas avait fréquentée avant la révolution.

Il prit une loupe et, avec une vague sensation de culpabilité, inspecta le visage arrondi de Kathleen, ses yeux, ses mains posées sur la table. Une femme que, jadis, il aimait et à qui il consacrait des poèmes enfiévrés...

Ils avaient donc vécu sur deux planètes différentes ! Pour elle, ce beau jardin à l'anglaise, dans les environs de Stockholm, la naissance des enfants, l'accroissement de la fortune familiale, les fêtes qui rassemblaient des proches et des amis. Pour lui, la guerre, l'anonymat gris de l'exil, presque vingt ans passés à se débattre dans la misère...

Il secoua la tête, chassant la comparaison où perçait du ressentiment, propre aux perdants. Non, le plus extraordinaire était de découvrir que… Oui, que Kathleen avait vieilli ! C'était pourtant évident. Entre 1917 et ce janvier 1939 (la revue venait de sortir) n'importe qui aurait eu le temps de changer. En faisant des enfants, en aidant son mari dans son travail de marchand d'art et, justement, en vieillissant.

Valdas avait une impression étrange d'avoir été peu marqué par les deux décennies, malgré ses blessures et ses années de « galère ». Comme si, au lieu de suivre le décompte du temps, il s'était égaré dans une journée ensoleillée d'octobre 1920, « entre deux calendriers » – en compagnie de Taïa, une présence qui n'avait pas du tout été affectée par l'âge !

Cela était facile à démentir : telle qu'il la revoyait, Taïa était depuis longtemps morte et n'existait pour personne. Pour personne ! Pourtant, sans ces jours d'automne et le champ des derniers épis, le monde aurait perdu tout son sens.

Immobile, il passa de longues heures, face à sa table à dessin. La mystérieuse pérennité de ce qu'il avait vécu avec Taïa faisait de lui un éternel étranger aux yeux des autres. Et les femmes qui l'approchaient avaient raison de s'éloigner et de rompre. Il ressemblait à un navire échoué dont on ne voyait que les mâts se dresser au-dessus des vagues. Maigre promesse de navigation à deux.

V

Sa vie « immergée » l'aida à affronter la nouvelle guerre.

À la fin de 1940, l'Ordre des architectes fut créé et, pour continuer à exercer, l'oncle de Iana dut attester ses origines racialement irréprochables. Dans un élan de dignité désuet, il refusa l'humiliation et, deux mois plus tard, fut déporté.

Son cabinet se trouvait, de toute façon, menacé – le style dominant privilégiait la destruction. Certains collègues de Valdas partirent pour la zone libre, espérant que Vichy assurerait la survie du métier. D'autres furent engagés à construire le mur de l'Atlantique.

Lui reprit son ancien travail. Bientôt, la pénurie de carburant fit circuler des « vélos-taxis » et les courses menant sur les « buttes », Montmartre ou Ménilmontant, devinrent de véritables corvées d'escalade.

L'Occupation accentuait le côté communicatif de la profession : les clients assis dans sa remorque avaient envie de se confier. Couvre-feu, prix, restrictions, retour des prisonniers, les Allemands plutôt polis et généreux avec les commerçants... Et le maréchal ! Gloire de la nation, bouclier, pauvre vieillard, fin négociateur, un lamentable pis-aller, mais qui d'autre à sa place ?

Valdas ne pratiquait pas les tarifs exorbitants que permettait l'insuffisance de l'offre et c'est ainsi qu'il croisa plusieurs Russes. Après l'offensive allemande en URSS, leur unité éclata : certains voulurent suivre les troupes et renverser Staline, d'autres décidèrent de combattre Hitler. La grande majorité ne chercha qu'à s'alimenter et à survivre dans ce nouveau pays.

Il pensait qu'on ne le reprendrait plus à ce jeu où les peuples se massacraient au profit des politiciens va-t-en-guerre et des financiers transmutant le sang en or. C'est la faiblesse de la mémoire humaine qui l'étonnait : vingt ans auparavant, on avait déjà entendu les mêmes appels aux sacrifices et observé la même sauvagerie.

Un soir, une demi-heure avant le couvre-feu, il reconnut le client qui s'approchait. C'était Julien Soupeau, un ancien collègue du cabinet d'architecte et même « le bras droit du chef » comme il aimait à se présenter. Quelques quolibets sur les « rickshaws parisiens » désamorcèrent la gêne. Soupeau, plus jeune que Valdas, lui proposa même, en riant, de pédaler à sa place. Mais, blague à part, la locomotion fut dure, en danseuse, dans la rue des Martyrs – une nouvelle salve de plaisanteries !

C'est durant cette âpre montée que Valdas apprit

ce qui était arrivé à la nièce de leur patron, Iana, sa fugace amie.

En attendant son visa pour les États-Unis, elle avait séjourné à Amsterdam, chez des proches. Et c'est là où elle avait été arrêtée…

« Au fond, ces juifs que les Allemands emmènent à l'Est ne doivent pas être trop mal traités, déclara Soupeau, bien calé contre le coussin de la remorque. Ce qui est important pour une musicienne, c'est de partir en tournée, que ce soit chez les Boches ou ailleurs… »

Le souffle éreinté, Valdas évita de répondre. Il ne savait pas grand-chose sur ces « tournées ». Peut-être Soupeau avait-il raison. Cela laissait imaginer une Iana, espiègle et souriante, maniant prestement son archet.

En décembre 1942, dans le dédale de la Butte-aux-Cailles, un client se précipita vers lui mais ne monta pas.

« Pourriez-vous garder cela ? »

L'homme lui tendit un sac plat, serré d'une corde. Valdas dévisagea cet étrange passant : une barbe grise bien taillée, un regard franc, honnête.

« C'est quoi ? Le marché noir ?

— Non... Des documents. S'il vous plaît, cachez-les ! »

Ils entendirent un sifflet et des « *Halt !* » criés en allemand. Valdas fourra le sac sous le siège du passager, dans la remorque, saisit le guidon et pressa les pédales.

« Demain, neuf heures, place Maubert ! » eut le temps de chuchoter le vieil homme. Le vélo-taxi dévalait déjà la pente en direction des boulevards. Arrivé au tournant, Valdas freina et vit l'inconnu repoussé vers un mur et fouillé par deux policiers accompagnés d'un Allemand.

Le lendemain, il se gara à l'angle de la place Maubert, conscient que le rendez-vous pouvait être un piège. Des rumeurs se colportaient, parlant de guet-apens, de provocateurs. C'est pour cette raison qu'il n'avait pas inspecté le contenu du sac, se disant qu'en cas d'interpellation, son innocence serait facile à plaider : un client avait oublié ses affaires, le conducteur n'y était pour rien. « Non, je ne vais pas jouer les héros », pensa-t-il.

L'homme l'attendait déjà. Valdas roula lentement, s'assurant qu'aucun veilleur n'était embusqué. Avec un naturel un peu exagéré, l'inconnu demanda : « Serait-il possible d'aller à la Madeleine ? »

L'idée de reprendre contact (et le sac) durant une course offrait une clandestinité parfaite car exposée devant tout le monde. L'inconnu se confia avec la certitude, un peu déraisonnable, de ne pas être trahi.

Ce que Valdas apprit n'était qu'un canevas de vie : Jean Holtzer, un pasteur protestant, d'origine alsacienne, engagé dans ce qu'il n'appelait pas « Résistance » mais « notre soutien » – la fabrication de faux papiers pour des personnes menacées. Très éloigné de ce combat, Valdas en suivait les échos par la presse : arrestation de « terroristes », rafles, exécutions. Voir un religieux prendre part à cette lutte lui donna l'impression de parler à un naïf qui espérait dévier, à mains nues, une colonne de blindés. C'est la compassion pour cette faiblesse qui le rapprocha de son étonnant passager.

Holtzer se montrait indifférent aux grands débats politiques et son raisonnement était simple : il y avait ceux qui risquaient d'être assassinés et leur salut tenait à un bout de carton administratif, à un simple tampon. Donc, il fallait fabriquer ces sésames, en devançant le départ du prochain convoi de déportés.

La seule mesure, pour ce croyant, était la présence de Dieu dont l'œil se posait sur celui qui sauvait son prochain ou refusait de le faire. Valdas aidait Holtzer, suivant la même logique, sauf que, pour lui, il n'y avait pas Dieu – juste la silhouette un peu voûtée de cet homme, un crédule face à un mur d'acier.

Parfois, il avait la chance d'assurer le déplacement d'un militaire : une course rentable, les Allemands payaient sans marchander. Imitant un chauffeur simplet et serviable, Valdas roulait en sachant que sous le siège de son passager, dans la remorque, se trouvait un paquet transmis par Holtzer – quelques laissez-passer falsifiés qui allaient épargner autant de vies. Le gros derrière d'un caporal protégeait le colis mieux que ne l'aurait fait un coffre-fort.

D'autres clients, ceux-là bien français, avaient du mal à cacher leur embonpoint assuré par le marché noir. Ils répandaient un relent carné et vineux qui flottait rarement dans les rues. Une telle clientèle présentait un risque certain mais le cycliste se voyait rétribué encore mieux que par l'occupant. Et l'argent était le nerf de la guerre clandestine. Véhiculer un opulent malfrat suffisait à régler les services d'un imprimeur qui livrait les faux papiers ou d'un fonctionnaire qui fermait les yeux.

Après ces courses périlleuses, Valdas avait besoin de laisser s'apaiser sa tension. S'il roulait sur les boulevards du XIXe, il venait dans l'impasse Verton qu'il connaissait bien, ayant dessiné les plans d'une maison à bâtir à cet endroit. Au début de la guerre, le commanditaire avait abandonné le projet et l'entrée du chantier restait bouchée par un panneau de contreplaqué.

Valdas y arrivait, garait son vélo-taxi et laissait sa respiration retrouver le bon rythme. À ces moments-là, il comprenait que sa vraie peur était de trahir Holtzer. Par manque de vigilance, par relâchement ou, pis, en cédant à la torture. Cette crainte hantait tous ses camarades.

On vint l'arrêter la nuit à la fin du mois de mai 1944. La perquisition ne donna rien, il prenait soin d'effacer tous les indices. S'agissait-il d'une délation ? Il le crut, se retrouvant dans les locaux de la Gestapo.

D'après Holtzer, peu de gens torturés parvenaient à se taire. Valdas était conscient de ne pas être un homme de fer et il ne savait pas de quels renseignements disposaient les Allemands.

Dès le premier interrogatoire, il décida de présenter la version qui devait paraître crédible : oui, il lui arrivait de transporter des colis mais il ignorait l'identité des personnes qui le payaient pour ce travail. En fait, il n'était qu'un coursier désireux de se procurer du numéraire. « Du beurre dans les épinards », ajouta-t-il pour donner un coloris plus français à ses aveux de Russe.

On l'enferma dans une cellule et, durant plusieurs heures, il entendit des hurlements venant d'une pièce voisine : l'exemple censé rendre les prisonniers plus volubiles. L'idée que la douleur puisse lui arracher le nom de Holtzer dépassait de loin la peur de mourir.

Toute la nuit, il tâtonna entre mille suppositions d'esquive et, pourtant, le matin, devant ses inquisiteurs, il se sentit encore moins sûr de son alibi.

Soudain, l'une des questions lui indiqua une faille.

« C'est quand votre prochain rendez-vous avec l'agent qui vous transmettra des documents ? »

Frappé d'une intuition, Valdas répondit :

« Aujourd'hui. À midi pile... »

L'information était fantaisiste, il n'avait plus aucune notion d'heure.

L'Allemand consulta sa montre, sursauta et s'écria, laissant l'interprète répéter son exclamation :

« C'est dans vingt minutes ! Et cela se passe où ? »

Tel un joueur qui n'avait plus rien à perdre, Valdas le renseigna : XIXe arrondissement, au fond de l'impasse Verton. Il devait, précisa-t-il, venir seul, la présence d'un policier pouvait compromettre l'entrevue.

S'il avait donné une heure plus reculée, les Allemands auraient pu inspecter les lieux et découvrir le détail que Valdas n'avait pas évoqué. Or, ils n'eurent que le temps de le remettre sur son vélo-taxi et de lui ordonner de foncer à l'adresse signalée.

Jamais encore il n'avait pédalé aussi vite. Deux motards, à une vingtaine de mètres devant lui, ouvraient la voie. Un side-car le suivait pour prévenir l'évasion... Cette escorte freina à l'entrée de l'impasse, laissant Valdas y rouler tout seul.

Il progressa jusqu'au mur du fond, se gara, prenant

soin de barrer la voie de toute la longueur du vélo et de sa remorque. S'approchant de la cloison en contreplaqué, il attendit une seconde puis, d'un coup d'épaule, enfonça ce panneau vermoulu et se précipita sur le chantier envahi de mauvaises herbes.

En quelques enjambées, il déboucha dans une petite cour, poussa une porte, traversa en courant un couloir, ressortit dans la rue parallèle. Grâce aux dessins qu'il avait faits pour son architecte, il connaissait tous les recoins de ce pâté d'immeubles.

Il marcha en choisissant des venelles coudées, les allées des squares où une moto n'aurait pu pénétrer.

Contournant le parc des Buttes-Chaumont, il commença à remonter la rue de Crimée mais c'est plus tard que ce nom éveillerait un écho dans sa mémoire. Pour le moment, la seule question était de savoir si la « planque » que Holtzer lui avait indiquée était toujours sans danger.

Derrière la petite église Saint-Serge, du côté de la rue Meynadier, il trouva une porte basse en bois, tira sur une corde, entendit un bref tintement.

Holtzer l'avait averti que le gardien qui lui ouvrirait pouvait le surprendre par sa mine peu avenante. Même prévenu, Valdas recula d'un pas : l'homme qui lui faisait face était un infirme écrasé par son dos déformé et fixant sur le visiteur son seul œil, l'autre étant caché sous les paupières cousues.

Abasourdi, Valdas le salua, se souvenant de son nom : M. Rohr, sans doute un Alsacien, comme Holtzer. Le gardien se taisait. Pensant qu'il n'avait pas entendu, Valdas répéta son bonjour, et lui demanda de l'accueillir. Et c'est alors qu'il se souvint du mot de passe !

« Je viens pour balayer les feuilles mortes… »

Rohr le dévisagea avec une ombre de sourire.

« Lesquelles voulez-vous balayer ? Érable ou frêne ? »

Craignant une erreur, Valdas murmura : « Frêne… »

L'homme acquiesça et le conduisit vers une remise dissimulée derrière les buissons.

Chaque soir, le gardien lui apportait à manger et, la nuit, Valdas pouvait quitter son abri, se laver au jet d'eau avec lequel Rohr arrosait les fleurs. Dans la journée, il fallait se cacher : les fidèles n'éprouvaient pas tous de la sympathie vis-à-vis des résistants.

Rohr lui raconta qu'avant la guerre de 14, le lieu appartenait aux luthériens allemands, chassés dès le début du conflit. Après 1917, avec l'arrivée des Russes, le temple avait été réaménagé et son austérité remplacée par un décor byzantin et une profusion d'icônes.

Bien avant cette métamorphose, on avait trouvé devant le portail un bébé abandonné, affreusement contrefait. Sa mère, jeune prostituée originaire de Freiburg, disait-on, était venue ici une ou deux fois et les gens avaient remarqué sa grossesse.

Une vieille paroissienne s'était chargée de l'enfant qui, à la mort de cette mère adoptive, était resté à l'église – employé comme homme à tout faire. Après la guerre de 14-18, les Russes allaient hériter de cet étrange petit bonhomme, un esprit des lieux plus qu'un simple portier.

Jamais Valdas n'avait connu autant de longues heures pour sonder sa mémoire. En journée, il sommeillait derrière un tas d'outils de jardinage et de sacs de feuilles mortes – le compost qui, par son odeur, aurait trompé le flair d'un chien si les Allemands avaient décidé de rechercher le fugitif.

La nuit, il se levait, se débarbouillait, mangeait, faisait un tour discret du jardin. Puis, assis sur un banc, il regardait le ciel, humait les grappes de jasmin, écoutait les bruits qui remontaient de la rue de Crimée...

Eh oui, la Crimée ! Il pensait à cette boucle extravagante qui venait de tout relier dans sa vie. La villa Alizé, la mer, les baigneuses dont il rimaillait la beauté dans ses poèmes. Et, soudain, cette chute. Ou cet envol ? Dans l'obscurité, au milieu des falaises, une femme l'enlaça, déployant au-dessus d'eux une cape de laine.

Puis, à Saint-Pétersbourg, ce coup de foudre juvénile pour la douce Kathleen... Le rêve d'un voyage nuptial, en Grèce, en Italie. Et le dégrisement – les guerres, les révolutions, sa familiarité avec la mort, si proche et parfois désirable.

Enfin, les retrouvailles avec la femme qui l'avait jadis serré dans ses bras. Taïa... Leur temps faisant une escale, entre deux calendriers. À l'orée d'une fugace éternité...

Durant ces veillées nocturnes, il crut comprendre le

sens de ce qui lui avait été donné à vivre depuis son départ de Russie : sa misère, son travail de chauffeur-confident, un semblant de vie familiale qu'il espérait construire… Et, plus tard, cette nouvelle guerre, telle une triste moquerie adressée à celui qui pensait enfin avoir acquis son petit confort bourgeois.

Tout devenait clair : il n'avait été véritablement vivant que pendant ces quelques jours lumineux de l'automne 1920. Dans le « champ des derniers épis ».

Les échos de la messe parvenaient jusqu'à son refuge, il reconnaissait les paroles psalmodiées en slavon, imaginait les dorures des icônes. Pourquoi Dieu autorisait-il ce déchaînement de tueries qui secouait le monde ? Pourquoi punissait-il des enfants, comme ce pauvre Rohr, né si monstrueusement difforme ? Une nuit, Valdas avait surpris le gardien sur le perron de l'église, le visage levé vers le ciel constellé, les lèvres chuchotant une lente complainte en allemand…

Les échos de la liturgie se noyaient dans le bruit d'un blindé qui remontait la rue, puis les incantations reprenaient et Valdas, dans une contre-prière muette, avouait qu'il aurait donné les années restantes de sa vie pour faire revivre Taïa, même sans jamais la revoir. Et aussi pour que Rohr, retrouvant un corps intact, puisse connaître les simples joies humaines.

Il se secoua, étonné de ne pas avoir pu retenir ses larmes devant la naïveté de son vœu.

Cette année, il allait avoir quarante-cinq ans et le

temps dont il disposerait semblait de peu d'importance à côté de ces êtres qu'il rêvait de sauver.

La réponse à sa « contre-prière » lui parvint à la fin du mois d'août.

Pendant plusieurs jours, il capta les conversations des fidèles et, le soir, les brefs récits que lui faisait Rohr : une insurrection venait d'éclater à Paris, les combats précipitaient la fuite de l'occupant. Valdas se demandait à quel moment il pourrait quitter son refuge, retrouver Holtzer et ses camarades.

Un matin, il entendit des coups de feu, le bruit d'un camion et, soudain, des cris en français et en russe, puis le tambourinement contre le portail. Pensant à l'assaut d'une unité militaire, il bondit de sa cachette, excédé de se tapir dans ce réduit sentant le pourrissement des feuilles.

Les voix se coupèrent net, il crut avoir fait peur au petit groupe massé à l'entrée de l'église. Mais personne ne lui prêta attention. Devant le perron, Rohr était étendu sur le dos, la poitrine couverte de sang – une coulée imprégnait une bâche jetée sous ce corps bossu.

Des murmures plaintifs constatèrent les faits : le gardien était sorti pour trouver de la nourriture, une fusillade avait éclaté entre les insurgés et les troupes de la Wehrmacht en retraite, une rafale de mitrailleuse l'avait atteint quand il s'apprêtait à pousser le portail.

La nourriture… Valdas pensa au pain que le gardien allait lui apporter à la nuit tombante.

Quelqu'un avait déjà fermé les yeux de Rohr – plutôt son œil intact – et désormais, les paupières closes, il ressemblait simplement à un homme qui dormait.

Se souvenant de sa « contre-prière », Valdas formula un serment qu'il savait trop marqué d'émotion et dérisoirement vain : ne plus jamais mettre le pied dans une église, ni invoquer la miséricorde de Dieu.

VI

La propriétaire à qui il louait son appartement exigea les trois mois d'arriérés. La vie se remettait en place, l'habituelle comédie de gains et de pertes. La guerre se poursuivait encore à l'Est et tout le monde ne mangeait pas à sa faim. Pourtant, le spectacle était lancé : les terrasses, les journaux, les silhouettes féminines et, en supplément, les grands sourires des soldats américains.

Valdas réussit même à récupérer son vélo-taxi, espérant le remplacer, le moment venu, par une vraie voiture. L'avenir le préoccupait peu, il avait connu des jours bien plus pénibles. En revanche, la disparition de Jean Holtzer l'inquiétait : avait-il survécu ?

Un soir, en septembre, on sonna à sa porte. Il mit un moment à reconnaître Julien Soupeau, son ex-collègue du cabinet d'architecte, celui qu'il avait emmené, plusieurs fois, dans son vélo-taxi. L'homme avait maigri et son visage s'étirait dans de rapides rictus d'anxiété. Il se montra heureux de retrouver un ancien camarade, jurant que leur amitié lui avait beaucoup manqué. « Ma femme et mes enfants seront ravis de faire ta connaissance ! »

Valdas devinait que l'invitation dissimulait autre chose qu'une simple joie de retrouvailles. Mais quel intérêt avait cet homme bien installé à renouer avec un obscur « rickshaw parisien » ?

Le dîner chez les Soupeau eut lieu dans leur nouvel appartement, boulevard Haussmann. Une femme aux cheveux joliment mis en plis, un fils et une fille, encore collégiens, et Julien en hôte généreux qui avait réussi à dénicher un magnifique gigot d'agneau ! La viande et le vin avaient un goût oublié.

La discussion passa en revue les événements récents, la fin proche de la guerre (« Les Américains vont vite battre Hitler ! » s'exclama l'épouse), la difficulté de trouver du lait pour les enfants. Et quand ces « chers petits » allèrent se coucher, Soupeau évoqua des sujets plus graves : la vengeance des « soi-disant résistants » qui allaient « couper les têtes » sans trop de discernement...

Après un digestif, la maîtresse de maison les laissa parler en tête à tête et c'est alors que Valdas apprit le vrai motif de l'invitation. Soupeau parla sur un ton où se confondaient le mépris et l'angoisse.

« Ces faux-culs qui se croient vainqueurs ont besoin de coupables ! J'ai déjà dû répondre à une convocation et le sale petit rat qui m'interrogeait a déclaré que le cabinet d'architecte ne m'appartenait pas vraiment. Ordure ! Ces bureaucrates ignorent ce que ça m'a coûté de ne pas fermer boutique pendant la guerre. Et de ne pas licencier du personnel. Mais surtout, ce n'est pas ma faute si le patron a été déporté ! Les Allemands l'ont arrêté à cause de ses origines et non pas pour me faire cadeau ! »

Valdas était prêt à le comprendre : un père de famille qui devait se décarcasser pour nourrir ses enfants. Quant à leur cabinet tombé en déshérence, c'était l'occasion qui avait fait le larron… Comment pouvait-on sauver ce pauvre Soupeau qui semblait se débattre dans une nasse ?

« Je veux bien te croire, Julien, mais la guerre n'est pas finie, les prisonniers vont rentrer et les règlements de comptes, tu sais, c'est dans la nature humaine. Vraiment, je ne vois pas en quoi je pourrais… »

Soupeau se porta en avant, les coudes sur la table, les mains tendues vers Valdas.

« Mais si, tu pourrais m'aider ! Le bourreau qui m'interrogeait m'a demandé les noms des gens que j'ai croisés pendant l'Occupation. J'ai parlé de toi. Et il m'a appris que tu étais dans la Résistance… Cela me rendrait un service énorme si tu acceptais de témoigner en disant que je t'ai donné un coup de main, en cachant des trucs chez moi, je ne sais pas, des armes ou des faux papiers… Pense à ma famille ! »

Il aurait pu lui proposer de l'argent ou bien essayer de parler, avec pathos, de leur amitié. Valdas aurait refusé de mentir. Mais ce n'étaient pas les mots qui l'avaient touché. Juste ce mouvement : Soupeau avait exécuté un bref élan de tout son corps en direction de la chambre où dormaient ses enfants. Un geste instinctif, la réaction d'une bête aux abois qui veut protéger ses petits.

À la fin du mois d'octobre, Valdas l'accompagna à un nouveau rendez-vous avec le « bourreau ». La déposition, notée et signée, attestait que M. Julien Soupeau avait aidé le groupe de résistants dirigé par Jean Holtzer, en cachant des colis qui contenaient les faux passeports destinés aux citoyens menacés de déportation.

Valdas se disait qu'après tout, quand il emmenait Soupeau rue des Martyrs, celui-ci était parfois assis sur l'un de ces paquets dangereux. Donc, d'une certaine façon, son fessier avait fait de la Résistance !

L'Histoire se poursuivait – une confusion de drames et de farces, d'atrocités et de fugitives rédemptions. Si, dans ce tourbillon de masques, l'occasion s'offrait de sauver l'honneur d'un père, il fallait donner un petit coup de pouce au destin qui risquait de dérailler. Le sommeil tranquille de deux enfants le valait bien.

… De longues années plus tard, déjà à la retraite, Valdas reverrait Soupeau dans un reportage télévisé. Cet architecte, un homme corpulent et joufflu, parlerait d'un « ensemble immobilier, ouvert aux locataires modestes ». Au détour de l'interview, il déclarerait avec gravité : « Moi qui me suis engagé très tôt dans la Résistance... » Valdas pousserait un rire muet, avec le sentiment d'avoir joué un joli tour à la fatalité absurde de la vie...

En attendant, dès janvier 1945, Soupeau ouvrit un cabinet à son nom, pour effacer tout lien avec les années qui avaient failli le jeter à terre.

Les chantiers repartant de plus belle, il engagea Valdas, un « dessinateur de talent » disait-il pour le flatter, en dissimulant peu une arrière-pensée : avoir ce Russe sous le coude n'était pas inutile, un excellent alibi « au cas où ».

Valdas comprenait ce calcul, mais de plus en plus souvent, en observant la vie des autres, il ressentait pour eux une véritable compassion. C'étaient des existences tranquilles, souvent confortables, munies d'excellentes relations, et pourtant dépourvues d'une richesse essentielle : la chance d'avoir connu une vie selon l'ancien calendrier.

Les jeux humains lui rappelaient les mises en scène qu'écrivait, jadis, sa belle-mère Léra, à l'Alizé.

Où était-elle, cette femme ? Il l'imaginait, déjà très âgée – mais oui, plus de quarante ans étaient passés depuis ! Pensait-elle à son beau-fils qu'elle séduisait en toute innocence ?

Et Kathleen ? Elle approchait de la cinquantaine, comme lui-même, et lisait sans doute des contes de fées à ses petits-enfants. Se souvenait-elle des poèmes d'amour, délicatement maladroits, qu'il lui dédiait ?

Il souriait, curieux de se sentir relié à ces êtres, autrefois si proches, mais n'éprouvant pas l'envie de les recroiser dans un présent qui ne l'intéressait plus.

En revanche, il aurait bien voulu savoir ce qui était arrivé à Zinaïda et à Sophia, ces femmes qui l'avaient fait vivre dans deux Russies différentes. Un grand rêve futuriste, pour l'une. Un lointain mirage nostalgique, pour l'autre. Il apprit qu'elles étaient parties, chacune à son tour, en Union soviétique. Après la victoire sur Hitler, bien des émigrés voyaient en la Russie un pays lavé des horreurs de la révolution. Cette patrie les invitait à rentrer au bercail, en promettant bon accueil et emploi garanti. Comparé à la précarité de l'après-guerre, le projet paraissait particulièrement tentant. Les gens recommençaient à croire que là-bas leur vie allait pouvoir se ressouder, tel un os cassé.

Valdas était peu attiré par cette ruée vers l'URSS. Il n'avait pas besoin de voyager pour retrouver son « champ des derniers épis ». C'était là, sa véritable patrie intérieure.

Il ne chercha pas non plus à revoir ses camarades de la clandestinité. Soit Holtzer l'avait dénoncé sous la torture, soit le vieil homme avait été lui-même trahi et peut-être fusillé. Dans ce cas, paix à son âme.

Ils finirent par se revoir, en 54, de façon pas vraiment inattendue car conviés tous deux à la célébration du dixième anniversaire de la libération de Paris.

Dire que Jean Holtzer avait vieilli eût été une figure de style : c'était une ruine, à la démarche lente, un homme que Valdas n'aurait pas reconnu au milieu d'une foule. Mais là, les organisateurs épelèrent tous les noms et il vit ce qu'était devenu Holtzer. Après la cérémonie, ils se saluèrent, avec une retenue gênée : chacun redoutant d'apprendre le côté sombre de l'autre.

Valdas proposa d'aller prendre un verre et, difficilement, comme s'ils étaient encore obligés de garder le secret, ils se parlèrent, surpris de s'être si formidablement trompés l'un sur l'autre.

Non, ce n'était pas Holtzer qui avait dénoncé Valdas mais un tout jeune homme, un simple « agent de liaison » qui escomptait être bien rémunéré par les Allemands.

« C'est même plus compréhensible qu'une trahison sous les menaces et les coups, expliqua Holtzer. On n'imagine jamais le nombre de gens qui seraient prêts à trahir pour se payer un dîner ou épater une jeune femme… C'est ce que ce gars avait obtenu. »

Lui-même n'avait pas pu s'échapper et, après des tortures qui avaient « ébranlé sa foi », s'était retrouvé à Buchenwald, ne rentrant à Paris qu'en juin 1945.

Valdas lui raconta sa fuite et les trois mois passés dans une remise derrière l'église Saint-Serge. Holtzer eut un sourire : ils auraient pu se cacher ensemble dans ce refuge, à la fois protestant et orthodoxe.

Holtzer habitait à Aubervilliers, dans une bicoque de deux pièces, entourée d'un bosquet anarchique. Chaque fois, en venant le voir, Valdas se rendait compte que le passé, même le plus pénible, se décantait déjà et révélait un reflet de douceur, la volonté résignée de ne plus provoquer un monstre tapi au fond de leurs souvenirs.

Le « monstre » surgit le jour où ils fêtèrent les soixante-quinze ans de Holtzer, dans une brasserie proche de l'impasse Verton. En novembre 55.

Avec le recul des années, leurs blessures semblaient léguées à quelqu'un d'autre, à leurs doubles qui, quinze ans auparavant, avaient décidé de se battre.

Dans la salle, il y avait un groupe de buveurs qui commentaient un match et, à la table voisine, ces deux jeunes hommes, en treillis militaire, qui parlaient de l'Indochine. Un peu dépaysés dans ce restaurant parisien, ils évoquaient une réalité étrange : un ennemi qui tuait avec un savoir-faire insolite, impitoyable, la chaleur moite qui finissait par rendre fou… Une guerre perdue et bientôt oubliée ?

À un moment, Valdas se rendit compte que sa conversation avec Holtzer se déroulait distraitement et qu'en fait ils écoutaient surtout les deux soldats. L'idée d'une nouvelle guerre, dix ans après la fin de la précédente, donnait à cette soirée un aspect troublant. Le babil des clients accoudés au zinc, les esclaffements des supporters et là, près de la fenêtre, une femme qui lisait un roman-photo. Et ces deux militaires qui, en s'engageant, avaient pris le relais de leurs aînés.

Soudain, l'un des soldats inclina la tête et se mit à s'essuyer les yeux avec son poignet, comme pour chasser une poussière. Non, il pleurait ! Valdas échangea un regard avec Holtzer et c'est alors qu'ils s'aperçurent que le visage du jeune homme portait une profonde entaille, de sa tempe à la joue, lui donnant une mine à la fois hilare et menaçante.

Son camarade appela le serveur, régla l'addition – il était visiblement confus qu'on puisse voir ces larmes. Les soldats quittèrent la brasserie et, derrière la vitre, Valdas les vit gesticuler, l'air de chercher leur chemin.

Holtzer se mit à rétorquer face à un contradicteur imaginaire :

« Bien sûr, tu diras : voilà la meilleure preuve que Dieu nous a délaissés. Sinon, comment expliquer toutes ces guerres ou ne serait-ce que le visage mutilé de ce gars qui ne doit pas être coupable de péchés bien lourds. Pourquoi le frapper ? Pour satisfaire quelle logique ? »

Il continua à parler, toujours sur un ton de justification agacée. Par amour, Dieu accordait à l'homme le loisir de commettre le mal. Et notre faible cerveau ne pouvait pas prévoir à quelle sublime harmonie conduisaient les souffrances que nous devions accepter !

Quand le serveur apporta les cafés, Valdas parla de Rohr, le gardien de l'église Saint-Serge. Un être qui, dès sa naissance, était condamné à une vie d'infirme.

Quel était ce dieu qui avait si lamentablement raté sa création ?

Holtzer se montra abattu comme s'il avait compris qu'aucun de ses arguments ne tenait face à ce petit bossu qui était mort sans recevoir le moindre secours du ciel.

« Je vais peut-être quitter Paris… » Il le murmura sur un ton ému. « Oui, je vais "rentrer au pays", dans mon village, à côté d'Obernai. C'est plus sage de mourir à l'endroit où l'on naît. Autant reposer dans la poussière qu'on a piétinée en apprenant à marcher… »

Valdas l'accompagna au métro, avec l'impression qu'ils n'allaient plus se revoir. L'un comme l'autre, ils avaient vécu des jours de grande détresse, les guerres pour lui, les tortures pour Holtzer. Un croyant, et surtout un pasteur, avait peine à accepter cette indifférente réédition du mal. Même en évoquant toutes les harmonies futures auxquelles menaient les voies merveilleusement impénétrables.

D'habitude, à la fin de chaque mois, Jean Holtzer lui écrivait un petit mot, proposant une rencontre. Désormais, ces envois avaient cessé et, pendant quelque temps, Valdas s'attendit à recevoir une lettre postée en Alsace. Il songeait alors à un enfant qui soulevait la poussière d'un sentier, apprenant à marcher.

Au printemps il oublia et son attente et l'Alsace et même leur passé commun sous l'Occupation. C'est que, par un grand coup de magie, il était « tombé amoureux » ! En pensant à cette passion tardive, il préférait la précaution des guillemets, pour conjurer le sarcastique « démon de midi ».

Ce printemps 1956 fut annoncé par un événement historique, impensable. Les journaux parlèrent du « rapport secret » de Khrouchtchev qui, à Moscou, dénonçait les crimes de Staline ! Pour les Russes de Paris, l'aveu sonna comme une éclatante repentance : le communisme qui les avait dépossédés et bannis reconnaissait enfin ses torts.

D'autres nouvelles arrivèrent bientôt : Valdas apprit que Zinaïda et Sophia qui, en 1946, étaient reparties en Russie, avaient été arrêtées à leur descente de train et avaient passé les dix années suivantes d'abord dans un camp, plus tard en relégation. Comme bien d'autres naïfs qui croyaient pouvoir renouer avec leur passé russe. Et c'est ce rapport antistalinien qui venait de les libérer.

L'espoir d'un timide dégel suscitait partout une grande effervescence : la Russie allait donc sortir de sa longue glaciation !

C'est dans cette ambiance, tourbillonnante et grisante, que Valdas rencontra Olessia, une femme de vingt ans sa cadette, originaire de la Galicie orientale, une contrée devenue soviétique et qu'elle avait dû fuir à la fin de la guerre.

Dès leur premier rendez-vous, il comprit qu'elle serait capable de le faire vivre au rythme du « nouveau calendrier ».

Olessia était venue chercher du travail dans leur cabinet d'architecte et Soupeau, sur la demande de Valdas, avait engagé cette jeune collaboratrice qui se chargea des corvées que les autres esquivaient : le courrier, l'archivage…

La voir travailler dans un bureau voisin du sien était, pour Valdas, le début d'une existence nouvelle, dans une ivresse printanière, inespérée.

En juillet, ils partirent en vacances et, après tant d'années, il put revoir la mer – cette Méditerranée, à côté du Trayas, qui lui rappelait la Crimée. Pendant leurs balades dans l'arrière-pays, ils poussaient chaque minute des « ah » émerveillés – un vallon caché, un coteau tapissé de bruyère et, dans leur pensée, une maison pour eux : là ou, plutôt, là-bas, en face d'une colline.

L'idée de bâtir une villa, une toute modeste, la réplique miniature de l'Alizé, s'empara de lui. Il se mit à économiser, prêt à s'endetter à vie pour offrir à Olessia un rêve qu'il tracerait lui-même sur sa table à dessin.

En octobre 1956, ils se marièrent et la cérémonie coïncida avec un terrible drame : l'armée soviétique venait d'envahir Budapest ! Les chats échaudés de l'émigration comprirent que Staline pouvait revenir par la petite porte.

Soupeau, n'oubliant pas ce qu'il devait à son dessinateur, lui accorda une augmentation et ne s'étonnait plus de le voir rester le soir au bureau. Le futur « nid d'amour » s'esquissait déjà et, deux mois plus tard, Valdas trouva un terrain au milieu d'une pinède. En avril 57, les murs s'élevèrent – avec « une rapidité de conte de fées », se disait-il.

Le sentiment d'une vie désormais comblée le frappait par son évidence : tous les décors étaient en place et n'attendaient qu'un lever de rideau.

La petite villa demandait bien des finitions mais voir, à travers les branches, la présence lointaine de la mer lui suffisait pour comprendre qu'il venait d'atteindre le but – la douceur maritime, l'arôme des pins, l'amour qui ne pouvait que s'épanouir avec le temps.

Pendant l'été 1957, Valdas s'occupa à planter des lauriers-roses qu'il apportait un à un, sur la banquette arrière de sa voiture. Il avait pris l'habitude de surgir avec l'arbuste et de l'offrir, tel un immense bouquet, à Olessia qui se reposait sur la terrasse.

Un soir de pluie, le petit chemin qui menait à leur maison étant raviné, il se gara en bas et remonta à pied, son arbuste dans les bras. Le bruit des gouttes et l'absence de la voiture dissimulèrent son arrivée. Il s'apprêta à bondir devant la terrasse en exhibant devant Olessia son cadeau fleuri.

Elle n'était pas seule… Reculant sous un pin, Valdas reconnut Nikolaï, un gars qu'il avait déjà croisé à Paris et qu'Olessia présentait comme son cousin… Assis l'un contre l'autre, ils se tenaient la main et parlaient, en inclinant leurs têtes à se frôler.

Si Valdas avait deviné de la joie ou du désir dans leurs voix, il se serait manifesté, interrompant ce qui aurait été une trahison cynique. Mais ils faisaient entendre des phrases tristes, des soupirs qui ressemblaient à un écho de sanglots retenus.

Figé sous la pluie, Valdas écouta une conversation sans équivoque et sans issue. Olessia et son « cousin » s'aimaient mais, à cause du « vieux », ils étaient obligés de vivre séparés, pour ne pas retomber dans leur « vie d'avant » : la misère noire qu'ils avaient trop bien connue. Nikolaï logeait dans le petit hôtel du village voisin et devait rentrer à Paris le lendemain – par manque d'argent et aussi par crainte de croiser le « vieux »…

Malgré l'émotion, ce détail toucha Valdas : il avait longtemps vécu dans la peau d'un clochard ou presque.

C'était un triangle amoureux assez banal, après tout. Et la seule différence c'était que…

Oui, il avait le courage de briser cette géométrie !

Lentement, pour ne pas se faire remarquer, il recula, revint vers sa voiture, alluma le moteur, lança quelques klaxons. Puis coupa le contact et, sans se presser, son laurier sous le bras, revint à la maison.

Olessia se dressait sur la terrasse. Son ami venait de fuir par un sentier qui contournait la villa.

Avec un naturel dont il ne se serait pas cru capable, Valdas imita un vieil époux bronchiteux.

« J'ai pris un sacré coup de froid ! Sur la route, il pleuvait comme vache qui pisse et notre tacot, tu as vu, il prend l'eau par toutes les fenêtres. Bon, je bois un verre de cognac et je me couche. Pardon, Olessia, mais je préfère ne pas te refiler mon rhume… »

Elle montra une sollicitude fervente, lui prépara un repas et un lit sur le canapé du salon. Valdas réussit à chasser une pensée irritée : « Ce sera donc notre dernière nuit ensemble ! »

Durant ces heures sans sommeil, luttant contre l'agacement d'un mari trompé, il releva bien des paradoxes : lui qui avait traversé plusieurs guerres et qui allait vers cette vie de couple comme un chevalier vers son Graal, se retrouvait dans un vaudeville même pas drôle car les deux amants n'étaient plus tout jeunes et n'avaient pas de haine pour ce « vieux » qu'il était.

Avant l'aube, il sortit dans le jardin, vers la rangée de lauriers-roses à moitié plantée et, soudain, avec un sentiment de libération, chuchota, étonné par la légèreté qui se répandait en lui :

« Quelqu'un saura bien finir le travail... »

Le lendemain matin, il proposa à Olessia de faire un tour, à pied, sur une piste qui enserrait la colline, leur promenade favorite. À mi-chemin, il s'arrêta, inspira avec force et, d'une voix très convaincante, déclara :

« Je dois t'avouer une faute, Olessia. Oui, une faute très grave. Il y a une semaine, à Nice, j'ai rencontré une femme, en fait, je la connaissais déjà et... Voilà, j'ai compris que nous nous aimions toujours... Je sais que c'est très dur pour toi mais... Je te le dis tout de suite, je te laisserai la maison et tu n'auras rien à rembourser, je m'en charge. Donne-moi juste une semaine, que je rassemble mes affaires. Le divorce ne prendra pas beaucoup de temps... Et, si tu peux, essaye de me pardonner ! »

Sur le visage d'Olessia, il vit passer d'abord un reflet d'angoisse puis, quand il parla d'argent, une joie incrédule et, enfin, dans ses yeux, le brusque gonflement de larmes – la reconnaissance et aussi la crainte qu'il ne s'agisse d'une blague.

Mais déjà, Valdas évoquait des questions pratiques et allait remplir une valise…

Au mois de novembre, les démarches de la séparation étaient terminées.

Quatre ans plus tard, au début des années soixante, il quitta Paris et loua un pied-à-terre, un studio dans un petit immeuble d'où l'on voyait le port de Nice.

Les passagers montés sur les bateaux de plaisance pouvaient apercevoir, au moment du départ, cette rangée de vieilles façades et, à une fenêtre, un homme âgé qui fumait un gros cigare ou plutôt du tabac plié dans du papier à rouler. Personne ne pouvait deviner qu'il rêvait d'une navigation à travers la Méditerranée – vers le Bosphore et la mer Noire… Vers un pays qui n'existait plus.

Un regard attentif l'aurait vu sourire. Ou pleurer ? L'éloignement rendait la différence à peine visible.

Sa solitude d'exilé fut atténuée par l'arrivée d'une nouvelle population dans l'immeuble où il habitait. Des familles pieds-noirs s'y installèrent et leur exode lui sembla bien plus dur à vivre que son tardif « mal du pays ».

Cette balance des peines fut encore plus évidente quand il reçut une lettre de Jean Holtzer : « On voit que tu étais passé par la bonne école de la clandestinité. J'ai eu du mal à retrouver tes traces... » Le ton enjoué ne trompait pas. Holtzer écrivait de son lit d'hôpital.

Valdas partit le voir et, en quelques heures de conversation, sa vie changea – bien plus que pendant les années précédentes.

S'il avait eu à parler à un homme en bonne santé, les aveux ne seraient pas venus avec autant de simplicité. Valdas raconta tout ce qui lui était arrivé depuis leur dîner au restaurant, et aussi son rêve de bâtir une maison d'amoureux bercée de chants de cigales... Il tourna en dérision ses espoirs de « barbon titillé par le démon de midi ». Et soudain, ce qu'il n'avait jamais avoué échappa dans un murmure de mots malaisés.

« Ce n'est pas facile à accepter, Jean. Et pourtant, je n'ai jamais eu... comment dire ? Oui, pas une seule fois, je ne m'étais cru vraiment attendu par quelqu'un... »

Il s'interrompit, inspira et, libéré de tout embarras, parla de sa rencontre d'adolescent avec Taïa, au milieu des falaises de Crimée. La nuit, l'arrivée des contrebandiers, les gendarmes en embuscade et cette inconnue qui l'avait caché sous une cape de laine. Des années plus tard, en pleine guerre civile, le retour de Taïa et leur vie « selon l'ancien calendrier »...

Holtzer l'écouta sans poser de questions. Les dates et les raisons d'agir n'avaient plus d'importance. Par la fenêtre de sa chambre, on voyait les feuilles d'un platane dont le reflet jetait sur les murs un éclat doré. La voix de Holtzer fut lente, comme pour protéger ces harmonies de lumières.

« Ce que tu as vécu… je parle de ces journées au bord de la mer Noire, c'était… le sens même de la vie. Cet amour à l'écart du temps, c'est ce que nous devrions tous espérer ! Le seul qui nous est véritablement offert par Dieu. Mais nous sommes rarement capables de le recevoir. »

Il se tut, avec l'impression de découvrir ce qu'il venait de dire. Dans un afflux de paroles dont la sincérité douloureuse frappa Valdas, il s'exclama :

« Cette chance est donnée à chacun de nous, à tout âge, mais nous avons peur d'y croire, cet amour paraît trop fragile à notre soif d'exister. Nous l'abandonnons au profit d'attachements qui ont l'air plus solides. Et la suite, tu la connais : toujours cette envie de rattraper un retard, le désir de désirer et, à la fin, le sentiment d'un très grand vide. Et pourtant, nous avons tous notre champ des derniers épis… »

Holtzer mourut un mois plus tard, dans son sommeil.

Après les obsèques, Valdas se souvint qu'un jour, il avait parlé au vieil homme de la mort de Taïa et de l'absence d'une tombe où il aurait pu se recueillir. Holtzer lui avait coupé la parole :

« Elle n'a pas besoin d'une tombe, Valdas ! Elle vit dans ce que tu as gardé de son amour. Oui, un soleil d'automne, la lumière maritime, une vie selon l'ancien calendrier, comme tu disais… »

Holtzer avait aussi évoqué une étrange prière dont Valdas ignorait l'existence : prier pour ceux pour qui personne ne prie. Ce lien semblait à la fois infiniment ténu (que pourrait faire un chuchotement destiné à un être ignoré par tous ?) et étonnamment puissant – tel un appel traversant les étendues des pays et des siècles.

Pensant à Holtzer, Valdas lui adressait non pas des prières mais quelques mots qui, brièvement, lui rendaient la présence de ce vieil ami.

Il se rappelait aussi le gardien de l'église Saint-Serge, le petit bossu Rohr, et ce n'était pas non plus une prière mais le reflet de ces minutes où il avait surpris Rohr sous un ciel nocturne.

« Prier pour ceux pour qui personne ne prie » allait devenir sa façon de résister à l'oubli.

Ces oubliés, il en croisa beaucoup, dans un vieux cimetière, sur les hauteurs d'une petite ville entre Nice et l'Italie. Holtzer avait souvent évoqué la certitude (ou les multiples incertitudes) au sujet de ce que l'homme pouvait espérer dans un improbable « après ».

Valdas était désormais au-delà de ces interrogations. En venant dans ce lieu, il s'installait sur un banc, fermait les paupières, tournait son visage vers la brise ensoleillée qui soufflait dans les cimes des cyprès.

Heureux de ne plus avoir rien à démontrer, il se sentait aux côtés de Taïa, au-delà de tous les calendriers.

À la fin de son récit, je ne cherche à savoir rien d'autre sur sa très longue vie. Tout est dit et il ne faut pas briser l'écho de cet instant qui continue à durer. Murmurant un mot d'adieu, je me mets à descendre par un sentier qui, après quelques lacets, rejoint la route de la ville.

À mi-chemin, je me retourne : le vieil homme est toujours là-haut, sur son banc, et paraît assoupi. Hésitant, j'agite ma main dans un salut indécis – je ne pense pas qu'il puisse me voir à une telle distance…

Mais son bras se soulève, planant un moment dans l'air, comme s'il voulait me montrer le ciel ample et lumineux au-dessus de son champ des derniers épis.

Du même auteur

La Fille d'un héros de l'Union soviétique, Robert Laffont, 1990.
Confession d'un porte-drapeau déchu, Belfond, 1992.
Au temps du fleuve Amour, Le Félin, 1994.
Le Testament français, Mercure de France, 1995 (prix Goncourt, prix Goncourt des lycéens, prix Médicis).
Le Crime d'Olga Arbélina, Mercure de France, 1998.
Requiem pour l'Est, Mercure de France, 2000.
La Musique d'une vie, Éd. du Seuil, 2001 (prix RTL-Lire).
La Terre et le Ciel de Jacques Dorme, Mercure de France, 2003.
La Femme qui attendait, Éd. du Seuil, 2004.
Cette France qu'on oublie d'aimer, Flammarion, 2006.
L'Amour humain, Éd. du Seuil, 2006.
Le Monde selon Gabriel, Éd. du Rocher, 2007.
La Vie d'un homme inconnu, Éd. du Seuil, 2009.
Le Livre des brèves amours éternelles, Éd. du Seuil, 2011.
Une femme aimée, Éd. du Seuil, 2013 (prix Casanova).
Le Pays du lieutenant Schreiber, Grasset, 2014 (prix littéraire de l'Armée de Terre – Erwan Bergot).

L'Archipel d'une autre vie, Éd. du Seuil, 2016.
Au-delà des frontières, Grasset, 2019 (prix Cabourg du roman).
L'Ami arménien, Grasset, 2021 (prix des Romancières).

PAPIER CERTIFIÉ

Le Livre de Poche s'engage pour l'environnement en réduisant l'empreinte carbone de ses livres. Celle de cet exemplaire est de :
150 g éq. CO_2
Rendez-vous sur
www.livredepoche-durable.fr

Composition réalisée par NORD COMPO

Achevé d'imprimer en août 2024 en Espagne par
CPI Black Print
Dépôt légal 1re publication : août 2024
LIBRAIRIE GÉNÉRALE FRANÇAISE
21, rue du Montparnasse – 75298 Paris Cedex 06